新 潮 文 庫

荻 窪 風 土 記

井 伏 鱒 二 著

新 潮 社 版

3799

目次

解説　河盛好蔵

荻窪風土記

——豊多摩郡井荻村

荻窪《おぎくぼ》八丁通り

荻窪の天沼八幡《あまぬまはちまん》様前に、長谷川弥次郎という鳶《とび》の長老がいる。この人は荻窪の土地っ子で、敗戦の年まで天沼の地主宇田川さんの小作であったという。私は最近この人と知りあいになった。まだ深い附合《つきあい》はないが、噂《うわさ》に聞く通り正直一途の老人であるようだ。

弥次郎さんの話では、関東大震災前には、品川の岸壁を出る汽船の汽笛が荻窪まで聞えていた。ボオーッ……と遠音で聞え、木精《こだま》は抜きで、ボオーッ……とまた二つ目が聞えていた。確かに、はっきり聞えていたという。弥次郎さんのことだから、話に掛値はないだろう。

荻窪から品川の岸壁まで、直線距離にして四里内外である。汽笛の音の伝播《でんぱ》を妨げるものは、当時としては武蔵野《むさしの》の名残《なごり》をとどめるクヌギ林のほか、ケヤキの大木、ヒノキの森、スギの密林ぐらいなものだろう。汽笛の音なら聞えていた筈《はず》だ。それが大震災後、ぱったり聞えなくなったという。

音響というものは、どんな伝播の仕方をするか、容易に我々の推測を許さない。音は種類によって、一つ一つ別途な伝播の仕方をするかもしれぬ。昔の人の書いた記録によると、山伏の法螺貝《ほらがい》の音は岡を通り越して岡の向側まで聞え、尼さんの団扇太鼓《うちわだいこ》の音は岡で行きどまりになるそうだ。また一説に、山寺の釣鐘《つりがね》の音は、谷間伝いでなくて尾根から尾根に伝わって、山越えで峠まで聞えて行くと言われている。すると、法螺貝の音と釣鐘の音を混ぜ合せたような汽笛の音は、森や林を越えて街の上空を流れて来るかもしれぬ。障害物となるものは何であるか。

「しかし弥次郎さん、物理学的に言って、曇った日や灰色の湿っぽい日は、遠方からの物音が、却《かえ》ってよく伝わるということだね。関東大震災後、汽笛の音の伝播を阻害したのは何だろう」

この質問に、弥次郎さんが言った。

「いや、品川の汽笛の音は、大震災後、晴雨にかかわらず聞えなくなった。確かにそうだ。府中の大明神様の大太鼓の音も、もとは祭の日に荻窪まで聞えたもんだ。大震災後、やがてこれも聞えなくなった。この辺の澄んでた空気が、急にそうでなくなったということじゃないのかね」

何かプラス・マイナスの関係で、汽笛の音を消すようになったのだ。

大正十二年が関東大震災で、弥次郎さんは大正十三年に徴兵検査を受けた。そのころはもう汽笛の音が聞えなくなっていたが、府中大明神の大太鼓の音はまだ微《かす》かに聞え、お祭の当日は六の宮の御輿《みこし》が出て、一番から六番までの大太鼓の音が聞えたそうだ。

「ところが大震災後も、品川の汽笛は、鳴子坂《なるこざか》あたりでならまだ聞えていた」と弥次郎さんが言った。

荻窪から京橋のヤッチャ場へ車を曳《ひ》いて行く途中、たまたま鳴子坂の上に出ると早朝の汽笛の音を聞くことが出来たという。その後、また暫《しばら》くすると、鳴子坂の上からも汽笛は聞えなくなったそうだ。

「弥次郎さんは、車に何を積んで、鳴子坂を越えて行ったのかね」

「大根だよ。荻窪の主要産物、漬物大根《つけものだいこん》だよ。それから、野菜だ」

弥次郎さんは昭和初期の頃《ころ》まで、宇田川の荻窪田圃《たんぼ》で稲をつくり、天沼の畑で大根野菜をつくっていた。稲は陸稲《おかぼ》もつくり、後作に麦をつくったから忙しかった。大根野菜を出荷するときには、その前日、天沼八幡様前の小川（灌漑《かんがい》用の千川《せんかわ》用水）で洗い、朝荷と言って夕方から積荷に取りかかり、真夜中に東京の朝市場へ向けて出かけて行く。

これは弥次郎さんばかりでなく、この辺の農家で朝市場へ行く者は、みんなこの通り夜業で仕度をして出荷した。大根のほかに、白菜、牛蒡《ごぼう》、人参《にんじん》、からし菜、山椒《さんしょう》の芽など、季節に応じて出した。淀橋《よどばし》の東洋市場へ行くのもあり、早稲田《わせだ》や諏訪《すわ》の森のヤッチャ場へ行くのもあり、京橋のヤッチャ場へ行くのもある。出発は殆《ほと》んどみんな真夜中だから、家族の者が道明りの提灯《ちょうちん》を持ってついて行く。中野坂上と鳴子坂の袂《たもと》のところの立ちん坊は、元は一回五厘から一銭で車の後押しをしていたが、第一次欧洲戦争後は一回二銭から三銭ぐらい押し賃を取るようになった。

淀橋から先の新宿大宗寺《たいそうじ》あたりまで行けば、後は下り坂になるし白々と夜が明ける。家族の者は、新宿か四谷の駅から提灯を持って帰って来る。電車で帰れば新宿から荻窪まで片道十銭だが、歩いて帰れば女の足で二時間かかる。提灯に点《とも》す蠟燭《ろうそく》は白蠟と黄蠟とあって、黄蠟は火持がよくて一本二銭であった。帰りの車は朝荷のように重くはないが、金肥を積んだり人糞《じんぷん》を汲《く》んだ肥桶《こえおけ》を載せたりすると、坂を越えるときまた立ちん坊に後押しさせなくてはならぬ。荻窪のケヤキの木の枯葉と人糞の堆肥《たいひ》は農家の守神のように役に立つが、中身のある肥桶の重さは実際に運んだ人にしかわからない。

車を曳く辛《つら》さは傍の者にも大体の想像がつく。「杉並《すぎなみ》区史探訪」（森泰樹著）によると、鉄の箍《たが》をはめた大八車に積む肥桶の数は、荻窪近辺では牛に牽《ひ》かせて普通六杯とされていた。ところが関東大震災後は、車体や車輪の構造が引続いて変遷《へんせん》するようになった。杉並区も井荻《いおぎ》村あたりで大八車の鉄の箍の車輪がゴム輪の四輪車になったのは、大正十三年から十四年頃であった。それを茶色の朝鮮牛に牽かせるようになり、次は馬に牽かせるようになると、満載の肥桶六杯を積んでもずいぶん楽になった。江戸開府以来の伝統を持つ運搬器具に変革が起ったのである。大正十四年には、米俵、沢庵漬《たくあんづけ》、野菜、肥桶など、馬に牽かせる車が井荻村全体で四十六台あった。

私が荻窪に引越して来たのは昭和二年の夏である。その頃、夜更《よふ》けて青梅《おうめ》街道《かいどう》を歩いていると、荷物を満載した車を馬が勢よく曳いて通るのに出会った。すれちがいに野菜の匂《にお》いが鼻をついたものである。森さんの「杉並区史探訪」によると、青梅街道は、慶長八年、徳川家康が幕府を開いて江戸城を築くとき、西多摩郡の成木《なりき》村（現在の青梅市成木）から出していた漆喰壁《しっくいかべ》の材料を江戸に運ぶため、武蔵野台地を一直線に切り拓《ひら》いて作った道で、当初は大久保長安が工事を指揮したそうだ。その頃は成木街道と呼ばれていた。その後、江戸の繁栄とともに大名屋敷や町家が塗込の家を作るため白壁材料の需要はさらに増え、往来する車は頻繁《ひんぱん》になり、それを牽く馬が列をつくるようになった。ところどころに一膳飯屋《いちぜんめしや》と蹄鉄屋《かなぐつや》がなくてはならぬ。とくに荻窪は、広重《ひろしげ》や高山彦九郎などの旅日記で見るように、旅人の注意を集めていたところであった。高井戸は木材、練馬《ねりま》は汐入《しおい》り大根を産出したから、昔から馬の通りが多い。私が引越して来た頃は、いまの荻窪駅の手前、映画館通りへゆく右の曲り角に古めかしい蹄鉄屋があった。前方に遠く富士が見えた。そこに入って行く道は、線路の方へ通じる野良道《のらみち》だが、地元の人はこういう細道を山道と呼んだ。森や林のことを「山」といったからだろう。

この蹄鉄屋は広い土間一つきりのような藁屋根《わらやね》造りの家で、いつ見ても一匹か二匹の駄馬《だば》が家の前に繋《つな》がれていた。馬子たちは蹄鉄屋が沓《くつ》を打ち終るまで、その筋向うの長野屋という一膳飯屋で、弁当をつかうか焼酎《しょうちゅう》を飲むかしながら時間を消していた。私はこの店の献立《こんだて》や代金などのことは知らないが、「杉並区史探訪」によると、青梅街道も鍋屋横丁《なべやよこちょう》の一膳飯屋では（大正五、六年頃）丼飯《どんぶりめし》一杯が二銭、煮染《にしめ》一皿《さら》が二銭。これで馬子たちは満腹していたと言ってある。焼酎は盛りこぼしのいい店が流行《はや》っていた。

盛りこぼしとは受皿にあふれた焼酎のことで、これの多い店がお客に喜ばれた。盛りこぼしを飲むときには、コップの焼酎を先ず八分目のところまで飲んだ後、受皿の盛りこぼしをコップにうつし、そうして本式に飲むのが作法だとされていたという。

その頃の青梅街道は道幅六間で、一面に草が茂り、大八車の通る幅だけ砂利が撒《ま》いてあったそうだ。当時の蹄鉄屋と一膳飯屋は、今のガソリンスタンドとドライブインのような関係であったろう。

長野屋も馬子たちの溜《たま》り場のようなもので、蹄鉄屋と持ちつ持たれつでやっていたのではないかと思われる。この店も蹄鉄屋と同じように古びた藁屋根の家で、荻窪駅北口の弁天通り（現在の教会通り）の入口左手にあった。右手のクヌギ林のなかには農家があって、向って左手には荒地のままにした広い広い原っぱがあった。青梅街道沿いに千川用水を通している場所だから、橋の代りに家の前に二間幅の頑丈《がんじょう》な溝板《どぶいた》を伏せてあった。青梅街道は昭和に入って二度にわたって改修されたので、正確な位置はわからないが、元長野屋の裏口あたりのところが、現在の第一勧業銀行の正面出入口になっているようだ。昭和四、五年になって、長野屋の横手に出た焼鳥の屋台店のあった場所は、ちょうど第一勧銀の行員たちの出入口のところではなかったかと思う。

私は昭和二年の初夏、牛込鶴巻町《うしごめつるまきちょう》の南越館という下宿屋からこの荻窪に引越して来た。その頃、文学青年たちの間では、電車で渋谷に便利なところとか、または新宿や池袋の郊外などに引越して行くことが流行のようになっていた。新宿郊外の中央沿線方面には三流作家が移り、世田谷《せたがや》方面には左翼作家が移り、大森方面には流行作家が移って行く。それが常識だと言う者がいた。関東大震災がきっかけで、東京も広くなっていると思うようになった。ことに中央線は、高円寺、阿佐ヶ谷、西荻窪など、御大典記念として小刻みに駅が出来たので、郊外に市民の散らばって行く速度が出た。新開地での暮しは気楽なように思われた。荻窪方面など昼間にドテラを着て歩いていても、近所の者が後指を差すようなことはないと言う者がいた。貧乏な文学青年を標榜《ひょうぼう》する者には好都合なところである。それに私は大震災以前に、早稲田の文科の学生の頃、荻窪には何度か来て大体の地形や方角など知っていた。

大正十年、私は早稲田の文科に行きながら、下戸塚《しもとつか》荒井山の日本美術学校の別格科に入学した。この学校は日本画と洋画の粋を集め採る方針で、生徒に古画の模写をさせたり水彩で野外写生をさせたり、各自の好きなようにさせていた。生徒の年齢もまちまちで、旅絵師の経験をした四十歳あまりの人もあり、十六、七歳の可愛《かわい》らしい少年もいた。全校生三十人ぐらいの人数であった。先生は日本画の山内多門先生、洋画の正宗得三郎《まさむねとくさぶろう》先生などで、校長は早稲田で美術史を講義していた紀淑雄《きのとしお》先生である。私は紀先生の紹介で、荻窪の天沼キリスト教会の東隣に住む石山大白画伯を訪問した。

教会と大白さんのお宅は、細道を一つ隔てているだけである。石山画伯は院展に所属して、横山大観《よこやまたいかん》のような朦朧《もうろう》派の絵も描くが墨絵もうまい。紀先生も石山画伯に期待をかけていた。

私は画伯を何度か訪ねるうちに、早稲田で同級の青木南八《あおきなんぱち》という学生と連れだって荻窪に来たことがあった。そのとき青木は天沼教会の神父さんを訪ねたので、お互に用事がすんだ後、教会のカラタチの生垣《いけがき》の入口で落合って、天沼八幡様の鳥居のわきにある弁天池のまわりを歩きまわった。一筋のきれいな水の用水川が流れ、それとは別に、どこからともなく湧《わ》き出る水で瓢箪池《ひょうたんいけ》が出来ていた。こういう湧水池《ゆうすいち》は、武蔵野のこの辺には至るところにあるのだと青木が言った。そのとき青木がノートに書きとめた短歌のうち、私は一首だけ覚えている。

「このあたり野良低みかも我が踏める足元ゆらに清水湧《わ》くかも」

その月かその翌月か、国文学の窪田空穂《くぼたうつぼ》先生を囲む課外短歌会で、青木が幾つかの歌と共に「野良低みかも」を発表した。窪田先生は鉛筆をひねりながら一読すると、「清水湧くかも」を「湧く清水かも」と直した。

青木の訪ねた天沼教会の神父さんは、アメリカ人だがソルボンヌ大学を出た人であるそうだ。青木は予科の頃からフランス語が上手で、ルイ・フィリップやゴーチエなど訳していた。(その訳文が「青木南八遺稿集」に輯録《しゅうろく》されている)フランス語そのものを好いていて、フランス文を音読していると唇《くちびる》に肉感的魅惑を覚えるなどと言っていた。得三さんという青木の長兄が大蔵省に勤め、第一次欧洲戦争のときパリに行っていたので、神父さんとソルボンヌ大学で知り合いになったという。その関係で得三さんが、神父さんに紹介状を書いたのだろう。

その頃(大正十年頃)天沼キリスト教会は、周囲をカラタチの生垣で取囲まれ、屋根に十字架の立っている礼拝堂の脇《わき》に、地下水をモーターで汲みあげる高いタンクの塔があった。敷地内には、二階建や平屋の家が幾棟《いくむね》かあった。

最近、荻窪八丁通りの矢嶋さんという御隠居に聞くと、この教会の創立当時は「末世の福音社」と言って、聖書について説明するパンフレットを印刷する工場が敷地内にあったそうだ。日曜学校と外人の住宅は二階建の木造洋館で、日本人の牧師たちは幾棟かの平屋に分宿で住んでいた。矢嶋さんは荻窪生れの土地っ子で、子供のときには神の教えを聞きに、近所の農家の子や店屋の子と一緒に、日曜学校に通っていた。洗礼を受ける者は、善福寺川《ぜんぷくじがわ》の薪屋《まきや》の堰《せき》というドンドンで水を浴びるので、ここの土地っ子は善福寺川をヨルダン川と言っていたという。

最近の矢嶋さんの著書「荻窪の今昔と商店街之変遷」に入っている解説図によると、

薪屋の堰の上手には三人の子供が水遊びをして、下手のフカンドには二人の人間が水に漬《つ》かり、なるほど十字架を首にかけた人が岸のところに立っている。ヨルダン川とはよく言ったものだ。

川の手前は一面の田圃になって、川向うには葦《あし》が茂り、小高い土手にスギや雑木の林が続いて三軒の家がある。その画面に、「土手の上には三軒屋と云って須田家三軒があった。その内一軒が薪を取扱っていたので、薪屋の堰と云ったのである。現在は環状八号線がこの所で橋の建設中である」と説明されている。

矢嶋さんのこの著書には、「大正初期の荻窪駅附近略図」並びに「大正初期の八丁通り附近略図」という附録図が入っている。それによると、私の家のある杉並区清水一丁目あたりの地所は、朝鮮原といってクヌギ林になっている。それが大正初期のことだというが、私がここに家を建てる昭和二年には、この辺は一面の麦畑になっていた。あるとき矢嶋さんに「大正初期、朝鮮原のクヌギ林のなかには、どんな草が生えていましたか」と訊《き》くと、ゆっくり考えながら、ススキ、フキ、シドミ（クサボケ）、オミナエシ（白と黄）、山ユリ、ツリガネ草、チガヤ（ツバナ）、ヤブカンゾウなど生えていたと言った。もしこれが低地のところで、たとえば線路際《ぎわ》の光明院の下の田圃のようなところなら、一面のアシとヤブカンゾウ、エドムラサキが生えていたという。

私は昭和二年の五月上旬、大体のところ荻窪へ転居することにして、阿佐ヶ谷の駅から北口に出て、荻窪の方に向けてぶらぶら歩いて行った。突きあたりの右手に欝蒼と茂った天祖神社の森というスギの密林があって、左手にある路傍の平屋に横光利一《よこみつりいち》の表札があった。横光は流行の新感覚派の小説を書いて花形作家と言われていた。その家の前をまっすぐに行き、三つ辻《つじ》を左に折れて行くと、木は茂っているが少し低地のようなところに、安成二郎、額田六福《ぬかだろっぷく》、小森三好という順に、雑誌で名前を知っている人たちの家が三軒つづいていた。

三叉路《さんさろ》は幾つもあった。もともと広い原っぱに通じていた野良道だから、四つ辻は少いわけだ。かつて青木南八と歩きまわった弁天池のところに出る途中、三叉路の道端に、背のすらりとした一基の石地蔵が立っていた。(後に私は、この石地蔵のことを、詩の形式の文章に書いて雑誌に出した)そこから弁天通りの天沼キリスト教会の前を通って、太い幹のクヌギ並木のある広い道に出た。後で知ったが、これが青梅街道と交叉する大場《だいば》通りという道で、その交叉点がこの辺で名代の四面道《しめんど》というところであった。

矢嶋さんの著書で見ると、「四面道」は青梅街道の南角にあった秋葉神社の常夜燈である。上荻方面に出る道の分岐点に当っていた。江戸末期、常夜燈講中が建立《こんりゅう》したもので、火防《ひぶ》せの神として信仰されていた。今、常夜燈は上荻八幡神社の境内に移されているそうだ。「四面塔」と書いた文書を見たこともある。

四面道は青梅街道のへそのようなもので、その常夜燈は荻窪八丁通りのトーテムのようなものであったろう。最近、環状八号線の道幅が拡《ひろ》がる以前は、矢嶋さんの言うように四面道は上荻方面への分岐点であった。ところが八号線の改修が終ってみると、四面道は八号線と青梅街道の分岐点に持って行かれてしまった。四面道から阿佐ヶ谷のラッパの森の方に通ずる大場通りの名も、敗戦後、早稲田通りと変り、次は日大通りとなってしまった。以前、私が荻窪に移って来た当時、大場通りは蛇《へび》がうねるように曲りくねって、夏の夜は道端のクヌギ並木にフクロウが止まっていることがあった。道筋も一直線になるように改修されたので、道端の家は庭先を削られたのもあり、棄《す》てられた道の余分を庭に入れられたのもあった。

先に言ったように、昭和二年の五月、私はここの地所を探しに来たとき、天沼キリスト教会に沿うて弁天通りを通りぬけて来た。すると麦畑のなかに、鍬《くわ》をつかっている男がいた。その辺には風よけの森に囲まれた農家一軒と、その隣に新しい平屋建の家が一棟あるだけで、広々とした麦畑のなかに、人の姿といってはその野良着の男し

か見えなかった。私は畦道《あぜみち》をまっすぐにそこまで行って、

「おっさん、この土地を貸してくれないか」と言った。相手は麦の根元に土をかける作業を止《よ》して、

「貸してもいいよ。坪七銭だ。去年なら、坪三銭五厘だがね」と言った。

敷金のことを訊くと、そんなことよりも、コウカの下肥《しもごえ》は他へ譲らぬ契約をしてくれと言った。コウカは後架であった。この辺の農家には、内後架と外後架があることもわかった。私は貸してもらうことにした。帰りぎわに、「どこへ勤めているかね」と訊くから、「勤めるとすれば、中央沿線の駅に勤めるんだ」と答えた。相手は胡散《うさん》くさそうに私を見ていたが、ふと思い返したかのように、ここは風がひどいところだから、二階屋を建てるのは禁止になっていると言った。

私は荻窪駅へ引返して行く途中、石山画伯のところから弁天池の方に廻《まわ》り道をして、三叉路に立っている石地蔵の前を通った。いずれ荻窪に引越して来たら、カメラを買ってこの石地蔵の写真を自分のアルバムに貼《は》って保存しようと思った。砂岩で出来ている温和な感じのお地蔵様であった。ところが実際に荻窪に引越して来ると、カメラを買うどころか、誰《だれ》かカメラを持っている人に石地蔵を写真に撮ってもらうことも出来なかった。一年二年、すぐたった。そのうちに三叉路のところに宅地が出来て、そ

れより前に石地蔵はどこかへ持って行かれていた。
その石地蔵のことで、あるとき私はこんな文章を書いて雑誌に出した。

石地蔵

風は冷たくて
もうせんから降りだした
大つぶな霰《あられ》は　ぱらぱらと
三角畑のだいこんの葉に降りそそぎ
そこの畦みちに立つ石地蔵は
悲しげに目をとじ掌をひろげ
家を追い出された子供みたいだ
——よほど寒そうじゃないか——
お前は幾つぶもの霰を掌に受け
お前の耳たぶは凍傷《しもやけ》だらけだ
霰は　ぱらぱらと
お前のおでこや肩に散り

お前の一張羅《いっちょうら》のよだれかけは
もうすっかり濡《ぬ》れてるよ

道端の石地蔵というものは、悲しげに目をとじているにしても、掌をひろげていることはない筈《はず》だ。私は我が身の不仕合わせを、霰に打たれる石地蔵に托《たく》したつもりだが、「掌をひろげ」は勇み足であった。

その頃、この辺には石地蔵が幾つか道端に立っていたが、二年三年たつうちに、あらかた無くなった。時のたつのが早すぎるような気持がする。事実、早すぎたがために、川や井戸さえも目まぐるしく変って行った。私がここに来てまだ一年二年たった頃は、裏の千川用水の土手に、夏の夜は虫螢《むしぼたる》が光っていた。春はガマ蛙《がえる》が土手に群がっていた。

天沼八幡様前の弥次郎さんの話では、大震災前にはこの辺の用水で幾らでもウナギが捕《と》れたという。そのクリークが今はコンクリートの道路で塞《ふさ》がれて、そこから川下はセメント板で覆《おお》われ、清水町郵便局と小林歯科医院との間を通じ、四面道の角のパン屋のところから、青梅街道の八丁通りに沿うて暗渠《あんきょ》で通じている。

矢嶋さんの話では、荻窪八丁通りは大正の初め頃から商店が並んでいた。ここは中野宿と田無宿《たなし》の中間に出来た人為的な宿場であって、荻窪駅附近には家が無くても八丁通りはちょっとした褌《ふんどし》町になっていた。土地の人は、この辺りのことを、「ジザイ」と言う。今、八丁通りと平行に地下に潜っているクリークは、大震災前にはきれいな水が流れていた。その用水が今の公正堂ゼロックス店のところで追分《おいわけ》になって、そこのところまでを半兵衛堀と名づけ、一年に一度、井荻村の者が掃除をした。そこから阿佐ヶ谷に向けて分流する用水は、相沢堀と名づけて阿佐ヶ谷村の者が掃除をした。半兵衛も相沢も、その土地の名主の名前であった。

相沢堀は、今の杉並区役所の手前のところから阿佐ヶ谷田圃《たんぼ》へ入り、東流して高円寺、中野を通り（桃園川）新井、落合に流れ、昔の神田上水の神田川に合流、関口大滝のドンドンで早稲田の蟹川《かにかわ》を暗渠で合流させている。

私は我家がここに建つまで（昭和二年五月から十月まで）八丁通りの平野屋酒店の二階に下宿した。その頃、平野屋の前を流れていた千川用水は、幾ら贔屓目《ひいきめ》に見ても気持のいい流れとは言えなかった。店の前だけは頑丈《がんじょう》な溝板《どぶいた》で塞がれていたが、店の跡切《とぎ》れたところでは、草の茂る土手と汚れた溜《たま》り水が通行人に対して剝出《むきだ》しになっていた。大雨の降るときには流れていたかもしれないが、不断は果して流れていたかどうかわからない。私が今の家に移って来た翌々月、十二月上旬、私を訪ねて来た最初の訪問客富沢有為男《とみざわういお》が、私のうちの井戸掘工事について根掘り葉掘り私に精《くわ》しく説明させた。駅からここに来る途中、道端のクリークを見て、この土地の飲水や衛生のことが気になったのだろう。富沢は私の清書した原稿が机の上にあるのを見て、「三田文学」主宰の水上瀧太郎《みなかみたきたろう》さんのところへ持込んでやると言って持って行った。短篇「鯉《こい》」「たま虫を見る」の二つである。これは二つとも翌年の「三田文学」に出た。

その翌々年あたり、昭和四、五年頃になると、「ジザイ」の千川用水は残念ながら黒い泥《どろ》の溜り場になっていた。道端の商店が次第に建てこんで、駅から先の左手、美人横丁まで行く道も、用水のところがすっかり溝板で塞がれて、その板の割目から見ると、下はオハグロドブのなかそっくりになっていた。あるとき出版社大雅堂の佐藤年夫が、短篇集を出したいからと言って訪ねて来た。年月は覚えないが、随筆集「肩車」を野田書房から出した直後だから、昭和十一年の五月頃ではなかったかと思う。私が釣《つり》に夢中になって、大事な原稿の仕事は後廻しに後廻しにとばかりしていた時期である。大雅堂の持って来た話は後日またということにして、大雅堂を誘って私は徳川夢声さんのお宅の先にある釣具屋へ出かけて行った。青梅街道もこの辺だけ道幅が広くなって、溝板も幅が広くなっていた。私は釣具屋へ入るとき、後ろから来る連れの大雅堂をちょっと振向いた。その瞬間、大雅堂の姿が消えていた。「わッ」という声が聞えたようであった。

溝板が一枚、弾ね返ったことがわかった。オハグロドブそっくりの溝は、どんなに不潔なものかということが暴露した。

大雅堂佐藤年夫は見るも無残で惨憺《さんたん》たることになった。私はそれを詩の形式の文章に綴《つづ》って、雑誌に出した。

春宵《しゅんしょう》

大雅堂の主人
佐藤年夫が溝《どぶ》に落ちた
――僕《ぼく》がうしろを振向くと
忽焉《こつえん》として彼は消えていた――
やがて佐藤の呻《うめ》き声がした
どろどろの汚水の溝である
彼は溝から這《は》いあがり
全くひどいですなあ
くさいですなあと泣声を出した

それからしょんぼり立っていたが
ポケットの溝泥を摑《つか》み出した
実にくさくて近寄れない
気の毒だとはいうものの
暫時は笑いがとまらなかった

これは溝に塡《はま》った当人の身になって考えなくてはならないのだ。笑ったりするのは不謹慎であった。

私は佐藤の体に水をかけてやる場所を探したが、肉屋、菓子屋、家具屋、瀬戸物屋、雑貨屋、材木屋、薬局、パン屋、ポンプ店などあるだけで、とても泥んこの人間を連れて行けるものではない。息もつけぬほどの悪臭を放っていた。こんなときには、ちっとも騒がず静かに考えなくてはならぬ。大雅堂に言わせると「とにかく、バケツの水をかけてくれるところに行こう」ということで、大踏切を渡って駅の南口に新しく出来たレストランに行った。その店の給仕女が、大雅堂をパンツ一つにさせて、バケツの水で体を流してくれた。それでも溝泥の臭みが手足にしみこんで、翌日までもくさかったと本人が言っていた。

千川用水は古い昔からのクリークであった。八丁通りの矢嶋さんの話では、五代将軍綱吉の頃に工事に取りかかったという。たぶん湧水池《ゆうすいち》や低地湿地の箇所などは、最寄の丘の土を取って来て、用水が静かに流れるように地面を均《なら》したものに違いない。ところが私のうちの近所の曾我《そが》医院のそばに、昔から清水と言われていた大型の四角い古井戸がある。（そのため、この土地を清水と言ったり、清水町と言ったりした）最初、これは丘の斜面にあったまいまいず井戸の枡型《ますがた》の段々を削り取った残欠ではないか。そんな風に言われているそうだ。現在、青梅あたりには、昔のまいまいず井戸が幾つか残っている。かたつむり（まいまい）のような構造である。大久保長安の考えついた井戸だという説もある。大型の四角い井戸で、桶《おけ》を天秤棒《てんびんぼう》で担《かつ》いで水汲《みずく》みに行く者は、枡型の段々を上り下りするのが便利なように出来ている。

私はこのまいまいず井戸の残欠が、こんな近くにあるとは最近まで知らなかった。去年、四面道の宝莱屋《ほうらいや》菓子店の裏手にいる木下という植木屋に教わったので、曾我さんの近くに行ってみると、枡型の段々を削り取ったまいまいず井戸と思われる井戸があった。木下は以前、昭和二年頃は作さんという植木屋の弟子で、私のうちの庭に初めて植木を植えた最初の職人である。

「なぜ、もっと早く教えてくれなかったか」と訊《き》くと、木下は「そんなの、最初からわかってると思ってたからね」と言った。

木下は高井戸村の生れだが、幼いときから井荻村で育って来たそうだ。消防手で土地っ子の一人である。私と昭和二年からの附合《つきあい》だから、五十何年ぶりに本当のことを教えてくれたわけだ。

「俺《おれ》は子供のとき、あの井戸の水をよく飲んだもんだ」と木下は言った。去年の秋に私がその井戸を見たときには、水際から少し離れて四ツ目垣をめぐらして、ぐるりの雑草のなかに一株ヤマゴボウが生えていた。

関東大震災直後

話は前後するが、関東大震災のことを書かなくてはならぬ。

大正十二年九月一日。あの日は、夜明け頃《ごろ》に物すごい雨が降りだした。いきなり土砂降りとなったものらしい。私はその音で目をさました。雨脚の太さはステッキほどの太さがあるかというようで、話に聞く南洋で降るスコールというのはこんな太い雨ではないかと思った。

その雨が不意に止《や》んで、朝、日の出の後は空が真青になっていた。後日の読物雑誌などの記録には、この日は空が抜けるほど青く、蒸し暑い朝であったと言ってあるが、それは少し違っている。雨後の朝、夏の清涼な朝といった感じであった。ところが、じりじりと暑くなって、いつの間にか東の空に大きな入道雲が出た。それも今まで私の見たこともないような、繊細な襞《ひだ》を持つ珍しい雲であった。後日の新聞でわかったが、これは積乱雲という雲である。今、「広辞苑」を見ると、この雲は「積雲よりも低く、層雲よりも高くあらわれる雲。上面は隆起した山形をなし、下底は雨雲をなすもの。入道雲、雷雲、驟雨雲《しゅうう》。記号はCb」と言ってある。堂々としていて美しい雲であった。

地震が揺れたのは、午前十一時五十八分から三分間。後は余震の連続だが、私が外に飛び出して、階段を駆け降りると同時に私の降りた階段の裾《すそ》が少し宙に浮き、私の後から降りる者には階段の用をなさなくなった。下戸塚《しもとつか》で一番古参の古ぼけた下宿屋だから、二階の屋根が少し前のめりに道路の方に傾《かし》いで来たように見えた。コの字型に出来ている二階屋だから、倒壊することだけは免《まぬが》れた。

私たち止宿人は（夏休みの続きだから、私を加えて、四、五人しかいなかったが）誰《だれ》が言いだしたともなく一団となって早稲田《わせだ》大学の下戸塚球場へ避難した。不断、野球選手の練習を見たり早慶戦を見たり体操したりしていたグラウンドである。（当時、早慶戦はまだ神宮球場で試合をしていなかった）私は三塁側のスタンドに入って行った。そこへ早稲田の文科で同級だった文芸評論家の小島徳弥がやって来て、私たちは並んでスタンドの三塁側寄りに腰をかけた。

「お宅、どうだった」と小島徳弥に訊《き》くと、借家普請《ぶしん》だが平屋のせいか、柱時計が落ちて瓶《びん》が砕ける程度の災害で、両親も新婚の細君も異状なく、さっきから一塁側のスタンドに避難しているところだと言った。見れば一塁側のホーム寄りのところに、小島君の細君が白地の着物をきて腰をかけ、その両脇《りょうわき》に小島君のお父さんと蝙蝠傘《こうもりがさ》をさしたお母さんがいた。それはホーム寄りの下から何段か上の場所で、いつも早稲田の野球選手が練習のとき、野球部長の安部磯雄《あべいそお》先生が腰をかけているところであった。安部先生はどんなことがあっても、選手が練習しているときには必ず同じ場所に腰をかけ、初めから終りまで片方の目を閉じたきりで選手たちの練習を見守っていた。

（小島君は学生時代から文芸評論や月評を書いて、文芸雑誌や「読売新聞」の学芸欄などに出していた。田舎の両親から学費を送ってもらうのでなくて、原稿料を稼《かせ》ぎながら両親を田舎から呼んで一緒に暮していた。しかも田舎から細君を貰《もら》っていた。文芸時評や月評だけでは収入充分とは言えないので、身すぎ世すぎでゾッキ本の原稿もときたま書いていた。

ゾッキ本というのは、投売りの本と一緒にゾッキ屋が販売に当っていた。出版界が不況でありすぎるために生れた商売だろう。作者に変名を使わして安い原稿料で書かした興味本位の読物を印刷して、思いきり安い値で小売に卸し、発行元は零細な口銭で稼いで行く。ゾッキ本とはどういう漢字を宛《あ》てるのか正確にはわからない。いつか泊鷗会《はくおう》の旅行のときに博識の馬場孤蝶《ばばこちょう》先生に訊くと、ゾッキ屋とは殺屋《そぎや》のことで、書

籍を皆殺しにするからゾッキ屋本という熟語が出来たということであった)

ここの野球グラウンドは、下戸塚の高台に上る坂の途中に所在する。三塁側のスタンドから見ると、女子大学のある目白台が正面に当り、そこからずっと右手寄りが伝通院の高み、その先が丸山福山町か本郷あたりという見当である。火事は地震と同時にそこかしこから出ていたかもしれないが、目白台も伝通院の方にも本郷あたりにも、まだ火の手も煙もあがっていなかった。すぐ目の下に見える早大応用化学の校舎だけは単独に燃えつづけていたが、その先の一六様の森から市電の早稲田終点の方では火の手も煙も出ていなかった。グラウンドの外の坂路には、火事を逃れた人たちが引きつづき先を急いでいた。高田馬場の方へ逃げて行く人たちのようであった。(後からわかったが、応用化学の校舎は薬品の入っている瓶が独りで床に落ち、床を焦《こ》がして火事になったものであるそうだ)

私と小島君が坐《すわ》っているすぐ下の段に、人足風の男が二人やって来て、「お前、後で学校の事務へ行って、ありのまま言った方がいいぜ」と一人が言い、「それは言う。痛いもの」と一人が言った。地震で早大の煉瓦建《れんがだて》の大講堂が一度に崩れ、人足の一人が足を挫《くじ》かれているのがわかった。

スタンドの人数は、時がたつにつれて次第に殖えて来た。余震が揺れつづけ、ときどき思い出したように大きく揺れるので、家のなかに入っている者はそのつど外へ飛び出して行く。その煩《わず》らわしさを略し、まとめて避難するとしたらスタンドにいると都合がいい。

私は夕飯の時間に下宿へ引返したが、地震でびっくりさせられすぎたためか、それとも恐怖のためか食慾がちっともなかった。船に酔ったときのようであった。下宿のお上さんは壁の崩れ落ちた部屋にお膳《ぜん》を出すことも出来ないので、粗壁だけ仕上って新築しかけている離れに夕飯の膳を並べていた。止宿人たちは全員そろっていた。食慾のある人はがつがつ食べ、そうでない人はお茶しか飲まなかった。

お上さんは米屋が白米を売ってくれないからと言って、玄米を少し入れたビールの空瓶と棒切れを止宿人の数だけ持って来て、みんなお互に自分の食べる分だけこの棒で米を搗《つ》いてくれと言った。弱り目に祟《たた》り目で、出入りの米屋が仕入不能のため玄米しか売ってくれないと言う。私は食慾がないのでビール瓶はそのままにして、すこし無謀だと思ったが、毀《こわ》れた階段を這《は》って壁の崩れた自分の部屋に入って、カンカン帽と財布と歯楊枝《ようじ》と手拭《てぬぐい》を持って階下に降りて来た。廊下の壁は、上塗が粉々になっているものと、大型に剝《は》がれているのと二種類あった。お上さんに訊くと、止宿人たちが夏休みで帰郷している間に塗りなおした壁は大きく剝がれ、冬休みで帰郷しているとき塗りなおした上壁は粉々になっていると言った。同じ左官屋に請負わした仕事だそうだ。

鳶職人《とびしょくにん》が数人やって来て、半ばのめりかけていた家の梁《はり》に丸太の突支棒《つっかいぼう》をして、一つ一つ根元を木の楔《くさび》で留めた。ただこれだけのことで、しっかりした感じが出た。鳶職たちの話では、ある人たちが群をつくって暴動を起し、この地震騒ぎを汐《しお》に町家の井戸に毒を入れようとしているそうであった。私は容易ならぬことだと思って、カンカン帽を被《かぶ》り野球グラウンドへ急いで行った。小島君は一塁側の席の細君のところにいた。私が井戸のことを言う前に、小島君が先に言った。スタンドにいる人たちも、みんな暴動の噂《うわさ》を知っているようであった。彼等が井戸に毒を入れる家の便所の汲取口《くみとりぐち》には、白いチョークで記号が書いてあるからすぐわかると言う人がいた。その秘密は軍部が発表したと言う人もいた。

その当時、早稲田界隈《かいわい》の鶴巻町《つるまきちょう》や榎町《えのきちょう》などでは、旧式の配水による内井戸を使っている家と共同井戸を使っているところを見かけたが、下戸塚などの高台では一様に手押しポンプで板の蓋《ふた》を置いた井戸を使っていた。蓋を取れば井戸のなかが丸見えで、毒を入れられたら一溜《ひとたま》りもない。

日暮れが近づいて、小島君の細君は両親と一緒に帰って行った。そのときには、もう空いちめんに積乱雲がはびこって、下町方面は火の海になっていた。その間にも余震は絶えないのである。私は子供のとき近所の農家が燃えるのを見ている間じゅう、ずっと五体が震えつづけるのを感じていた。そのことを小島君と話し合ったりして、二人は一緒に、下町の方の火の海がよく見える三塁側スタンドに移って行った。積乱雲は日が暮れると下界の火の海の光りを受けて真赤な色に見え、夜明け頃になるとすっかり黒一色に変り、朝日が出ると細かい襞を見せる真白な雲になる。はっきりと赤、黒、白と、変幻自在に三通りの色に変って行った。

この日、夜が明けてから下宿に引返し、離れの粗壁・板敷の部屋に臥《ね》た。震災二日目である。夕方までぐっすり寝て、日が暮れてから三塁側スタンドへ出かけて行くと、昨日と同じところに小島君がしょんぼり腰をかけていた。暴動のことを訊くと、大川端の方で彼等と日本兵との間に、鉄砲の撃ちあいがあったそうだと言った。もし下戸塚方面で撃ちあいが始まったら、我々はどうなるかという不安が強くなった。どこへ行くあてもない。小島君は握飯を食べると言って、水筒を肩からはずしニュームの弁当箱を取出して、握飯を蓋に入れたのを私に持たせて会食を始めた。梅干を入れた普通の握飯だが、これは食慾不振というような抵抗は皆無で美味《おい》しく食べられた。

日が沈むと、昨日と同じように下町の方の火の海が空の積乱雲を真赤に見せ、夜明けになると雲は黒く変色し、太陽が出ると白い雲に見えた。私は三日目も野球場のスタンドで小島君と一緒に夜を明かした。東京の街は三日三晩にわたって、火焔地獄《かえんじごく》を展開したのであった。

「あの火の海で、三日間のうちに火柱を高く噴いたのは、日本橋の白木屋が燃えるときと、帝大の大講堂が燃えるときだった」と小島君が言った。コンクリート建の大廈《たいか》高楼《こうろう》は焔《ほのお》を高く噴きあげる。

四日目には、燃えるものは燃えてしまった。積乱雲は熱気と関聯《かんれん》があるせいか、四日目にも空に出た。地震は月の盈昃《えいしょく》と関聯があるかも知れぬ。私は四日目の夜、下宿のお上さんが出したビール瓶の玄米を搗棒で搗いて、五日目に味噌汁《みそしる》で不味《まず》い朝飯を食べた。腹ごしらえが出来たのでカンカン帽を被り、焼けただれた焼跡を辿《たど》りながら市電の万世橋終点までまっすぐに歩いて行った。そこから方向を変え、春日町《かすがちょう》から白山《はくさん》を通って、小石川植物園近くに私の従兄《いとこ》の下宿している家を訪ねた。ここは大した被害がなかった。庭の隅《すみ》に埋《い》けてある大きな水甕《みずがめ》の水が、地震のとき飛沫《ひまつ》を跳返らして金魚を地面に飛出させたそうだ。地震のとき役所にいた従兄は、窓から偶然、目の前の東京駅のドームの屋根が波をうつのを見たが、破損したところは一つもなかったと言った。従兄は勤先の鉄道省へ出かける間際《まぎわ》だったので、私と一緒に家を出た。竹橋のところで分れて来るとき、もし丸の内の郵便局が事務をしていたら、私の郷里の生家へ私のために電報を打ってくれると言った。

(その電報は、一週間あまり経過して、私が中央線廻《まわ》りの名古屋経由で郷里に帰って三日目に、私のうちへ郵送された。電文用の用紙でなくて、従兄のカンカン帽の裏を剝がした紙片に、「マスジブジ」とだけ書いてあった。丸の内郵便局の窓口には頼信紙もなかったらしい)

竹橋のところはお濠《ほり》の水がすっかり乾上《ひあ》がって、人のむくろがそこかしこに散らばっていた。有名な店屋のしるしがついている買物包みをぶら下げて、盛装して仰向けに倒れている女体が石垣《いしがき》のすぐ真下に横たわっていた。目に見える限り、女はすべて仰向けになっている。男はすべて俯伏《うつぶ》せになっている。この人たちはお濠に水がいっぱいあるときここへ逃げこんで、火炎で一と嘗《な》めにされた後に、お濠が排水されたかと思われる。私はお濠の向うの石垣を見ているうちに、頭がふらふらになったのを覚えている。

下戸塚の自警団員に訊くと、七日になれば中央線の汽車が立川まで来るようになると言った。箱根の山が鉄道線路と一緒に吹きとんで、小田原、国府津《こうづ》、平塚《ひらつか》は全面的に壊滅したと言われていた。中央線だけ息を吹き返しそうになったので、立川まで歩いて行けば、そこから先は乗車させてくれると言う。広島行ならば、塩尻《しおじり》経由で名古屋で乗換えればいい。

「七日と言えば、今日のことではないか。今月今日、東京を退散だ」

もうお昼すぎになっていたが、急に思い立ったので郷里へ帰ることにした。財布は帯に捩込《ねじこ》んで、カンカン帽に日和下駄《ひよりげた》をはき、下宿のお上や止宿人に私は左様ならをした。中央線の大久保駅まで歩いて行くと、街道に暴動連中の警戒で消防団や自警団が出ているので、大久保から先は線路伝いに歩いて行った。この道は線路道と言われている。誰も私のほかには歩いている者はいなかった。ときどき余震の来るたびに、線路沿いの電信柱が揺れて無気味だが、見通しのいい一本道だから暴動連中が襲って来れば遠くからでもわかる。

東中野駅のプラットホームに上ってみると、猫車《ねこぐるま》のような小型車にぼんやり腰をかけている中年男のほかには、人の姿は一人もなかった。その男に、立川駅まで行けば汽車が来るというのは本当かと訊くと、黙ってこっくりした。「どうも有難う」と言うと、「はい、お静かに」と言った。

中野駅まで行くと、駅のすぐ先の線路がブリッジになって、鉄橋だから這って渡るかどうかしなくては難しいように見えた。相当の高さのガードである。この場所は以前には踏切になっていたが、ちょっと前の道路工事で線路の下に広い道を通したので、踏切がガードに変じたわけだ。高田馬場駅のところのガード、新大久保のガードなども、最近までは路面に続く踏切であった。

私はガードを渡るのを止《よ》して駅に引返し、南口に出て線路沿いの薯畑《いもばたけ》の畦道《あぜみち》に入った。もう日が暮れかけていた。いずれにしても一晩くらい野宿しなくては立川まで行けないので、薯畑に立込んでカンカン帽を枕《まくら》に寝ることにした。その場所は、現在の中野駅附近の図面で言うと、丸井百貨店の正面入口から七、八メートルばかり西に寄ったところである。

現在、このあたり一帯は、繁華街のなかでも目抜の場所となっているが、震災直後の頃は、道を拡《ひろ》げるため傾斜のある薯畑の裾《すそ》が削られて、六尺ぐらいの高さで赤土の崖《がけ》になっていた。その対面には、新しい大通りのほとりにトントン葺《ぶき》でバラック式の棟割長屋《むねわりながや》が、鰻《うなぎ》の寝床のように三十棟ばかりも続いていた。現在、丸井百貨店の対面で賑《にぎ》やかな商店街になっているところである。

薯畑は軽く傾斜していたので、野宿するのに都合がよかった。高みの方を枕にして、畝《うね》の波の窪《くぼ》みにお尻を沈め、五体をほんの少し斜にひねる。カンカン帽は伏せて、出っぱりの山のところに頭を載せる。その段取で私が薯蔓《いもづる》を掻《か》きまわしていると、「お前さん、日本人か」と私を咎《とが》める者があった。見れば、六尺棒を持って草鞋脚絆《わらじきゃはん》に身をかためた四十前後の男が、枕元に立っている。

私は日本人だと答え、立川から汽車に乗るためここまで来ている者だと言った。相手は私が日本人であることをすぐ認め、「お前さん、こんなところで寝ると風邪を引くよ。薯畑だって、蚊《か》が来るからね。うちへ来て寝るといいよ」と言って、新しい大通りのほとりにあるトントン葺の長屋に連れて行ってくれた。

その家には、入口の土間の壁に大きな鋸《のこぎり》や普通の鋸が掛かっていて、薄べりを敷いた板張りの部屋には、束ねた蚊帳《かや》と箱膳のような黒っぽい箱が一つ置いてあった。この部屋一つきりの家らしい。電燈が引いてあったかどうかも私は覚えていない。トントン葺の天井は軽そうだから、揺れ返しがあったくらいでは心配あるまいと思ったことは覚えている。ぐっと疲れが出て融《と》けるように寝てしまった。

翌朝、目が醒《さ》めたとき、私は蚊帳のなかにいるのに気がついた。締めた帯もそのままに、煎餅蒲団《せんべいぶとん》の上で仰向けになっていた。家のなかには誰もいなかった。暴動の連中を警戒するために、消防団か青年団に狩出されて行ったものと思われる。

それにしても、一宿一飯の恩義という昔の成語もある。私はお礼の置手紙をして行きたいと思ったが、鼻紙だけで鉛筆がないのでそのまま家を出た。出入口に表札はなかった。東京の方角は薄い灰色にぼかされていた。

中野駅の方に引返してガード下をくぐり、中野電信隊の正門前を通って、広い道を高円寺の方に向って行った。このあたり一帯の土地は、江戸時代、生類憐《しょうるいあわれ》みの令が出て、中野村から高円寺村をくるめて犬屋敷として収用されたので、中野駅も中野電信隊の地所も南口の丸井百貨店のある薯畑も、みんな犬公方《いぬくぼう》綱吉将軍の犬屋敷になっていた。この辺の樹木のよく茂った広々とした土地は、幕府としては将軍御玩弄《ごがんろう》用のものとして、勝手に処分されていたに違いない。お犬屋敷として三十万坪の土地が収用され、千匹、万匹を越える駄犬《だけん》が飼育されたと言い伝えられている。犬の食う米代だけでも大したものであったろう。犬公方はそれでもまだ飽足らなくて、犬屋敷をまだ十万坪も殖やしたと言われている。土地を玩弄すると、いつかは罰が当るのだ。

私は高円寺駅に出る途中、急に下腹が痛くなったので、道傍《みちばた》に出ていた臨時接待所で牀几《しょうぎ》に腰をかけてお茶を飲んだ。うまいお茶であった。目の前の電信柱に「どなたでも、御自由にお茶を召上って下さい」という貼紙《はりがみ》が出て、地べたに並べたニス塗の机の上に、土瓶《どびん》と湯呑《ゆのみ》が置いてあった。

大通りの四つ角には、鳶口《とびぐち》を持った消防団員や六尺棒を持った自警団員が、三人四人ぐらいずつ立って見張をつづけていた。蟻《あり》の這い出る隙《すき》もないといった警戒ぶりである。高円寺の消防と中野の消防は互に連絡を取っている風で、自転車に乗った消防が中野の方に向って走って行き、それと反対の方に走って行く消防がいた。この人たちの着ている印半纏《しるしばんてん》の赤い線が頼もしく見えた。

私は牀几で休みながら、今、自分の訪ねて行くことにきめた友人の住所を思い出そうと、躍起になっていた。町名番地は名刺で教わったきりで忘れたが、当人の話で覚えていることは、高円寺駅の北口から西に向けて少し行ったところで、桐《きり》の木畑のなかに二十軒ばかり同じような作りで並んでいる借家の一つである。昔、幕府の鳥見番所があった場所で、三代将軍家光のとき将軍直轄《ちょっかつ》の鷹場《たかば》として開設され、綱吉のときには生類憐みの令で鷹場が禁止、吉宗《よしむね》のとき復活して、幕府終焉《しゅうえん》まで管理されていたという。この程度の記憶だが、通りすがりの警防団員に訊《き》くと、四つ辻《つじ》に立っている長老らしい団員のところに連れて行ってくれた。

「鳥見番所のあったところなら、南口だね」と長老らしいのが言った。それで私の探している家は、桐の木畑のなかにある二十軒あまりの借家の一つだと言うと、「名前は。それから職業は」と言った。「新聞記者で、名前は光成信男」と答えると、「ああ、あのうちだ」と言って、道を精《くわ》しく教えてくれた。現在と違って、その頃《ころ》は他所《よそ》から移って来る者も少く、この辺の土地の人にはすぐ知られていたようだ。ところが昭和二年に私が荻窪《おぎくぼ》に移って行く頃には、土地の者は私たちのことを移住民または他所者と呼ぶようになっていた。

（光成信男は私が早稲田で文科の予科一年のとき、政経学部の本科三年の学生であったが小説の習作をやっていて、たまたま下戸《しもと》塚《つか》の下宿で私と部屋が隣合わせのため知合いになった。私を岩野《いわの》泡鳴《ほうめい》の創作月評会に連れて行ってくれたのも光成信男であった。

「若い文学青年にとって、初めて会った先輩作家の言動は、非常に刺戟《しげき》的だ。自然、その先輩作家にどこか似たところが出来て来るものだ」光成はそう言った。

それは私が十九歳か二十歳の頃であった。光成信男の言ったことは私にはとても刺戟的で、未《いま》だにその言葉を覚えている。光成自身も、初めて会った先輩作家は岩野泡鳴であったそうだ。

いつだったか年月は忘れたが、戦争中か戦争直後の頃、ある文学雑誌に「初めて会った作家」という題でアンケートが出たことがある。思い出すままに記してみると、芹沢《せりざわ》光治《こうじ》良《ろう》は鶴見《つるみ》祐輔《ゆうすけ》、浜本浩は竹久夢二、中山義秀は吉田《よしだ》絃二《げんじ》郎《ろう》、井伏鱒二は岩野泡鳴……）

私は長老の自警団員に教わった通り、桐の木畑のなかを探して光成信男の家を訪ねた。中年すぎの来客が、玄関の小縁に腰をかけて、巻きゲートルを解いたり巻きなおしたりしながら、家が焼かれて家族をみんな失った話を繰返していた。光成はその人と一緒に非常警戒に出て行ったので、私も後からついて行った。六尺棒がないので光成のステッキを借りた。昼夜交替の立番である。

震災避難民

高円寺での夜警には、私は光成信男に連れられて駅南側の自警団に入って立番をした。女子供は別として、仮にも男は、それぞれ自警団の仲間入りをしなくてはいけないのである。暴漢騒ぎで、誰《だれ》しも気が立っていた。夜のしらじら明けに引揚げるとき、畑のなかの稲荷《いなり》様の赤い鳥居が錯覚かと思われるほど小さく見えた。

朝飯は、桐《きり》の木畑のなかの光成のうちで食べた。光成は一と眠りしてから行けと言うのだが、とても寝る気になれなくてすぐ出発し、野良道《のらみち》につづく踏切のところから線路道に入った。立川へ何時までに行けば間に合うか不明である。とにかく線路づたいに歩いて行った。余震はまだときどき来て、何だか船暈《ふなよい》しているような気持であった。

阿佐ヶ谷駅はホームが崩れて駅舎が潰《つぶ》れていた。荻窪《おぎくぼ》駅では線路の交叉《こうさ》している場所に、大きな深い角井戸があって、そのなかに鉄道の太い枕木《まくらぎ》が二本も三本も放り込まれていた。何かの呪《まじない》ではないかと思われた。貨物積みのホームがちょっと崩れていたが、大した被害は受けていなかった。ここから駅の南口に出て、人だかりがしているところに近づくと、蕎麦《そば》屋《や》の前の広場で茶の接待をして、消防の半纏《はんてん》を着た男と巡査が、数人の避難民に鉄道の情報を知らせていた。（蕎麦屋は南口の稲葉屋さんであったことが後年になってわかった）

悪くない情報であった。中央線の鉄道は、立川・八王子間の鉄橋が破損していたが、徐行できる程度に修理が完了したという。その先の、小仏《こぼとけ》峠のトンネルも点検が完了した。鳥沢・塩山《えんざん》間は、笹子《ささご》トンネルを含め、不通になっている箇所が修理されて徐行できるようになっている。ところが今度の大地震の続きとして、九月二日、越後《えちご》の柏崎《かしわざき》地方に柏崎駅前の倉庫が倒潰《とうかい》するほどの強烈な余震があったので、松本から先の運転は難しいかもわからない。京阪方面、九州方面に行く人は、塩尻《しおじり》で乗換えて名古屋経由で行けばいいという。

（後日になって聞いたが、九月一日の関東の地震と九月二日の柏崎地方の地震は、別の系統に属する地震であった。今度の九月一日の大地震は、東京から北でなく西南に向けて天変地異を起している。駿河《するが》湾《わん》に大海嘯《かいしょう》があったのだ。浮島沼は水位が六尺も高くなって荒れ狂い、三保の松原では何十艘《そう》もの船を町のなかに置き去りにして行くほどの大津波を起した。三浦三崎では、城ヶ島と三崎の町の間の海水が二時間あまり

も干上がって、三崎の岬陽館の女中が海底の鮑《あわび》を拾って歩いたという。なぜ海が二つに裂けて干上がるのか、理由がわからない）

私は荻窪駅からまた線路道に入った。西荻窪駅に近づいた頃《ころ》、右手にあたって茂るにまかせたクヌギ林があるのを目に留めた。クヌギの木は夏の終りになっても新しい芽を出しつづけ、遠目には新緑の森を思わせる。私はその木立のなかに入って行った。クヌギでありながら一と抱えもあるような大きな幹のもの、太い幹に洞《ほら》を穿《うが》って老大木の貫禄《かんろく》を見せるもの。これほどの堂々たる森が東京のすぐ近くにあるとは知らなかった。

クヌギ林を通りぬけ線路道に引返し、てくてく歩け、てくてく歩けと、私は実際てくてく歩いて行った。立川駅には避難民が乗るのを待っている汽車があった。駅員が乗客に向って、震災で避難する人は乗車券が不要だと言った。

車中、私の座席の片方には、眠ったきりになっている少年がいた。病気か、怪我をしているのかと訊《き》いても、顔をあげようとしなかった。対面の席には、東京下町で三味線の師匠をしているという二十五、六歳の和服の男と、帝国大学の法科の学生だという至って口数の少い青年がいた。この大学生は白地の着物を着ていたが、地震が揺れて下宿屋を飛び出すとき、帯を締めそこねたと言って荒縄《あらなわ》の帯を締めていた。サルマタでなくて六尺を締めているのがわかった。九州の方から来ていた学生だろう。三味線の師匠は地味な単衣《ひとえ》に角帯を締め、現在、自分の三味線の弟子が長崎に住んでいるから、それを頼って長崎に行くつもりだと言った。「罪なくして配所の月を見るわけです」と言ったが、師匠はこの言葉が気に入っているのか、隣の大学生にも同じことを言った。わざとらしい気がした。長崎にいる三味線の弟子というのは、花柳界にいる女弟子ではないかと思われた。

師匠は捌《さば》けた感じを見せる男であった。私に向って、「あなた、三味線関係の人を、どなたか御存じですか」と言った。

私は咄嗟《とっさ》に名前を思い出せなかった。一箇月ばかり前の新聞に、杵屋佐吉《きねやさきち》という三味線の師匠の写真が出ているのを思い出した。棹《さお》の長さ六尺、胴の太さ一尺四方くらいの大きな三味線を抱えていた。「三味線芸術に新機軸を開く杵屋佐吉の三味線」という意味の説明がしてあった。芸達者かもしれないが、奇を衒《てら》う芸人らしいという印象を受けた。「杵屋佐吉という名前を知っています」と答えると、相手は軽く「あ、薬研堀《やげんぼり》のサッちゃんね」と言った。

汽車はのろのろと進んでいた。保線の狂いを手探りしながら運転していたのだろう。

甲府に着いたときにはもう夕方になって、ホームに多勢の人が集まっていた。罹災民《りさいみん》を乗せた汽車の到着が前もって発表されたのだろう。慰問のために、町の人たちが駅に来ていたわけである。私たちの乗っていた汽車は、避難列車第一号であった。

私は自分の目を疑った。ホームには、紋服に愛国婦人会の大襷《おおだすき》をかけた婦人の団体が整列し、女学生の一団がお揃《そろ》いの海老茶《えびちゃ》の袴《はかま》をはいて一列に並んでいた。町を挙げての盛儀かと思い違いさせられそうであった。（同じ避難列車を迎えるにしても、後年の太平洋戦争の頃、地方に逃げだす難民や疎開《そかい》学童の群を迎える駅頭風景とは違っている）

愛国婦人会の人たちは、市販の弾豆《はじけまめ》の入っている三角袋を避難民に差入れるため、車窓すれすれのところに近寄って来た。私たちは「有難う、有難う」と、窓から入り代り立ち代り手を出してそれを受取った。三角の紙袋に赤一色で模様を印刷し、袋のなかに焼いた空豆《そらまめ》、油で揚げた弾豆が入っている。甲府地方で言う雪割豆である。東京でも下宿屋の近所の子供たちは、三時の間食にこれを食っていた。

次に、愛国婦人会の団体と入れ代りに、女学生の列が窓のそばに寄って来て、弾豆の袋を乗客に差入れた。私の対面の席にいた大学生が立って手を差出すと、この学生の締めている荒縄の帯が窓の外の人たちの目についたようであった。数人の女学生の間に、ちょっとした動揺の色が見えた。そのなかの一人が、袴の投《なげ》に手を入れると、その連れの一人も袴の投に手を入れた。どちらも殆《ほと》ど本能的な仕種《しぐさ》のようであった。一人の方は投の中から素早く赤い腰紐《こしひも》を抜き取って、弾豆の袋と一緒に大学生に手渡した。

「すみません。有難う」と大学生が言った。

見たところ、腰紐を貰《もら》った大学生よりも、腰紐を無くして着物をたくし上げている女学生の方が得意げであった。大学生は立って窓の方に向いたまま、荒縄の帯を解いて赤い腰紐を結んだ。三味線の師匠が私の耳元に顔を寄せて「小唄《こうた》の情緒ですな」と言った。

汽車はゆっくり停車した後、のろのろと進んで行った。私たちは上諏訪《かみすわ》駅でも弾豆を貰った。

塩尻駅では、自由散歩が出来るほど待ち時間があった。ここでも弾豆を貰った。私はホームに降りる拍子に下駄《げた》を割ったので、片跛《かたちんば》で街に出て、だらだら坂の突当りにある雑貨屋で麻裏草履を買った。店のお上は塩たれた私の身なりで気がついたか、避難民から草履代を貰うことは出来ないと言った。お金を出しても突返し、「草鞋銭《わらじせん》なら、こちらが差上げなくては……」と洒落《しゃれ》を言った。雑貨屋というよりも、荒物屋といった感じの店である。

塩尻駅から名古屋行になった後はぐっすり眠り、中津川駅で眼がさめると夜が明けていた。避難民をホームで待ち受けていた人たちは、私たちを窓にのぞかせて一つ宛《あ》て飯茶碗《めしぢゃわん》を手に持たせ、大バケツに入れた味噌汁《みそしる》を注《つ》いでまわった。もう車内は混んでなかったので、みんなゆっくり味噌汁を啜《すす》ることが出来た。握飯も貰った。味噌汁が美味《おい》しいので私はお代りをした。寝ぼけて啜る味噌汁はうまいものだと知った。三味線の師匠も大学生もお代りした。味噌汁の後で、この町の名物だと言われる薄皮饅《うすかわまん》頭《じゅう》の接待になった。

名古屋駅では、ホームの隅《すみ》に出したベンチに、水の入った洗面器を並べてタオルが添えてあった。ここでも饅頭の接待があった。

名古屋から普通の列車に乗換えて福山駅に着いた。

生れ在所に帰った日の夜、小さな地震があった。私はみんなより先に寝ていたが、地震で目をさますと同時に、雨戸を明けて縁側から庭に飛び出した。田舎の旧式な家だから、雨戸の用心は木造の小猿《こざる》になっている。私は何年来、東京の下宿住いをしていたので、小猿の明けかたも半ば忘れていた筈《はず》である。それを暗がりのなかで、咄嗟《とっさ》に手探りで明けたので、われながら感心した。外は暗がりであった。お袋が手燭《てしょく》を持って来て、庭先の池で私が足を洗うところを照しながら、あんな小さな地震で飛び出すとは、東京の地震で余程のこと威《おど》かされて来たのだろうと、声に出して笑った。

それから三日目に、東京から私の従兄《いとこ》のよこしてくれた電報が着いた。先にも言ったように、東京で地震が揺れて五日目に、私は小石川植物園近くの従兄を訪ね、一緒に焼跡に出て竹橋の濠端《ほりばた》のところで分れて来た。そのとき従兄が、東京駅前の郵便局は焼け残っているから、私が地震に助かったことを田舎へ電報で知らせてやると約束してくれた。その電報が、数日にわたる遅配で来たわけだ。それが電文用紙でなくて、カンカン帽の底に貼《は》ってあるのを剝《は》がした紙で、その裏に鉛筆書きで「マスジブジ」と書いてあった。唐草模様のデザインが印刷された紙片である。郵便局は立川・塩尻・名古屋経由の汽車便か、品川・大阪経由の船便で輸送したかと思われる。

その次に半月ばかりたって、下戸塚《しもとつか》の小島徳弥のよこした手紙を受取った。「焦土だより」という小見出しをつけ、文学青年たちの間で話の種になりそうなゴシップが書いてあった。遠い昔の手紙だから、私は今ここで興味中心にそれを再生する。こんな意味である。

「今度の震災で東京の大半が焼けた。本所、深川、浅草、下谷は殆ど全部、日本橋、京橋、神田は一戸を残さず、小石川、芝、麻布《あざぶ》、赤坂、麴町《こうじまち》番町、丸の内は大部分、新宿は一部焼失、東京駅附近は助かった。

目白台、早稲田《わせだ》界隈《かいわい》、雑司《ぞうし》ヶ谷《や》などは焼け残った。雑司ヶ谷で『文藝春秋』を発行している菊池寛は、愛弟子《まなでし》横光利一《よこみついち》の安否を気づかって、目白台、雑司ヶ谷、早稲田界隈にかけ、『横光利一、無事であるか、無事なら出て来い』という意味のことを書いた旗を立てて歩いた。その菊池寛の後ろには、『文藝春秋』編輯《へんしゅう》同人の斎藤龍太郎、石浜金作などが従っていた。

横光はまだ現れない。横光と一緒に同人雑誌『塔』を出していた古賀龍視の話では、横光は地震が揺れると小石川初音町の下宿を飛び出して、難を逃れたらしいから案ずるほどのこともないだろうという。しかるに文壇の元締菊池寛が血相変えて、横光ヤーイの幟《のぼり》を立て東京の焼け残りの街を歩く。今、我々は満目荒涼の焦土に対し、一片清涼の気が湧《わ》くのを覚えて来る」

小島徳弥は「追伸」として、もう一つ「焦土だより」を書いていた。走り書きにしたこんな意味のものであった。やはり私は多く忘れてしまったので、興味中心にそれを再生する。

「下戸塚野球場の三塁側スタンドで、君と一緒に見ていた通り、東京の業火《ごうか》は三日夜半に鎮《しず》まった。四日目になって、剣劇俳優の沢田正二郎が新国劇一座の者を引率し、四谷見付に出張って炊出しをした。僕《ぼく》は実際に見たわけではない。十日目に馬場下の水稲荷《みずいなり》、穴八幡《あなはちまん》あたりの荒廃ぶりを見に廻《まわ》った帰路、ひょっこり逢《あ》った『塔』の同人、富《とみ》ノ沢麟太郎《さわりんたろう》から聞いた。新国劇の猛優沢田正二郎は、四谷見付を逃げて行く罹災者《りさいしゃ》たちに握飯を提供した。

今年の二月、君と一緒に浅草の公園劇場で僕は『大菩薩峠《だいぼさつとうげ》』の沢正を見た。あのときの観客の熱狂ぶりは僕の頰《ほお》を火照《ほて》らすほどであった。僕は富ノ沢麟太郎から沢正の炊出しの話を聞いたとき、公園劇場で感じた頰の火照りを思い出した。清涼の気と頰の火照りには一脈の関聯《かんれん》があるらしい。——僕がこの『焦土だより』を君に送るのは、東京の焼跡にも何か人臭い気が芽生えて来ている事実を、君に伝えたいためである。君が習作をつづけて行くためには、田舎よりも東京の方が向いているのではないだろうか」

小島君の言う富ノ沢麟太郎も古賀龍視も横光利一も、早稲田文科の同級生で、小島君や私などとクラスが別であったが、新大学令で同じクラスになった。みんな早く小説家または文士になりたくて、学校の勉強よりも同人雑誌を出すことに力を入れている。小島君は早くから評論家として認められていたから別として、私は「世紀」という同人雑誌に入っていた。横光利一は古賀龍視、藤森淳三などと「街」という同人雑誌を出していた。

そのころの文学青年の動向は複雑多岐にわたっていた。もう私の記憶は薄れたので、「横光利一全集」の「年譜」を参考にしたい。

大正十年六月、横光は富ノ沢麟太郎、藤森淳三、古賀龍視と同人雑誌「街」を創刊し、「顔を斬《き》る男」を発表。八月、「月夜」を「街」二号に発表したが、この雑誌は二号で中絶した。大正十一年二月、「南北」という短篇を「人間」に発表。五月、富ノ沢、古賀、中山義秀、小島勗《こじまつとむ》と同人雑誌「塔」を創刊、「面」（後に「笑はれた子」として加筆、改題）を発表、八月、この雑誌は第二号をもって廃刊となった。（お互にお茶も飲めないほど貧乏だから雑誌経営は難しい。ところが翌大正十二年一月、菊池寛によって「文藝春秋」が創刊され、二月、横光はその編集同人に加わった）五月、「蠅《はえ》」を「文藝春秋」に、長篇「日輪」を「新小説」に発表、八月、「マルクスの審判」を「新潮」に発表。新進作家としての地歩を固めた。九月、小石川区初音町で震災に遇《あ》い、同区餌差町《えさしちょう》三四、野村方の二階に移転……。

以上のように「年譜」に言ってある。大正十二年五月からの僅《わず》か十八字の記録が重要である。

五月、「蠅」を「文藝春秋」に、「日輪」を「新小説」に発表……。

「蠅」も「日輪」も文学青年たちの間に大きな反響を呼んだ。そのころ私は文学青年たちのほかにはあまり附合《つきあい》がなかったので、どこに行っても「日輪」や「蠅」の話ばかり出た。島田清次郎の「地上」が出たとき以来の騒ぎである。当時、東京には文士志望の文学青年が二万人、釣師《つりし》が二十万人いると査定した人がいたそうだが、文学青年の殆どみんな、一日も早く自分の作品も認めてもらいたいと思っていた筈である。早く認められなくては、必ず始末の悪い問題が起って来る。私も早く認めてもらいたいと思っていた。

横光は時めく花形作家になって、私の生涯《しょうがい》のうちで、こんな華々しい文壇進出をした人を見ない。暫《しばら》くすると、新感覚派運動を実作で推進する態度を明確にした。やがて文学の神様という代名詞が定着し、たくさんの模倣者が続出するようになった。展覧会場に並べる絵画と違って、それでは困るのである。聡明《そうめい》な横光は、自然それを打開する方向に進んで行くようであった。それはずっと後年になってからのことで、初期の「日輪」「蠅」の評判は、日本の過去の作品の影を薄れさすほど強烈豪華なるものであった。河上徹太郎は筑摩書房版「横光利一集」の解説でこう言っている。

「日輪」は二年がかりで完成されたものだが、その虚構に満ちた大胆な構成、物語の空想の豊かさ、その文学の視覚的絢爛《けんらん》さなどの点で、その出現は当時の文壇の一大驚異であった……。

この作家の登場は、明らかに自然主義や近代心理主義に対する挑戦《ちょうせん》である。この狙《ねら》いは確かに中《あた》った。物語の非情さ、その「唯物的《ゆいぶつ》」といえる辞句の絵画的な修飾、それは後年新感覚派といわれる、言語のアラベスク趣味の運動主唱者としての資格を備えている。

この作品がフロベールの「サランボー」の模倣であることは、自他ともに認めるところである。「サランボー」はローマ人のカルタゴ征服を描いた、古代史に則《のっと》る絢爛非情の叙事詩である。この定義だけ見れば「日輪」も同じことになるが、その内容は明瞭《めいりょう》に異った方法論によっている……。

——後は省略する。「サランボー」はリアリズムの歴史小説であり、「日輪」は高踏派《パルナシアン》の文学であると言っている。河上は「日輪」と「サランボー」の優劣真贋《しんがん》を論じているのではない。「日輪」には横光の初期作品の本質があり、それが一世を風靡《ふうび》した横光の全作品を通じて基調をなしていると言っている。

この恵まれた作家の初登場ほやほやの当人の安否を心配して、菊池さんが血まなこで幟を立てて焼け残りの町を歩いて行く。菊池さんのことだから、布がだらんと垂れて字が読みにくい旗でなくて、正確にはっきりわかるように、長い布に乳《ち》をつけて竿《さお》に通した幟であったろう。戦陣のとき、または端午《たんご》の節句のとき立てる形式の幟である。

私は田舎の生家で二箇月ばかり静養し、農繁期に田舎でぶらぶらしているのは世間体が悪いので、稲刈が始まる前に上京した。早稲田界隈の下宿は満員だと聞いたので、元の下戸塚の茗渓館《めいけいかん》に下宿した。毀《こわ》れた階段は修理され、壁の塗り替が出来て、傾いた軒は水平になっていた。お上さんに部屋を定めてもらって、さっそく小島徳弥を訪ねると、「文壇は変るぞ。これからの文壇は左翼だ」と言った。出会いがしらに、左翼だと聞かされた。困ったことになったと思っていると、小島君が仲を取持つように「しかし僕は左傾しない」と言った。横光のことを訊《き》くと、小石川餌差町の素人《しろうと》下宿で注文原稿を書いているところだと言った。注文原稿という言葉に、何とも言えない重みが感じられた。

小島君のところを出て、すぐ近くの松葉館に下宿している古賀龍視を訪ねると、同人雑誌「塔」の連中は、横光、古賀、富ノ沢麟太郎、中山義秀、小島勗《こじまつとむ》、藤森淳三など、みんな震災に無事だったことがわかった。古賀も横光のことでは、やはり注文原稿を書いているところだと言った。（横光利一全集にある年譜を見ると、「大正十三年一月、『芋と指環』(新潮)、『敵』(新小説)」と言ってある。どちらかその原稿を書いていたところだろう)私は横光のことを聞くごとに、何か慌《あわただ》しい気持を煽《あお》られるのを覚えたが、「これは邪道だ。諸君、どうぞお先に、と思わなくてはならん。自分は第三流の作家をもって任じるのだ」と私自身に言い聞かせるべきであった。

古賀龍視に聞いた話では、私たちの知っている文学青年はみんな震災に助かった。私が同人になっていた「世紀」の連中も無事息災であった。

小島君のうちのすぐ近く――当時の早大理工学部教室の裏手に当り、すぐ崖上《がけうえ》にある住宅地に――「世紀」同人の小林龍男が住んでいた。そこで小林君を訪ねると、「世紀」は九段坂の印刷屋で第三号を本刷にかけていたところ、そのとき工場が崩れ落ちて、原稿も用紙も共々に焼けてしまったそうだと言った。その印刷屋には、折から江部《えべ》鴨村《おうそん》の大蔵経の口語訳の原稿も、光成信男の「カンディンスキーの絵画と画論」の原稿も来ていたが、無残にも焼け失《う》せたそうだ。

江部鴨村と光成信男は、以前、岩野泡鳴の創作月評会の会員であった。江部さんは宗教の研究をしている人だが、三越百貨店の「今日は三越、明日は帝劇」という標語と、カルピスの「初恋の味」という標語を発案した。世間では何と言っているか知らないが、実際の発案者は江部さんであるそうだ。いつか光成信男が、大秘密を明かすかのようにそう言ったことがあった。

光成は絵や骨董《こっとう》が好きで、どこで習ったのかデッサンがうまかった。カンディンスキーの画論は、神谷書店から叢書《そうしょ》の一つとして出すために書いた。私たちの「世紀」第一号の校正が出たとき、光成は私の下宿に来て校正の仕方をあれこれ教えてくれた。それからまた一家言として、文学青年の最初に出す同人雑誌の性格は、小説家としてのその当人の血統を定めるものだと言った。

「世紀」の同人は三人の例外を除くほか、早稲田の文科で同じクラスの者だけ十七、八名であった。深瀬春一という京都の資産家が費用全部を負担して、印刷は神田の神谷書店が引受けた。同人は互に誰《だれ》がどんなものを書くか知らないので、書きたい者が勝手なものを書いた。同人一同の小説の指導者は山崎隆春という同人が連れて来た画家、栗原信であった。この人には私は後々まで縁があった。後年の太平洋戦争が始まる一箇月前、私が陸軍徴用で大阪の兵隊屋敷に入隊すると、栗原信も徴用で同じ班に入って来た。輸送船にも一緒に乗せられた。タイ国のシンゴラ港に上陸し、戦争をする兵隊の後ろからついて行ってシンガポールに入城した。栗原は進軍中に班長の許可を得て、現地で買ったセコハンの自転車を操縦し、前線を駈《か》けまわる栗原小隊という部隊を組織した。勇敢な行動であったので、宣伝班の尾高少佐という隊長が「栗原信は宣伝班の花である」と推賞した。前線での栗原小隊の行動は、栗原の出した「六人の報道小隊」という戦記物に精《くわ》しく書いてある。

この栗原のほかに、「世紀」の同人で他から入ったのは、三宅昭という年輩の人と、後に朝日新聞社に入った古垣鉄郎《ふるがきてつろう》の二人であった。三宅は「文藝春秋」に「法律」という短篇を発表し、達者な作家だと批評されたが、他からの原稿の注文はなかった。ところが二十枚の短篇が出来たので「サンデー毎日」に持込む考えで、紹介してもらいに福富洋公（仮名）という作家のところへ持って行くと、この作品が福富洋公の名前で「サンデー毎日」に出された。三宅昭が立腹して福富洋公に詰問の手紙を出すと、福富の細君が三宅のところに来て、玄関で三宅を散々に叱《しか》りつけて帰ったという。私はその後の三宅に会わないが、元「世紀」同人の話では、小説を書くことを止《や》めた三宅昭は、窯《かま》を築いて作陶に転業したということであった。

もう一人、例外の古垣鉄郎は、深瀬春一の紹介で同人になった。古垣がリオン大学に学んだ関係で知りあいになったらしい。「世紀」第一号に、古垣は中篇小説くらいな長さの巻頭論文を書いた。私は読まなかったが、読んでも私にはわからない文章に違いなかった。プルードンに関する論文である。「世紀」第二号を編輯《へんしゅう》するころには、古垣はもう朝日新聞社に入っていたのではなかったかと思う。爾来《じらい》、古垣が新聞人としてどんなことをしていたのか知らないが、さっき言ったように私が徴用されていたとき、シンガポールで私の勤めていた昭南タイムズ社へ、古垣が社長秘書として村山社長と一緒にやって来た。ちょうどその数日前、私は昭南タイムズ社を辞職して、広西君という徴用者で朝日新聞の記者が、私の後任として社の責任者になっていた。ところが村山社長は、用件を話すより先に金一封を広西君にくれた。

広西君は面くらってしまったらしい。自分の勤務していた新聞社の社長が、幹部社員を秘書に連れて不意に現れたので、外地のことでもあるし応対に困ったのだろう。社長が帰ったあと古山君という通訳を連れ、宿舎の私のところにやって来て、朝日の社長から金一封を貰《もら》ったが、どう始末したらいいだろうと言った。

わけを聞けば、広西君は責任を気にする必要はないようだ。司令部からも宣伝班長からの予告も何もなしに、村山社長はいきなりやって来た。古垣が名刺を出し、社長が名刺を出し、何か混み入ったような話を切りだしかけた。広西君も名刺を出したが、止《よ》せばいいのに朝日新聞記者という肩書のついた名刺を出した。社長はその名刺を手に取ったが、自分の出した名刺を取上げてポケットに入れ、陣中慰問と書いた金一封を置いた。後は、何も言わずに古垣を連れて帰って行った。

この金一封をどうしたらいいか、先日までの昭南タイムズ社の責任者として、私の判断を願いたいと広西君が言った。

「お固いことです」と言って私は考えた。

社長さんも秘書の古垣も、まだひとことも言わないうちに陣中慰問の紙包みを出した。そうして、何も言わずに堂々たる態度で引揚げて行った。とすれば、金一封は袖《そで》の下とは言われない。遠征羈旅《きりょ》にある身の我々は、陣中慰問の金は有難く受取ってい い。

「でも、この金どうするか」と、広西君がまだ迷っているので、「飲んでしまえ」と私は言った。

そこで、古山君を入れて三人、ジャランブッサールという繁華街へ人力車で行って飲んだ。とても飲みきれるものではなかった。次に、また飲んだ。

戦後、古垣はフランス大使になったかと思うと、NHKの会長になったりした。端的に言って、評判は悪くなかった。同人雑誌には面白い作品は出ていないかも知れないが、古垣はそんなものにも興味を持つ気持を失っていなかったのではないかと思う。私の知っている範囲だけでも、水上瀧太郎《みなかみたきたろう》、阿部真之助というような人たちは、他の職業を持ちながらそういう傾向を持っていた。

ここで話を元に戻《もど》すが、大震災に遭って避難民の経験を持ったことのある者は、何十年たっても地震に怯《おび》えていなくてはならないのだろうか。私も今では腰痛のため、ちょっとくらいの地震では腰を上げる程度だが、四、五年前までは、ちょっと揺れても外に飛び出していた。そのために縁先の沓脱石《くつぬぎいし》の上には、すぐ履ける下駄《げた》を置いている。その一方、怖いもの見たさで震源地の方角を調べるため、鳶職《とびしょく》に頼んで御影石《みかげいし》の手水鉢《ちょうずばち》を軒先に据《す》えた。その鉢に水をいっぱい張って置く。地震が来たとき飛び出して見ると、水は震源地の方向から波を起し、反対の方角の鉢のふちを水で浸している。小さな地震のときも急いで行ってみると、震源地の方角ぐらいなら見当つけることが出来る。十何年ぐらい前か、秩父《ちちぶ》の地震のときは、まぐれ当りだが震源地の位置を言い当てることが出来た。そんなことをして何の益になるか。ただ怖いもの見たさの致すところである。

つい三、四年前まで、私のうちの南正面に、道一つ隔てて矢口さんというお宅があった。（今はその家を取払った跡に、薛さんという貿易家の豪華な二階屋が建っている）矢口さんは昭和六年の春、そこへ家を建てて牛込《うしごめ》の方から移って来た。中年の矢口さん夫妻、小学生の長男、長女、幼い次女、三女の六人家族であった。引越して来た当日、四面道《しめんど》の寿々木蕎麦屋《すずきそばや》の主人が、矢口さんのうちから届けた引越蕎麦の蕎麦券を二枚、私のうちに持って来た。よく覚えないが、たぶん「矢口さんのお宅からです。どうか宜《よろ》しく」と言ったに違いない。当時は牛込方面でも荻窪でも、引越のときには「向う三軒、両隣」へ蕎麦を贈る風習があった。今は、私のうちの附近ではこの風習が無くなっているようだ。

矢口さんが引越して来て間もなく、矢口さんの宅では四女が生れ、長女が亡《な》くなった。後は無事に経過して、次女、三女、四女と嫁に行き、長男が医者の学校を出ると嫁を貰って病院勤めをした。矢口さんはもう銀行勤めを止《よ》していたが、一つ悪い癖があって、地震があると夜でも外に飛び出していた。一家の不幸と言えば、矢口さんにその悪癖があることであった。若いとき大震災に遭って、避難民になった辛《つら》さが骨身にこたえていたらしい。自然、私は矢口さんに親近感を持つようになっていたが、昭和四十五、六年頃《ごろ》から矢口さんは中気になって、地震があっても横着をして飛び出さなくなった。「飛び出すのは、もう井伏さんに任す」と言っていたそうだ。

矢口さんが亡くなると、長男君が家屋敷を右隣の薛さんに売って、一家を連れ小田急沿線に移って開業した。

私は昭和六年に矢口さんが新築しているところを毎日のように見た。次に二、三年前には家を取毀すところも見て、その跡に薛さんが家を建てるところも見た。町内の変遷《へんせん》の一部を見たわけである。矢口さんが家を建てていたときには、二度か三度か私は椅子《いす》を持って行って腰をかけ、職人たちの仕事を観察した。通りすがりの人が「あんたは現場監督ですか」と言った。

——ここまで書いて、書き落しをしていたことに気がついた。大正十二年九月中旬、郷里に身を寄せていた避難民の私に宛《あ》て、小島徳弥のよこした「焦土だより」に、沢正の炊出しについて書いてあった。あれを思い出さなくてはならなかった。

この事実は調べてから記録する必要があった。そこで日本演劇に精《くわ》しい中村哲郎君に問い合わせたところ、箇条書のようにして返事をくれた。

仰《おお》せの件について、さっそく報告します。念のため文献で調べました。

① 大正十二年八月二十九日から、三十一日まで、沢田正二郎たちは象潟《きさかた》署に留置され、九月一日午前十時、警視庁の留置場に入れられていたことがわかりました。

② 新国劇一座は八月二十九日夜、池田大伍作「名月八幡祭」を浅草公園劇場で公演していたが、座員数人が楽屋で車座になって鮨《すし》を食っていると、臨検に来た刑事が博奕《ばくち》をしていると疑った。ちょうど花札を引いているように見えたのです。刑事は俳優の一人を摑《つか》まえた。血の気の多い演劇研究部の生徒が腹を立てて刑事を殴った。結果は、全員が象潟署に連行されるという事件が起った。九月一日の午前十時、沢

正らは象潟署から警視庁に移された。沢正は殴られて顔に怪我をしたので、「俺《おれ》をこんな目に遭わせて、今に天変地異が起るぞ」と言った。そしたら、グラグラッと来た。それで一同、数珠《じゅず》つなぎにされて、宮城前の広場に引出されて行った。久松喜世子が後日の座談会でそう伝えています。この一座が編纂《へんさん》した「新国劇五十年」に載っています。

③ 沢正が炊出しをした件について、関係者に尋ねたところ「彼らの気風から言って充分に考えられるが、どこでそれをしたか、記録も言い伝えもない」とのことでした。頓首《とんしゅ》。

——以上のような解答であった。まさか小島徳弥が沢正贔屓《びいき》といっても、故意に大《おお》法螺《ぼら》を吹く筈はない。震災騒ぎで乱発した流言蜚語《りゅうげんひご》の一つであったと思いたい。

あのころ沢田正二郎の人気は大したものであった。沢正らが浅草公園劇場に進出したのは大正十一年十月。第一回公演の芸題は、中村吉蔵作「責任者」額田《ぬかだ》六福《ろっぷく》作「小梶丸」仲木貞一作「社会の礎《いしずえ》」など。大当りをしたのは、翌十二年一月の「大菩薩峠」で四月まで続演。大入り祝の笊蕎麦《ざるそば》代だけでも一箇月百数十円に達する有様であった。当時、笊蕎麦は市電の料金と同じ値段で、五銭から七銭、八銭、十銭と上がっていた。十二年には七銭か八銭ではなかったかと思う。

沢田正二郎は大阪で謂《い》わゆる旗揚げをして、東京に進出した。いつか坪内逍遙《つぼうちしょうよう》先生が学校の課外講義で言っていたが、沢田は大阪にいったん落着いて修業の苦労して、次に東京に出て来たから成功した。そうするように逍遙先生が先に助言したそうだ。

平野屋酒店

昭和二年の五月から十月にかけて、私は井荻《いおぎ》村のこの場所にこの家が出来るまで、四面道《しめんど》から駅寄りの千川《せんかわ》用水追分《おいわけ》に近い平野屋酒店の二階に下宿した。（今、公正堂の所在する場所である）千川用水追分は田用水追分とも言い、水路が半兵衛堀と相沢堀に分れている分岐点である。現在、この水路は全長何キロかの暗渠《あんきょ》でつながっている。

平野屋は商売を始めてまだ間がないとのことで、主人もお上さんも商い馴《な》れしていないようであった。うちでは幼い子がいるので賄《まかない》は出来ない、とお上さんが言った。二階の東側の窓を明けると一面の麦畑で、斜め右手に十字架を立てた教会の屋根が見え、その左に荻窪《おぎくぼ》の三本松というアカマツの大木を取囲むクヌギ林が見えた。西側の窓からは、街道沿いに商店と空地が半々ぐらいの割で飛び飛びに並んでいるのが見えた。正面すこし左寄りに武蔵野湯《むさしのゆ》という銭湯があって、（現在、このお湯屋は大きなビルに改築されるそうで取毀《とりこわ》しが始まっている）その左が自転車屋、次が空地、その次が平野屋と同業の亀田屋という清酒小売店。（現在、亀田屋は近代的ビルに改築されて、大東不動産の看板を掛けている）その左は、大正末年の区劃《くかく》整理で出来た新しい横丁。そこの角店が内田屋で、そこから六、七軒目に池田という靴《くつ》店があった。横丁の奥は、右手がクヌギ山。左手が原っぱ。

（この原っぱが宅地に造成されて、後に北支事変になってから建築された立派な邸宅に、安藤紀三郎という陸軍中将〔大政翼賛会の副総裁で陸軍の荒木貞夫大将の親友〕が住んだ。安藤さんは太平洋戦争に入ってから内務大臣になった。その在任中、夜十時すぎて表通りを歩く者があると、警戒のお巡りが駈《か》けつけて来て誰何《すいか》した。現在は東信閣という三階建のビルになって、一階と地階が料理屋、三階が結婚式場である。その筋向うのクヌギ山は、戦後、庭木の多いお屋敷になって、入口に釘貫門《くぎぬきもん》に似た瀟《しょう》洒《しゃ》な感じの門が出来ている。荻窪に住む建築家の広瀬三郎君に聞くと、この形式の門は石の屛重門《へいじゅうもん》と言うのだそうだ）

すでに五十年以上も前のことである。確かな記憶が無くなったので、当時、この辺に住んでいた鳶《とび》の木下の記憶を借りる。

即《すなわ》ち、武蔵野湯の右手は、中込という電気屋で、（現在、改築して以前からの営業をつづけている）その右手が床屋、それから時計屋、空地、空地、区劃整理の横丁。

そこの角店が長田屋という乾物店。(これは昭和三、四年ごろに開店した)次が、近眼の鳶春という鳶職の家。(後に、畳屋の店になって、今は茣蓙《ござ》やスリッパなど売っている)次が空地、田中医院、空地、空地。次が「大高原っぱ」という広い空地になっていた。

「大高原っぱ」は、今の環状八号線の方まで大きく続き、新宿角筈《つのはず》の大高石材店の所有地であった。荻窪大高石材店の番頭がその管理に当り、戦争中この辺がすっかり町並になってしまっても、ここだけは空地のままであった。(現在、その空地に杉並《すぎなみ》公会堂と、新星堂レコード店の近代的なビルが出来ている。新星堂の塔のように高い階上から見ると、冬は富士、大山、秩父《ちちぶ》群山、御嶽《みたけ》など、江戸時代の荻窪人が講中になっていた山々が一望である。田中医院は公会堂が出来るのに絶対反対していたが、杉並区役所の吏員たちに拝み倒されて裏の白山神社の方へ引越した)

一方、平野屋の側から言うと、左手が金物屋で、右手に溝《どぶ》を一つ隔てて西村という材木屋があった。用水の支流かと思われる一間幅の溝で、奥が七、八間ぐらいで行きどまりになって、溝板をしてないので汚れた水に棒切れなど放りこんであるのが見えた。すぐ近くに用水追分の分岐点があるにもかかわらず、何のための支流かわからない。鳶の木下に訊《き》いてみたが、そんな溝があったのは知らないと言った。古老の矢嶋さんの記憶では、これは下水溝であったと言う。

私はここに家を建てるについて、郷里の兄貴から建築費を送ってもらった。吝《しわ》い兄貴のことだから、いきなり金を送ってくれと言っては承知しないので、少し高踏的でもあり衒学的《げんがく》でもあるが、とにかく希望に溢《あふ》れた青年の言うようなことを手紙に書いた。兄貴に向って、自分はもう小説が書けないなどと、虚無的なことを言っては決してお金をよこさない。それはよくわかっていた。といって、まるきり嘘《うそ》を言っては兄貴をだますことになる。ちょっと善くないが、嘘と本当の兼ね合いのところで話を進めて行く。私としては、そうするのが便法であった。もし相手がお袋なら、まるきりだましても気にしないですむが、お袋は家付だから現金は一つも持ってない。山のなかの田舎では、現金は山を売らなくては手に入らない。

私は手紙にこんなように書いた。当今、最新の文壇的傾向として、東京の文学青年の間では、不況と左翼運動とで犇《ひしめ》き合う混乱の世界に敢《あえ》て突入するものと、美しい星空の下、空気の美味《うま》い東京郊外に家を建て静かに詩作に耽《ふけ》るものと、この二者一を選ぶ決心をつけることが流行《はや》っている。人間は食べることも大事だが、安心して眠る場を持つことも必要だ。自分は郊外に家を建て、詩作に耽りたい。明窓浄机《めいそうじょうき》の境地を念じたいのである。

兄貴が金を送ってくれたので、そっくり銀行に預け、家を建てる土地を探しに新宿駅から中央線の電車に乗った。先に言ったように、阿佐ヶ谷から荻窪の方に廻《まわ》り、井荻村の麦畑で耕作している男から少しの土地を借りることにした。場所は東京府豊多摩郡井荻村字下井草一八一〇である。話がきまったので、田用水追分に近い金物屋の裏の周旋屋（不動産屋）を訪ね、すぐ鼻先の平野屋に貸間があるのを教わった。

私は平野屋に下宿することにきめた。その帰りに、荻窪駅のブリッジを登るとき、同人雑誌「戦闘文学」準備会で知りあいになった東堂君（仮名）という青年に逢《あ》った。「どうして、こんなところに」と訊くから、「家を建てるから、地所を探しに来た。しかし、君たちの『戦闘文学』は、どんなことになってるんだ」と言って、一緒にホームに降りて立ち話をした。「戦闘文学」の連中は、何度か準備会をしているうちに、みんな左傾することになったので、一同、ナップに入ることに決定したと言う。私はそれより前、左傾する元気がないから連中の準備会に一度出席したのを最後に脱退した。準備委員のところに送る通告もすませていた。刑事やお巡りに付け廻されるのを自負するほどの気概がない限り、左翼作家を標榜《ひょうぼう》しても意味ないような気持がする。

東堂君は勤口が見つからない辛《つら》さについて話していたが、ふと思い出したように「きみ、家を建てるなら、僕《ぼく》の親爺《おやじ》の知っている大工に建てさせてみないかね。僕の親爺がよく知っている大工だ」と言った。私は渡りに船と、その大工を紹介してもらうことにした。

東堂君は建築のことを割合よく知っていた。このごろは借家普請《ぶしん》なら坪四十五円から五十円の間で建てられる。この場合、材料はアメリカ材である。坪七十円なら総《そう》檜《ひのき》とは言えないまでも、すべて日本産の材木で、天井は柾《まさ》、屋根は三州瓦《さんしゅうがわら》にして門もつけ、生垣《いけがき》もカナメかツゲの木にしてくれる。建築費は全体の三分の一を、水盛り遣《やり》形《かた》のとき請負師に払う。それから瓦を載せて、粗壁を塗り土間を張って三分の一、建築が出来あがって三分の一というのが、この辺の建築業者間の通例になっている。一方、建主の資力が疑わしいこともある。この場合は関係者たちを安心させる意味で、全額を先に請負師に渡す。それから井戸のことが大事である。この豊多摩でも井荻村や石神井《しゃくじい》村は隣が遠いので、工事用にも防火用にも水を確保するため、水盛り遣形を始める前に井戸掘をするのがいい。水盛り遣形とは、家を建てる準備工作の杙《くい》を打ち、貫《ぬき》を張り、ゴム管で水平をきめることである。

(当時の荻窪駅は、電車が今ほど頻繁《ひんぱん》に来なかった。乗降客も一人か二人である) 東堂君は「よいとまけ」の歌詞のことや、建築基礎の形式などについても説明した。お互にホームでの立ち話であった。

その日、私は下宿に帰って、原稿用紙の裏にフリーハンドで建築設計図を描いた。(私は下戸塚《しもとつか》の茗渓館《めいけいかん》から、早稲田《わせだ》鶴巻町《つるまきちょう》の南越館に越していた)田舎に生れて東京で下宿住いばかりしていた私は、仕舞屋《しもたや》の設計図など見たこともなかったが、とにかく自己流で建築図面を描いた。八畳、六畳、三畳に、廊下を隔てた四畳半の離れに六尺幅の書棚《しょだな》をつけた。骨董品《こっとうひん》を入れる四畳半の物置部屋もつけてみたが、建築費が嵩《かさ》張《ば》りそうな気がするので取消した。押入れは広くする必要ないと思って、六畳間に九尺幅のを一つつけた。台所と玄関は、地震で飛び出すときのことを思って割合に大きくして、いざというとき死角が出来るように、取附けの下駄箱《げたばこ》を高く幅広くした。八畳間には欄間《らんま》をつけ、地袋戸棚と床の間をつけた。これで原稿をゆっくり書ける家として通用させることにする。外廻りに見苦しいところがあれば、目隠しの植木でごまかすことにする。

翌日、私は貯金をそっくり下げて、図面と一緒に持って高田馬場駅から下井草駅に行った。待合せに来ていた東堂君が自宅へ案内してくれた。東堂君の親爺さんは弁の立つ小賢《こざか》しげな人で、お母さんの方はそれよりまだ小賢しい感じに見えた。紹介された大工は律儀そうな中年の大男だが、私の出した設計図を見ると、即座に「これでしたら、七月いっぱいに仕上げます」と言った。私は自分の初めて描いた設計図が、結構世間に通用するのを知った。

東堂君のお母さんが酒や肴《さかな》を出した。東堂君の親爺さんは私に頻《しき》りに酒を勧め、「あなたにお願いですが、この大工のことを、棟梁《とうりょう》と呼んで頂きます。今後とも、左様にお願いします」と言った。それから棟梁に向って、「おいお前、こちらさんのことは、先生とお呼びするのだ。今後とも、そうお呼びするのだ」と言った。（私は他人から先生と呼ばれたことは、それまでにまだ一度もなかった）棟梁は酒が好きらしくて、ピチャピチャ音をさせながら飲んでいたが、工事の値段のことになると盃《さかずき》を伏せて口をきいた。借家普請なら坪四十五円から五十円で引受けるが、先生のお宅なら坪七十五円ぐらいのものを引受けたいと言った。

東堂君は親爺さんの前のせいか、かしこまった風で飲まなかった。私は棟梁から「先生、先生」と言われて酔ってしまったようになったので、設計図とお金を東堂君の親爺さんに渡して帰って来た。

棟梁は練馬《ねりま》村の者で、柑（仮名）という姓である。地主から坪七銭で私の借りた麦畑の隅《すみ》に、びっくりするほどの大きな仮小屋を一晩のうちに組立てて、「柑建築作業場」と書いた大きな看板を出した。井戸掘をする前日の晩、私の知らぬ間にトラックで材料を運んで来たらしい。古材を組んだ使い古しの小屋で看板も古びていた。その小屋のなかに、一畳くらいな広さの板造りの寝床が据《す》えつけられた。畑の麦は豊年で青い穂が出揃《でそろ》っていたが、井戸掘の人夫たちが水を汲出《くみだ》すため行ったり来たりして麦を踏みつぶし、赤茶けた水を流して道をぬかるみにさせていた。

棟梁は謂《い》わゆる水盛り遣形を始める前に、鹿児島県人だという若い大工と、和歌山県人だという年とった大工を連れて来て、作業場小屋に住まわせることにした。今日からそういうことにすると私に言った。小屋のなかにはもう一つ板造りの寝床や鍋釜《なべかま》が用意されて、小屋の外に焜炉《こんろ》が据えられた。

鹿児島県人の方の大工は、和歌山県人の大工のことを「紀州」と言い、紀州の方は鹿児島県人の方を「薩州《さっしゅう》」と言った。棟梁が二人に、そうするように言いつけたものらしい。紀州は五十三、四に見える年寄で、日露戦争に召集されて旅順口攻撃の乃木《のぎ》軍に所属していたそうだ。乃木さんが私服にスッチョウ帽子を被《かぶ》り、ステッキをついて前線の見廻《みまわ》りに来たことがあった、と紀州が言った。スッチョウはハイカラという意味で、スッチョウ帽子とは、明治時代に刑事の被っていたハンチングのことであるそうだ。

薩州は柱を削ったり敷居を削ったりした。紀州も柱に穴をあけたり敷居を削ったりした。柱を刻むときには、棟梁が紀州と打ちあわせをしながら寸法を計っていた。薩州と紀州は作業場小屋に狭苦しく寝泊りするが、どちらも相手に気を悪くしているようなところは見えなかった。紀州と呼ばれ薩州と呼ばれるのが、楽しいのかもしれなかった。日当はどれくらい棟梁から貰《もら》っていたか、初めのころのことはわからなかった。

毎日いい天気がつづいていた。水盛り遣形が始まって、よいとまけがすむと後は建前で、工事の進み具合が目立って来るようになった。私はなるべく現場を見に行くつもりでいたが、平野屋が賄をしてくれないので、荻窪・新宿間の電車の定期券で、日に一度は新宿駅前の大衆食堂、東京パンなどに出かけていた。それに私は自分の身すぎ世すぎの仕事の都合で、日に三時間は、平野屋の二階に籠《こも》ってなければならなかった。私の稼《かせ》ぎの仕事は、当時の文学青年の内職として、あまり人に勧めたいものではなかった。碑文谷《ひもんや》の田中(貢太郎)さんが私に生活費を稼がすため、中国の史書から故事成語の由来を探し、一つ一つコント風の短い話に書く下請仕事をさせていた。田中さんはその仕事をくれるとき、「生活費を稼ぐため」と言わないで、「飲みしろを稼ぐため」と言った。同じ金でも飲みしろと言った方が、貰うのに幾らか楽なような気持がした。

月に一回、私が出来ただけの原稿を届けると、田中さんがそれを以前から知りあいの出版社の社長のところへ持って行き、前借りして来て下請代を私に送ってくれる。いずれ原稿が纏《まと》まったら、誰《だれ》かの名前で出ることになっていたようだ。昭和二年の初夏五月のころは、何回目かに届ける下請原稿を書いていた。私は漢学の素養がなくて東洋史も知らないので、調べにいろいろ手間どって原稿が捗《はかど》らなかった。それに書き直す癖があるので、じりじり苛立《いらだ》って来て頭がぼんやりになって来る。才能の欠乏を感じさせられた。

そのころ、荻窪の駅近くには食べもの屋が少かった。駅の北口を出てすぐのところは、向って左の角店が矢嶋洋品店、大久保提燈《ちょうちん》屋、山田ペンキ屋、それから地主の都《つ》筑《づき》重次郎さんの家でお仕舞になっていた。駅を出てすぐ右は（これは最近、善福寺川《ぜんぷくじがわ》の忍川橋際《ぎわ》にいる「荻つり会」の会員、都筑の隠居の作製した昭和六年度の記憶図によるが）角店が佐藤竹籠《たけかご》店、次が亀カンや魚キンなどが店を出していた荻窪市場、次が尾崎運送店（馬で運ぶ運送屋で、馬方のカネさんが馬を曳《ひ》いていた）次が駐在所、むさしや下駄《げた》屋、蒲団《ふとん》の富田屋、松本時計店、片桐呉服店、都筑蕎麦《そば》屋、額縁屋、都筑生花店、中川洋品店、中田小間物店、そこから通称「カンノンオンダシ」の横丁に折れ、岡崎歯科、土金《つちきん》（壁土やコマイなどの材料屋）次が、地主の宇田川宅である。岡崎歯科の対面角店は、先にも言った蹄鉄屋《かなぐつや》、野口棒屋《ぼうや》（鍬《くわ》の柄《え》、鎌《かま》の柄など、木製の棒を売る店。現在は木製の玩具《がんぐ》店に変って客が頗《すこぶ》る多い）その次が、幸田の薪屋《まきや》である。

（戦争中、この駅前の目抜通りは第一次強制疎開《そかい》、第二次強制疎開で広い空地になって、戦後、間もなく自由市場になり、三十年間にわたって「荻窪駅前の市場」と言われて繁昌《はんじょう》した。市場の広さは駅を出てすぐのところから、カンノンオンダシの入口あたりまでと思われるが、この辺の地所のことは、いろいろ難しくて我々には全然わからない。とにかく、最近その市場が取払われて、そこに地下三階、地上何階という大きなビルが建設中である。今まで市場にいた人たちは、今度のビルに入って営業することにしているそうだ）

その向側の商店は、教会通り（戦前には弁天通りと言った横丁）入口のところから数えて、新川運送店、佐藤自転車店、真々田書籍店（南口の共栄堂の支店）朝日堂薬局、西沢洋服店、和田トラック修理事務所、やなぎや豆腐屋、稲荷様《いなり》（この稲荷様と豆腐屋の間を入った横丁に徳川夢声宅）次が、のんき屋カフェー店、近江屋《おうみや》酒店、松屋肉店、浅倉八百屋、備前屋家具店、備中屋蒲団店、飯田活花《いけばな》師匠、製材所、藤沼煙草屋《たばこや》、魚茂西部市場である。

（私が平野屋の二階にいたころは知らなかったが、荻窪で昔から賑《にぎ》やかだったところは、四面道《しめんどう》から西にかけて有馬屋敷、八幡神社あたりまでの謂《い》わゆる八丁通りであるそうだ。以前、私は八丁通りとは、四面道から荻窪駅あたりまでの街だと思っていた。それを二・二六事件になるころまで知らなかった。そのことを誰も私に教えてくれなかった。最近、矢嶋又次著「荻窪の今昔と商店街之変遷《へんせん》」に出ている「明治末期より大正初期の八丁通り商店街図」を見ると、ここには食べもの屋が幾らかあった。藁屋《わらや》根《ね》の家だが大福餅《だいふくもち》を売る店や、村の青年の遊びに来る食べもの屋があった。ここは昔から八丁通りと言われて、江戸時代に免租で保護されていた宿場であった。昔は田舎によくそんなところがあったと聞いている）

一度、私はこの八丁通りから先の田無《たなし》というところへ、阿佐ヶ谷の蔵原伸二郎《くらはらしんじろう》と一緒に行ったことがある。蔵原は青柳瑞穂《あおやぎみずほ》に教わったからと言って、私を田無の一膳飯《いちぜんめし》屋《や》へ連れて行った。蔵原はその店の小窓のなかにある煮染皿《にしめざら》を買うつもりであった。青柳もその店で一つ譲ってもらったので、自分も買うつもりでいたようだ。蔵原は窓のなかの煮染皿を見て、店番の婆《ばあ》さんにどうしても売ってくれと言った。婆さんが売らないと言うと、蔵原はだんだん値を吊《つ》り上げて、とうとう婆さんに怪しい人間と疑われた。婆さんは売らなかった。私はその店の裏の野良道《のらみち》で、烏《からす》の威《おど》しにしてある大《おお》罅《ひび》の入った黄瀬戸の徳利を見つけ、野良着の男に「おっさん、この徳利、売ってくれないか」と言うと、「そんなもの、くれてやるよ」と言ったので、貰って来て花壺《はなつぼ》にした。蔵原がそれを私から譲り受けようとして、どんなに苦心したか私は思い出すことが出来る。——蔵原は昭和七年ごろまで阿佐ヶ谷に住んで、その翌年あたり雪ヶ谷へ引越して、それから多摩川べりの温室村へ移り、戦争中に西多摩の方へ行った。戦後、殆《ほとん》ど何も発表しなかった蔵原は、先年、蔵原の愛読者たちが出版した一冊の詩集を残して亡《な》くなった。

さて、話を元に戻《もど》すが、私は蔵原に教えられて阿佐ヶ谷の食堂へも御飯を食べに行くようになった。中央線沿線の事情が少しはわかって来た。この沿線の新開地としては、荻窪よりも阿佐ヶ谷の方が先輩であり、阿佐ヶ谷よりも高円寺の方が先輩である。飯屋、食べもの屋、洋食屋などの殖えかたも、高円寺の方が荻窪の先を越していることがわかった。荻窪には寄席も美術倶楽部《クラブ》も一つもなくて、高砂館という小型の映画小屋が一軒しかなかった。

私は毎日一度は荻窪駅で乗車下車していたので、改札口で定期券を改める少年駅員と知りあいになった。通勤者の多い朝晩は別として、平素は乗る人が二人なら降りる人は一人ぐらいなものである。自然、改札係と顔見知りになって来る。南口のことは知らないが、北口の改札口の少年は、いつも三省堂発行の英語教科書のクラウン第二巻を持っていた。小脇《こわき》に抱えていることもあり、詰襟服《つめえりふく》のどこからともなく取出すこともある。私と顔見知りになった少年は、初めて私に声をかけるとき、そっと教科書を取出して「すみません。ここのところ、朗読してくれませんか」と言った。

私は英語の発音に自信がない。「僕《ぼく》の発音、駄目《だめ》なんだ。ひどいもんだ」と言うと、「暗記するんですから、大丈夫です」と言った。どういう意味だかわからない。（最近、私はクラウン第二巻を手に入れたので、どんな内容であったか調べているうちに、少年改札係が立っていた当時の改札口を思い出した。人げのない、ひんやりした感じの改札口である）

私の朗読してやった英作文の教科書には、一例をあげると譬《たと》えばこんなような問題があった。

LESSON VIII

1. 私が炉棚の上に置いた仏蘭西《フランス》の磁器を誰が毀したか。

Who broke the French porcelain which I put on the mantelpiece?

女中が今朝掃除するとき毀しました。

The servant-girl broke it this morning, when she was cleaning the room.

英文法も一例をあげると、こんなのがあった。

1. Noun を指摘してその種類を云え。

When George was a little boy his father gave him a hatchet.

ある日、私は平野屋の筋向うの武蔵野湯で、奥瀬君という青年と知りあいになった。奥瀬君に訊《き》くと、改札係の少年たちは岩倉鉄道学校へ入学するために英語の勉強をするのだと言った。こういう少年は、高円寺駅にも阿佐ヶ谷駅にも、東京じゅうどこの駅にもいる。そのなかで鉄道学校への入学率が一番いいのは、阿佐ヶ谷駅の少年改札係である。(労働基準法は昭和二十二年の制定だと聞くが、それより前に荻窪駅の少年改札係は廃止になったのではないかと思う)

当時、奥瀬君は渋谷の方の会社に勤めていたが、日曜以外にも休んでいることがあった。どういうものか私はこの人と馬が合うので、荻窪野球チームをつくって西荻窪野球チームと試合をした。こちらのメンバーは、奥瀬君が投手でキャプテン、私が外野である。その他は奥瀬君の舎弟、その学友、受験生などであった。西荻窪のメンバーは忘れたが、深沢省三画伯がいたことを覚えている。試合がすんでから、帰りに深沢画伯の家に寄って、マリー・ローランサンのような絵を描く深沢紅子夫人からコーヒーを振舞われた記憶がある。試合はどちらが勝ったか覚えない。

荻窪チームは西荻窪チームと一回試合をしただけで、奥瀬君が郷里の伊賀上野へ帰ってしまったので解散した。それから二十年経過して敗戦になり、それからまた二十年ぐらいたって、ある日、テレビに忍者姿の奥瀬君が現れた。アナウンサーの解説によって、伊賀上野に住む忍者研究家、奥瀬平七郎氏が覆面して忍者に化けているのだとわかった。私の胸が動悸《どうき》を打った。黒い布で隠しているので顔は見えないが、年は六十あまりになっている勘定だ。それが長い大刀を背に吊《つる》し、手甲脚絆《てっこうきゃはん》に草鞋《わらじ》ばきで城の石垣《いしがき》を登って行く。伊賀上野の城は藤堂高虎《とうどうたかとら》の構築で、堀が深く石垣が高いと言われている。観光案内のためとは言え、もし奥瀬君が石垣から落ちたらどうする気だ。伊賀上野の町役場の者は、人命を危くさせるような真似《まね》をする。私は町役場へ糾弾の手紙を出そうとしたが、ふと思ったのは、忍者は替玉ではなかろうかということであった。手紙は出さなかった。後で聞くと、やっぱり替玉であった。

私が建築現場へ一週間ばかり行かないでいると、大工の薩州が私のいる平野屋に来て、どうも現場の具合がおかしいと言った。一昨日、棟梁《とうりょう》の柑が現場を引揚げ際に自動車を呼んで来て、手斧《ちょうな》や道具箱など一と纏《まと》めに積んで帰って行った。昨日は下見板の材料が材木屋から来る手筈《てはず》のところ、今日になっても来ないので、昨日も今日も紀州が手を束《つか》ねて待っていた。棟梁は昨日も今日も現場に来ない。薩州が「俺《おれ》、東堂さんに、掛合って来るかね」と言った。

「じゃ、すぐ行ってみてくれ」と言うと、薩州は平野屋から借りた自転車を飛ばして行った。私は現場へ行き、「棟梁にすぐ来るようにしてくれ」と紀州に言って、現場を見て廻《まわ》った。屋根に瓦《かわら》が載って、壁のコマイが組みあがっている。はじめ荻窪駅のホームで東堂君から聞いた話では、ここで壁や土間の仕事が終ったら費用の三分の一を大工に渡して、畳や戸障子などの仕入れをさせるのが当地の方式である。その費用は東堂君の親爺《おやじ》さんが棟梁に渡すようになっている。最初、私は東堂君のうちで親爺さんに金を渡すとき、こんなときのために受取証か何か一筆書いて貰って置くべきであった。しかし棟梁は、金銭授受の現場を確かに見ていた筈だ。

私が小屋の脇の牀几《しょうぎ》に腰をかけて待っていると、道を隔てた隣の敷地に家を建てている建主がやって来て、「やあ、お疲れでしょうなあ」と言った。本望さんという名前の、気さくな人である。私のところと殆ど同時に家を建て始めていた。私が「お宅、土地はお買いになったんですか、借地ですか」と訊くと、「借地です。この辺に引越して来る移住民は、みんな借地をしています。今に課長になるか局長になるかして、行く行くは麴町《こうじまち》番町に移って行くつもりですからね」と言った。麴町番町に住むのが本望さんたちの理想であるようだ。

本望さんのところの敷地と対角の敷地の家は、二年くらい前に建てたらしくて庭木に恰好《かっこう》がついていた。表札は文学雑誌でよく見る名前の「片山敏彦」である。アナトール・フランスの研究家で、一高のフランス文学の先生である。その片山さん当人が、来客らしい人と連れだって、牀几に腰かけている私たちの前を通りすぎた。どちらもトネリコのステッキをついていた。「あのもっさりした方の人、『出家とその弟子』を書いた倉田百三《くらたひゃくぞう》ですよ」と本望さんがひそひそ声で言った。

「出家とその弟子」で読者から教祖と思われている倉田百三は、崇拝者をたくさん持っていた。片山さんと倉田百三は学生時代からの知りあいか、または互いに敬愛する仲であったろう。(戦後、文学史家の調べた記録によると、倉田百三が湘南《しょうなん》の藤沢から東京牛込《うしごめ》に移ったのは、昭和二、三年ごろである。そのころ百三は、荻窪の片山家をしばしば訪ねていた)

本望さんは私のところの現場で、何かごたごたが起っているのに気がついていたようだ。薩州が自転車で帰って来ると、本望さんは御自分のところの現場へ引返して行った。

「散々でした」と薩州が言った。

薩州がこれこれこうだと言いかけると、東堂君の親爺さんは、いきなり開きなおって、「ここは、貴様なんかの来るところじゃない。無礼は許さんぞ」と言った。それで棟梁に会わして貰《もら》いたいと言うと、「現場に居るだろう。それとも練馬の我家に居るだろう。我輩は、あんな者のことは知らん。帰って行け。無礼だぞ」と怒鳴ったそうだ。

そこへ紀州が赤塗りの自転車で帰って来た。この自転車は紀州が自家用に、武蔵野湯の隣の自転車屋で買ったセコハンである。

「先生、相手が悪いよ」と紀州が言った。

練馬村の棟梁の家は戸が締まっていたので、私のところの建前で知りあった練馬の鳶《とび》の頭《かしら》のところに行くと、こちらが言うより先に「あいつ、またやったのか。しかし今度は、建前をすましたから大したもんだ。あの建前の日、俺たち帰りにそう話し合ってたんだ」と言ったそうだ。事実、建前をすませ、曲りなりにも、瓦を載せて敷居も入れるばかりである。

紀州が練馬の鳶に、「あの棟梁、何で毎度、そんなに縮尻《しくじ》らなきゃいけないんだ」

と訊くと、「これだよ」と、博奕《ばくち》で壺を伏せる手つきをして、「だが今度は、あいつとしては上出来だ」と言ったそうだ。

私は困ったことになったと思った。何という自分は不器用なやつだろうと思った。東堂君の親爺さんは、初めからこちらを嵌《は》める腹で、村でも抜道上手と言われる評判の棟梁に請負わしたに違いない。その鼻っ摘みの棟梁を主要な道具に使ったのは、事を天秤仕掛《てんびんじかけ》にして捏《こ》ね回す梃子《てこ》の枕《まくら》にするためだろう。梃子の応用である。こんなことは世間にざらにあるとしても、この通俗な手に乗せられた自分の甘さがいまいましい。

私は改めて工事半ばの自分の家を見た。瓦を載せて柱と梁《はり》との骨組だけの家は、何とも貧相な存在に見えた。裏手の方の基礎は、五寸角か六寸角の大谷石を六尺間隔に据《す》えて、三寸角か四寸角の米ツガの角材が土台になっている。この形式が、荻窪駅のホームで東堂君の言った坪基礎と言うのだろう。坪四十五円か五十円の、借家普請《ぶしん》の基礎がこれだと言っていた。

薩州と紀州は焜炉に火を燃したり茶を注《つ》いだりして、私にもお茶を飲めと言った。私は二人に、これから先も工事を続けるように言って、日当は本望さんのところで大工に払っているのと同じ額にする契約にした。工事の材料は少しまだ現場に残っていた。二人は今まで通り建築場小屋に寝泊りすることにして、もし棟梁が小屋を取払いに来たら新宿朝日町のドヤ街から通勤するつもりだが、ここの方がドヤ街よりも上等だと言った。必要なときには、すぐ近くの地主のところの外後架《そとごうか》で用をたして来る。酒は平野屋に言えば届けてくれる。米は米屋が持って来る。お風呂《ふろ》は四面道《しめんど》の裏手の妙法湯に行く。以前、通勤の便のなかった明治大正のころは、この辺では旅の大工を雇う棟梁は、職人たちをこんな風に扱っていたようだ。（大正末年から昭和初期にかけて、旅の職人や旅に出る人夫の世話をする専業の周旋所があったそうだ）

私は平野屋の二階に帰って、郷里の兄貴に事情を精《くわ》しく告げ、自称「ＳＯＳの無心状」という手紙を書いた。速達書留で出した。東堂君にも、親爺さんに反省させてもらいたいという手紙を書いた。四、五日しても、どちらからも返事が来なかったが、現場の方はうっちゃって置けないので、平野屋の主人に言って、お上さんの従兄《いとこ》に当る代田橋の厚田五兵衛（仮名）という高利貸から借りることにした。天引、日歩十二銭の利息で、期限は七月三十一日。証人は平野屋主人である。元利合計の支払いが出来なかったら、利息だけ払って月末に証文を書きかえればいい。

私は平野屋の主人に連れられて厚田五兵衛を訪ね、紫色の幕をしぼった金光教の祭壇を設けてある広間で借用証文を書いた。金はうまく借りることが出来た。後はもう現場の仕事がとんとん拍子に運ぶと思っていると、紀州が暇をくれと言って現場から消えたので、薩州一人になってなかなか仕事が捗《はかど》らなかった。

東堂君からは手紙の返事が来なかった。郷里の兄貴の返事は、私が高利を借りて来てから三、四日して届いた。「お前の謂《い》わゆる『SOSの無心状』なるものを見たが、俺はお前の散財の尻《しり》ぬぐいをする気持はない」というようなことを書いてあった。一陣の冷たい風が吹くような気持がした。これが私を毎度げんなりさせる兄貴風というものだ。誤解も甚《はなは》だしい。散財などというような悠長《ゆうちょう》な、そんな高踏的なものではない。私は質草もろくなものは持たなかった。寝ても醒《さ》めても、金の無いのが気になって、貧乏には慣れているつもりでいても、自分はもう貧乏には飽き飽きしたと思うようになった。

高利貸の厚田五兵衛は、七月三十一日になると平野屋の二階にいる私のところへ利息を取りに来た。厚田は平野屋と親戚《しんせき》でも、そんなことは気にしていないようであった。自転車のハンドルに合切袋《がっさいぶくろ》の紐《ひも》をくくりつけ、日が照りつけているのに、着物をじんじん端折《ばしょ》りして深ゴム靴《ぐつ》をはき、ソフト帽を被《かぶ》ってやって来た。私は厚田を二階に通し、硯箱《すずりばこ》を階下から借りて来て証文を書きなおし、日歩十二銭の割で利息を払った。払ってしまえば厚田は何も言わなかった。黙って立って階段を降りて行き、平野屋さんに軽く会釈《えしゃく》して合切袋をハンドルに結びつけ、じんじん端折りになって自転車で帰って行った。

それから数日後、阿佐ヶ谷の蔵原伸二郎が平野屋に来て、私に代田橋の高利貸を紹介してくれと言った。蔵原は同人雑誌「雄鶏《おんどり》」の後身「麒麟《きりん》」の同人で、新宿のエルテル喫茶店の二階によく来ていたので、私も前々から顔を知っていた。そのうち私は荻窪に来てから、阿佐ヶ谷へときどき行くようになって、蔵原の家に訪ねて行ったこともある。先に言ったように、蔵原が荻窪にやって来て、一緒に田無の方の飯屋へ煮染皿の買出しに行ったこともある。

蔵原伸二郎は小鳥が好き、犬が好き、焼物が大好きであった。中学を出るころには画家になる気でいたが、佐藤春夫の「田園の憂鬱《ゆううつ》」を読んで詩人になろうと思ったそうだ。そのころ蔵原の叔父さんで蔵原惟郭《これひろ》という代議士が、子供さんの惟人《これひと》とその従兄弟《いとこ》の伸二郎に社会教育を授けるため、一箇月か二箇月か横浜か横須賀の船渠《ドック》でカンカン虫をさせた。伸二郎はそういう方面のことは忌避していたが、惟人の方は大まじめで労働運動に興味を持つようになって、ナップに入ってしまったと伸二郎が言っていた。（蔵原惟人はそのまま左翼運動を続け、現在はアカハタの編輯《へんしゅう》をしているのではないかと思う）

蔵原は私が厚田五兵衛から高利を借りたことを、青柳瑞穂から聞いて知っていた。青柳は蔵原や那須《なす》辰造《たつぞう》などと「麒麟」の同人で、三人とも阿佐ヶ谷に住んでいた。青柳も焼物や絵が好きで、梯子酒《はしござけ》が好きなことは私と同じだからよく一緒に飲んでいた。蔵原も青柳も、焼物のことになると目が無くなってしまう。ことに蔵原はそうであった。

(去年、菊見のとき木山捷平《きやましょうへい》の奥さんが言っていたが、昭和六、七年のころ、寒い日に蔵原が阿佐ヶ谷稲荷《いなり》様の脇《わき》の木山君のうちに来て、「奥さん、すみませんが、炭を少し下さい。新聞紙に包んで下さい」と言った。見れば、インバネスの翼を拡《ひろ》げた懐《ふところ》に、目があいたばかりの犬の仔を入れている。紀州犬の仔で、尻尾《しっぽ》が左に巻いている。この犬を二十三円で買って来たが、女房には五円で買ったと言うことにする。二十三円のうち、犬が五円、あとは炭や米など買ったことにするから、とりあえず炭を貸してくれ。蔵原がそう言ったので、炭を少しばかり新聞紙にくるんで蔵原の袖《そで》のなかに入れた。蔵原は二十三円の散財をしたわけである)

蔵原が平野屋に来たときには、二十五円借りたいから私に証人になってくれと言った。どうしても手に入れたい陶器を骨董屋《こっとうや》で見つけたので、もう手附金を置いたことにして来たから金が要《い》ると言った。

厚田五兵衛のは天引の日歩十二銭で損だと言っても、それで結構だから証人になれと言った。私は厚田にまだ借金を払っていなかったので、証人になる資格を認めてくれるかどうかが問題であった。ともかく当って砕けろと、判を持って蔵原と一緒に代田橋へ行った。

厚田は蔵原に金を貸してくれた。やはり日歩十二銭の天引である。二箇月くらい後で支払う契約であったと思う。ところが蔵原は期限が来ても元利とも払わなかったので、一度、証人の私のところに厚田が催促に来て「一体、どうしてくれるんです」と強く言って、「しかし、大した金でもないですから、すぐお払いになれますよ」と宥《なだ》めるように言った。これは厚田の常套《じょうとう》の催促の仕方である。後に私が利息を遅らしたときも、厚田は同じようなことを言った。強く言うときよりも、宥めるように言うときの方に凄味《すごみ》があった。

私の建てていた家は、隣の本望さんの建てていた家より二箇月も遅れて出来あがった。本望さんのうちは大谷石を横に据えたどっしりした基礎でヒノキの土台である。私のうちは、五寸角か六寸角に割った大谷石の四角いやつを、ざっと土に埋《い》けているに過ぎなかった。いつか荻窪駅のホームで聞いた、謂わゆる借家普請の坪基礎で土台は米ツガという粗悪品である。それに八畳間も六畳間も床下の工事の手を抜いて、束柱の数を減らしてあるので、坐《すわ》っていて膝《ひざ》を強く揺すると床がドロドロンという音をさせる。(これは気になるので、束柱の数を殖やして床を張替えた。後に満洲事変が始まったころ、全体の柱の根継をした。その後、専業の毀屋《こわしや》が来て毀すところを見ると、離れ四畳半の柱は全部ゲンゾウになっていた。柱の枘《ほぞ》をつける手数を省き、芝居の大道具がするように、鎹《かすがい》か釘《くぎ》で留めるやりかたである。五寸釘で留めてあった)風が一晩吹くと、柱の根元の畳に畠の土埃《つちぼこり》が扇のような模様を描く。廊下を歩くと板が薄いため、そっと歩いてもみしみしと音がする。玄関の叩《たた》きも台所や井戸の流しも、大工の薩州がお手伝いでした仕事だから、でこぼこになっている。

本望さんは会社に勤める一方、家にいるときには何か発明の仕事の図面を引いているようであった。夫婦円満で、達夫さんという学齢前の男の子が一人いた。奥さんはおとなしそうな綺麗《きれい》な人だが、奥さんの弟さんが薄青色の電球を買って来て、本望さんに奥さんの顔を美しいと思わせるように、座敷と茶の間にその電球をつけさせた。その話を平野屋がどこかで聞いて来て、荻窪の美談だと言った。

私は平野屋の二階からここに引越して来て、一年あまりして高利貸の厚田に元利合計して返済した。郷里の兄貴がどう思ったか、金の都合がついたから受取ってくれと言って不意に送って来た。私はそれより前に碑文谷の田中さんの方の下請仕事を止《よ》して、もすこし習作に身を入れることにしていたので、日歩十二銭の利息を払うのも辛《つら》かった。平野屋が御用聞きで持って来るビールや酒の支払いも、毎月のように滞りがちであった。高利の金を払ってしまった後、それから一年たっても二年たっても、また私が家内と所帯を持って子供が生れてからも、毎月のように月末の支払いがうまく行かなかった。

私は貧乏性だから貧乏がきらいなくせに、余分の金が五円も机の抽斗《ひきだし》にあると落着いていられない。何でもいいから使ってしまわなくては物足りない。または飲んでしまうかしなくては気がすまない。借金は平野屋ばかりでなく、米屋にもあったし炭屋にも質屋にもあった。一九三二年（昭和七年）、私の作品が春陽堂の「明治大正文学全集現代篇」に入ることになった年、（この年に本望さんが亡《な》くなった）私は旅行に出たり入院したりして、近所の店屋にいろいろ借りが溜《た》まっていた。

本望さんは亡くなる年に会社を止《や》めて、発明に専心するようになっていた。夏、梅雨になる前に、サワラの生垣《いけがき》を御自分で刈込んだ日、夜になっていきなり亡くなった。四面道のこちら側の斎藤さんという医者が来て（この医者は、本望さんの家と対角の地所にいる片山（敏彦）さんの奥さんのお父さんである）診断の上、腸捻転《ちょうねんてん》のためと思われるが急激すぎて、死因が不明かもしれないと警察に知らせた。警察医が来て調べたが初めはよくわからなかった。奥さんの話では、胃が苦しいと言って風呂場へ行って吐いたり自分で掃除したり苦しんだりして、独りで苦しみながら息を引取ったと言う。私が本望さんの声を最後に聞いたのは、サワラの生垣の根に二つ大きな木箱を据えて、その上に板を渡し、刈込鋏《ばさみ》を使いながら楽しそうに歌っていた軍歌である。「ここはお国を何百里……」という歌である。生垣を刈るのが上手であった。

本望さんは自殺したりするような、そんな理由は何もなかった筈《はず》だ。やはり警察医も最後に腸捻転と診断したそうだ。子供は達夫さんのほかに、ここに来てから昭和四年に生れたエイチャンという男の子と、七年に生れたばかりのミヨコチャンという女の子がいた。本望さんは発明品の試作に取りかかるため会社を止して、せっかく資金を注ぎこんだばかりのところ敢《あ》えないことになったので、気の毒だと言うより他はない。幼い子供を抱えた奥さんは、文字通り困ることになった。

こんな場合、すぐ思いつくのは、世の中が不況だから致し方ないという言葉である。もう一つ、遠い親戚《しんせき》よりも近くの他人という言葉である。私のうちの左隣の上泉《かみいずみ》（秀《ひで》信《のぶ》）さんの奥さんが、月末になると本望さんの奥さんに何かと都合つけてあげるようになった。上泉さんは都《みやこ》新聞の学芸部長で地道な人だから、上泉夫人は亭主に内証で本望未亡人に尽しているようであった。なかなかのことだと感心するが、私は自分の家内にそれを見習えと言うことが出来なかった。ところが、この好ましい近所づきあいは、あまり長つづきがしなかった。本望さんの一周忌がすむと、未亡人は子供さんたちを連れて立退《たちの》いた。夜明け前に、こっそり出て行ったらしい。朝早く、私のところの家内が臥《ね》ている私を揺り起し、うちの井戸端に本望さんの梯子《はしご》が置いてあると言った。出て見ると、うちの裏木戸のところから井戸端まで、梯子を引きずった二本の跡がついている。梯子は井戸のポンプ台に寝かせてあった。

本望さんのうちの梯子は、長さ二間で、太めのヒノキ材の親柱にヒノキ材の踏桟《ふみざん》である。普通の二間梯子よりもずっと重い。早朝、出がけに未亡人は子供を負《お》んぶして、重い梯子を無理して引きずって来たのだろう。無言のうちの置き土産だと解釈した。

かねがね私は、自分のうちにも梯子があればいいと思っていた。梯子の造型美というものが私の気に入っている。ことに本望さんのうちの梯子は、鳶《とび》の頭《かしら》の作さんを初め作さんの子分の木下なども、頑丈《がんじょう》な梯子だから乗り心地が良さそうだと言っていた。（梯子が私のうちの所有になった後、近所の建前のとき、他所《よそ》の鳶が梯子を私のうちへ借りに来たことがある。乗り心地の良さは、本職なら見るだけでもわかるだろう）私は梯子を雨ざらしにしないようにするために、大工に言って裏の軒下に梯子掛を造らせて、不断そこに掛けて置いた。ときたま、それを明け放した窓の敷居に載せ、三つになる子供を相手にシーソー遊びをすることがあった。梯子のまんなかごろを敷居に当てて、畳の方に出ている踏桟の一劃《いっかく》に子供を置き、ヤツデの木の生えている方に私が立って、ゆっくり漕《こ》ぎながらギッチラコをやるのである。

私はこのシーソー遊びのことを詩に書いた。後にそれを同人雑誌「四季」再刊一号に出した。

歳末閑居

ながい梯子を廂《ひさし》にかけ
拙者はのろのろと屋根にのぼる
冷たいが棟瓦《むながわら》にまたがると
こりゃ甚《はなは》だ眺《なが》めがよい

ところで今日は暮の三十日
ままよ大胆いっぷくしていると
平野屋は霜どけの路を来て
今日も留守だねと帰って行く

拙者はのろのろと屋根から降り
梯子を部屋の窓にのせる
これぞシーソーみたいな設備かな
子供を相手に拙者シーソーをする

どこに行って来たと拙者は子供にきく
母ちゃんとそこを歩いて来たという
凍えるように寒かったかときけば
凍えるように寒かったという

本望さんの未亡人は長男を連れて派出婦会に入会し、幼い二人の子供を保育所に入れた。二番目の男の子の方は、階段から堕《お》ちて頭を強く打ったと言う。未亡人がお隣の上泉さんのうちへ来た帰りに、私のうちに寄って家内に話して行ったことである。（戦後、昭和四十何年ごろのこと、本望さんの長男達夫さんが、一度、私が不在のとき訪ねて来て、自分の隠し芸を披露《ひろう》して行きたいとのことで、落語を一席やって行っ

いたと言う）

たそうだ。和服を着ていたが、立派な青年になって扇子も豆しぼりの手拭《てぬぐい》も持参して

元の本望さんの家は、二年近く空家になっていたが、吉瀬さんと言って日本銀行に勤めている人が来た。日曜日になると生垣の内側にズックの大きな幕を立ててゴルフの練習をした。出世する会社員は、たいていこれをする。力をこめて打つボールが、幕に当る。重々しい大きな音がして、うるさくて叶《かな》わない。あるとき縁側に腰をかけ、その音に閉口しながら耳を傾けていると、不意に飛んで来た打球棒が私のうちの生垣の上をかすめ、私の鼻先をかすめて、玄関の羽目板にぶつかった。危なかった。打球棒はモクセイの根元に植わったツツジのかげに入った。あの打球棒を、誰《だれ》がどんな風にして探しに来るだろうと、生垣の外の方を窺《うかが》っていると、「坊や坊や」と道に出て呼ぶ吉瀬さんの声がした。坊やがよちよち歩きで吉瀬さんのところに行った。

吉瀬さんは坊やの耳に口を当て、何やらひそひそ言っているらしい様子であった。生垣の外はしんとして、坊やが、私のうちの門口《かどぐち》から入って来た。あの子に、とても見つかりっこないと意地悪く見ていると、坊やは少しも迷わずモクセイの木の根元に歩いて行った。童《わらべ》の勘は素晴らしい。坊やは当然のように打球棒を拾って、よちよち歩きで出て行った。その次、どうすることかと、私は腰を上げて生垣の外を窺った。

吉瀬さんは打球棒を受取ると、声を落して「怒ったか」と坊やに言った。

その翌月あたり、吉瀬さんは銀行の上海支店に転勤するので引越して行き、暫《しばら》く空家になってから佐藤さんという老夫婦が来た。その後、戦争で私は徴用されたり戦地に行ったり疎開《そかい》したりして、本望さんのうちに吉瀬さんがいたことなど忘れていた。戦後、昭和四十一年か四十二年になって、岩波書店の催した湯島の会で吉瀬さんに会った。名前を聞いて思い出した。どこかの大きな銀行の重役になっていた。

棟梁《とうりょう》の柑が麦畑の隅《すみ》に据《す》えつけた建築場小屋は、私の家が建ちあがる前に消えて無くなっていた。どんな工作をして持って行ったかわからない。

文学青年窶《やつ》れ

　世上、縁談窶れという言葉がある。今まで何回も見合いをして来たが、残念ながらその都度、もうちょっとのことで良縁がなかった。いつ結婚できるか気になることだ。そういった女を、不憫《ふびん》に思って言いだした熟語だろう。女として必ずしも欠陥があるというのではない。これに似たような世間的な取合わせで、大正期を経て昭和初期になると、文学青年窶れという新しい熟語が出来た。私が荻窪《おぎくぼ》に引越して来る前後の頃《ころ》に出来た言葉ではなかったかと思う。

　先に言ったように、私はこの荻窪に来る直前、同人雑誌「戦闘文学」の会を脱退し、ここに来て間もなく「文芸都市」の同人になった。その頃、私たち文学青年の間では、常用語として文学青年窶れという言葉を使うようになっていた。譬《たと》えば阿佐ヶ谷の文学青年蔵原伸二郎《くらはらしんじろう》が、詩の習作をうっちゃって、骨董《こっとう》の掘出し物をしたり野鳥を飼ったりしていると、「あいつ、やっぱり文学青年窶れしているよ」といった調子である。誰《だれ》かがまた、流行新刊の際物《きわもの》小説を讃《ほ》めたりしていると、「あいつ、文学青年窶れしている甲斐《かい》もない」と貶《けな》される。ひねてはいるが、半ばしっかりしているという意味にも使われていた。

岩波書店刊行の「広辞苑」を見ると、「文学青年」という言葉は出て来るが、「文学青年窶れ」という言葉は出て来ない。これはおそらく、昭和一、二年あたりから編纂《へんさん》に取りかかった辞書だろう。「文学青年」という成語の解説には、「文学を愛好し作家を志望する青年。また、軽薄な文学好きの青年を軽んじていう」と言ってある。

私は昭和三年「文芸都市」の同人になって、以前の習作や新しく書いた短篇をこの雑誌の毎月号に出した。それが暫《しばら》く続いた後、「文芸都市」が廃刊になると、「作品」という同人雑誌に入り、これも廃刊になると「文学界」の同人になって、戦後、「文学界」は文藝春秋新社の経営に移って営業雑誌になった。私の後半生は同人雑誌の同人生活で終始しているようなもので、「文学界」の次には、詩の雑誌「四季」の再刊号からこの雑誌の同人になった。「四季」はいつの間にかつぶれてしまった。

人間は大なり小なり群れをつくる習性を持っている。馬もこの通りであるという。競馬はその習性を利用して人間の考え出した競技であって、馬は移動して行く群れから離れないように、後れないように、または先頭に立ちたいと焦《あせ》る。脚力ではその群れのうち一番実力があるやつでも、性質としていつも三番目か四番目を行くのもある。

そんなのは、いつも先頭には出て行かない。ただ後れないように走って行く。この習性を利用して考え出した遊びが競馬であるそうだ。同人雑誌がちょうどそんなもので、グループの一人一人がお互に工夫をこらした力作、または遊び半分に書いた習作を載せようとする。一人では物足りないから群れをつくる。「文芸都市」も「作品」もそういう集まりであった。とかくメダカは群れたがるというが、それで結構だと私は思っている。

文壇の消息通と言われていた伊藤整は、私が「文芸都市」の同人であった当時の文壇状況について次のように言っている。

……昭和四年というのは一九二九年である。その年、私は二十五歳で、商科大学の学生であったが、もう卒業する気持もなく、フロイトに読みふけったりしていた。私は詩集を一冊持った詩人だった。詩人の友だちとして春山行夫、三好達治《みよしたつじ》、丸山薫《まるやまかおる》、阪本越郎《さかもとえつろう》、北川冬彦、北園克衛《きたぞのかつえ》など、当時二十二、三歳から三十歳前の『詩と詩論』に拠《よ》って、新しい詩を書き出していた最も前途に満ちた人たちを知っていた。

私は小説家の知合いが無かった。

その頃、新宿の紀伊国屋から『文芸都市』という小説の新人を集めた雑誌が出ていた。その同人は私の記憶しているところでは阿部知二《あべともじ》、梶井基次郎《かじいもとじろう》、古沢安次郎、舟橋聖一、尾崎一雄、井伏鱒二、雅川滉《つねかわひろし》、浅見淵《あさみふかし》などであった。その頃は当時の新進作家群としての新感覚派系統の横光利一《よこみつりいち》、川端康成《かわばたやすなり》、中河与一、片岡鉄兵、マルクス主義文学での徳永直《とくながすなお》、中野重治《なかのしげはる》、小林多喜二、窪川稲子《くぼかわいねこ》などがよく仕事をした時代であり、その頃に（近代文学社編の『文芸辞典』によると）発表された主要作品には『卍《まんじ》』『蓼喰う虫《たでくうむし》』潤一郎《じゅんいちろう》、『綾里村快挙録《あやざと》』鉄兵、『鉄の話』重治、『夜明け前』（第一回）藤村、『蟹工船《かにこうせん》』と『不在地主』多喜二、『太陽のない街』直、『浅草紅団《くれないだん》』康成、などがある。またこの頃突如として文壇に現われて多くの読者に愛読された作家に『放浪時代』を書いた龍胆寺雄《りゅうたんじゆう》と『放浪記』を書いた林芙美子《ふみこ》とがあって、華やかに目立った。こういう風に、重要な作品の多く書かれた激しい時代であったから、小説を書こうとも思っていなかった私も文壇の様子には注意していた。ことに小林多喜二は小樽《おたる》の高等商業学校での上級生で顔見知りであったから、その仕事ぶりには注意していた。

そういう新進作家たちに較《くら》べると、『文芸都市』に集まった人たちは、尾崎や舟橋などのようにすでに『新潮』などに作品を発表していた人たちもいたが、全体としては同人雑誌中の最も優秀な人たちの集りという感じであった。そしてこの人たちが多分、横光や川端の後を受けて、反マルクス主義、つまり当時の言い方での「芸術派」の次の代の新進作家群になるだろうと、私などの目にも明らかに考えられた。『文芸都市』を出版していた紀伊国屋は小売店ではあったが、新宿で一番大きな本屋だった。『文芸都市』のポスタアを派手な立看板で表口に張り出していた。その店主の田辺茂一氏が私と同年配の人で、しかも小説や批評を書く人だとは後まで私は知らなかった……。

私は阿佐ヶ谷の崎山猷逸《さきやまゆういつ》と目白の舟橋聖一の紹介で、「文芸都市」の同人になった。創刊号からでなくて、途中から同人になったので、その前に、どんな人が同人として書いているかと既刊号を読んでみた。ところが梶井基次郎の「ある崖上《がけうえ》の感情」という短篇が目についた。もう五十年前のことだからよく覚えないが、こんな気のきいた作品を書く同人がいたら、俺《おれ》は見劣りがするだろうと思ったのを覚えている。作中に夜霧のことは書いてなかったが、読んで行くにつれて、夜霧がいっぱい立ちこめて来るようであった。

この雑誌は、四年十月に「新文芸都市」と改題して、それを最後に廃刊になった。その頃、新宿紀伊国屋の店頭で、「文芸都市」は月に四冊か五冊くらい売れていたが、左翼文芸雑誌「文芸戦線」は百冊配本のうち一箇月で百冊近く売れていたようだ。同じ左翼文芸雑誌でも「戦旗」の読者は素早くて、この雑誌は配本されると同時に発禁になるのを知っているから、配本を待ちかねて紀伊国屋へ買いに来た。百冊配本されて即日百冊売切れになった。文学青年も左翼でなくては、どうにもうだつが上がらぬ時節になっていた。

私は「文芸都市」が廃刊になると、永井龍男と中村正常の紹介で「作品」の同人になった。この雑誌の同人は小林秀雄、河上徹太郎、永井龍男、堀辰雄、中村正常、中島健蔵、青山二郎、嘉村礒多《かむらいそた》、大岡昇平、佐藤正彰などであった。元「1929」の同人小野松二が「作品」の編輯《へんしゅう》に当り、阿佐ヶ谷将棋会の同人で大学生の中村地平が編輯助手をした。

作品社は雑誌を出すほかに同人の単行本も出版し、毎月、出雲橋《いずもばし》際《ぎわ》の長谷川で編輯会議を開き、事務所は神田須田町、万惣の筋向うのビルに置いていた。

その頃、文藝春秋社から「文藝手帖《ぶんげいてちょう》」という新企画の手帖が出版され、このなかの住所録のために私は警察から取調べを受けたことがあった。「寄稿家住所録抄」という欄に、私の住所を東京市外豊多摩郡井荻《いおぎ》村下井草一八一〇と書いてあった。ところが神近市子《かみちかいちこ》女史の住所が同じ井荻村下井草一八一〇になっていた。

神近女史は下井草のこの番地に住んでいなかった。その頃は無論のこと、現在も住んでいない。神近さんは強力な左翼の闘士だから、警察の目を逃れるため、出版社などに知らせる住所は適当に出まかせを言って置くのだろう。その証拠には、下井草一八一〇神近市子様宛《あて》の郵便物は配達夫が私のうちに届けて来るが、たいていそれは商品見本や宣伝用の新刊書の広告などに限られていた。神近さんの知り合いらしい人からの郵便物は一つもない。知らない人たちは文藝春秋社の「文藝手帖」を根拠にしていたらしい。

当時、下井草一八一〇の番地には、地主の家が一軒と、その右手に都《みやこ》新聞学芸部長の上泉秀信《かみいずみひでのぶ》宅、その右手が拙宅、その裏手が農林省官吏の角忠治宅、その隣は当時まだ空地であった。初め私は、角さんのうちは大きいから、神近さんは角さんのところに仕事部屋を持っているかもしれぬと思っていたが、そうでないことが間もなくわかって来た。角さんの奥さんは岸信介や佐藤栄作と従兄妹《いとこ》の仲で、孤児だった岸は角さんの奥さんのお父さんに育てられたそうだ。官僚に縁のあるこういう家庭を、左翼の闘士が隠れ家にするわけがない。郵便配達夫は、神近さん宛の郵便物を一応、私のところに持って来て、食糧品の見本などのときには、「では、受取人不明として返送してもいいんですね」と念を押すことがあった。大阪の道修町《どしょうまち》というところの薬品店発送で、中身が確かに避妊薬となっている新薬を宣伝広告として送って来るのもあった。一度、お隣の上泉さんに、神近女史宛の郵便物が私のうちに迷い込んで来る話をすると、上泉さんも神近女史の住所はわからないと言った。左翼の闘士が住所を隠すのは必至のようであった。新聞社の学芸部長などには仮にわかっていたとしても、お隣のわれわれ素人《しろうと》に教えるわけがない。

「では、こうしたらどうです」と上泉さんが、私に随筆の構想を話した。

「神近さん宛に、薬屋の広告なんか来るという手紙を出して、その手紙の宛書を井荻村下井草一八一〇番の神近市子様とするんですね。実際、そういう手紙を出して、それが附箋《ふせん》つきで返って来ることを都新聞の『大波小波』欄に書きませんか」

その頃、私の書くものはナンセンス文学と言われていた。まさか私はそんなことはしなかったが、ときには都新聞に随筆を書いたことはあった。以前から上泉さんは、時を見はからって垣根《かきね》越しに随筆二回分を私に注文することがあった。都新聞の学芸欄の随筆は、一回三枚であった。私がここに引越して来て間もない頃、米屋か酒屋が私のところへ月末の支払いを催促に来て空《むな》しく帰って行くと、上泉さんの奥さんが上泉さんにそれを話す。話すのだろうと思われる。それで翌日、上泉さんが社へ出がけに、垣根越しに「お隣さん、随筆二回分、今晩までにお願いします」と私に声をかける。

無論、こちらはすぐ引受ける。夕方までに二回分の随筆を書いて置くと、社から帰った上泉さんが垣根の隙間《すきま》から私に稿料と受取証を渡してくれる。こちらは受取証に判を捺《お》して隙間から返す。上泉さんが学芸部長の頃の都新聞に、私がたびたび随筆を発表したのはそのためである。この原稿と稿料取引の場となった生垣は、戦争中に出来た隣組の申合せで、お隣と自由に往来できるように取払いになった。この辺りではどこの家でも、これ一式にしていたサワラの生垣であった。

上泉さんは学芸部長から編輯局次長になったが、戦争になってからの軍部の取締りには閉口したようであった。思いきりよく新聞社を止《よ》して大政翼賛会の役人に転向し、岸田《きしだ》国士《くにお》文化部長の下で副部長になった。傍目《はため》にも忙しい日常に見えた。ところが大政翼賛会は初期の近衛《このえ》・有馬の発想と裏腹に軍部の者に悪用されるようになったので、上泉さんも岸田さんもくたくたになって田舎に疎開《そかい》した。有馬さんは近衛さんと心を合わせ、軍部を抑える目的で翼賛会発足のため人知れぬ犠牲を払ったと言われている。それを横合から軍部のしたたか者が攫《さら》い取って、いろんな人たちを苦労させたり苛《いじ》めたりする道具にした。荻窪八丁通りの有馬邸の御主人と、善福寺川《ぜんぷくじがわ》沿いの荻外荘《てきがいそう》の御主人は、どんな気持であったろう。

話を元に戻《もど》すが、「文藝手帖」で神近市子女史の所番地が井荻村下井草一八一〇になっていた当時、警察の者が二度までも私のうちへ問合わせに来た。質問は二度ともきまっていた。記憶を辿《たど》れば、大体こんなようなものである。

「つかぬことをお伺いしますが、あなたと神近市子さんは、どういう御関係ですか」

「次に、もう一つ伺いますが、神近市子さんの住所が、下井草一八一〇番と言われるのは、どういうわけでしょうか」

「もう一つだけ伺いますが、神近市子さんは、かつてお宅に下宿されていたことがありますか」

「もう一つだけ伺いますが、あなたか、またはあなたの友人が、神近市子さんと個人的にお知合いですか」

その程度の質問だが、こちらは神近さんと知合いで有る無しにかかわらず、薄気味わるくて仕方がない。お巡りの慇懃尾籠《いんぎんびろう》に、我慢して調子を合わせるのは難しい。

その後、町名変更で下井草一八一〇が杉並区清水町二四番になってから、あるとき二人の若い巡査がやって来た。もう左翼運動も世間一般に下火となって、若いお巡りが、二人連れでマルキストの戸籍調べをするのは、場違いと思われるような時勢になっていた。私は余計なことを喋《しゃべ》ると拙《まず》いし、ちょうど外出しようとしていたので、お巡りの応対は家内に任せ、茶の間に入って玄関での質問応答を聞いていた。

「ちょっとお伺いしますが、神近市子さんはお宅に寄寓《きぐう》されていたことがありますか」

「いえ、そんなことございません」

「では、お宅の御主人が、神近市子さんのお宅に寄寓されていたことがありますか」

「そんなことございません」

「では、お宅の御主人のお父さんが、神近市子さんと同棲《どうせい》されていたことがありますか」

「うちの主人の父は、うちの主人が六つのとき亡《な》くなりました。そのときには、神近さんは小学生ぐらいのお年でしたでしょう」

「では、もう一つだけ伺いますが、お宅の御主人は、かつて神近さんと同棲されていたことがありますか」

「そんなことございません」

傍から聞いていて、何か焦《じ》れったくなることばかりであった。どうどう巡りのようなことをやっている。私はこの日、阿佐ヶ谷将棋会に出ることにしていたので、台所口からこっそり外に出て行った。

阿佐ヶ谷将棋会は、荻窪、阿佐ヶ谷に住む文学青年の会で、外村繁《とのむらしげる》、古谷綱武、青柳瑞穂《あおやぎみずほ》、小田《おだ》嶽夫《たけお》、秋沢三郎、太宰《だざい》治《おさむ》、中村地平などが会員であった。それが毎月会合し、後になると（昭和十五年頃になると）浅見淵《あさみふかし》、亀井勝一郎、浜野修、木山捷平《きやましょうへい》、上林《かんばやし》 暁《あかつき》、村上菊一郎など入って来た。元は阿佐ヶ谷南口の芋屋で兼業する将棋会席を会場に借りていたが、人数が殖えると阿佐ヶ谷北口のシナ料理店ピノチオの離れを借りて将棋を指し、会がすむとピノチオの店で二次会をするようになった。

会員のうちに、将棋の全然駄目《だめ》な外村繁と青柳瑞穂がいたが、青柳と外村は墨汁《ぼくじゅう》で点取表をつける役をした。第一回将棋会のとき、外村は勝負がすんで講評をした。将棋が指せないので、「初盤（序盤）に於《お》きましては、丁々発止の激戦でありまして、形勢は秋沢君が優勢でしたが、中盤、王手をした太宰君が急に優勢になりまして……」そういうように出まかせの間違った講評をした。それが可笑《おか》しくて、みんな喝采《かっさい》を送ったのを未《いま》だに忘れない。

阿佐ヶ谷将棋会は主に文学青年窶《やつ》れした者たちの集まりだが、太宰治、中村地平、古谷綱武の三人は学生で、どういうものか古谷はとても大人しかった。良家の子弟のように遠慮ぶかくしていたが、ピノチオの主人なども心から一目《いちもく》置いているようであった。最近、森さんの「杉並区史探訪」を見て初めて知ったが、中央線の阿佐ヶ谷駅が現在の場所にきまったのは、古谷綱武の叔父さんの力添えによるものであったという。激しい誘致運動があった末のことであったそうだ。大正時代のこの辺の状景が偲《しの》ばれるので、話は逸《そ》れるが一部引用したい。森さんはこんなように書いている。

明治二十二年、甲武鉄道（現在の中央線）が開通し、中野駅、荻窪駅が開業した。それから三十三年後、大正十一年、御大典記念事業の一つとして阿佐ヶ谷駅、高円寺駅が開業したが、この両駅の誘致について関係者は大変な努力をした。下井草二ノ二、明治十九年生れの横川大作さんという古老は次のように言っている。

「大正八年頃、阿佐ヶ谷の大地主の相沢さん、玉野さん、松永さん等が、新駅を誘致しようと、鉄道院へ陳情に行った。すると『あんな竹藪《たけやぶ》や杉林《すぎばやし》ばかりが茂って、狐《きつね》や狸《たぬき》の住んでいるところに駅をつくるなんて、無理な話だ。狐や狸は電車に乗らないよ』と一蹴《いっしゅう》されました。後でわかったのですが、初めは役所の極秘の内示で、古くからの往還になっている五日市街道、青梅街道《おうめかいどう》、大場《だいば》通り（現在の日大通り）を結ぶ新しい路線を作り、それに沿うて二つの駅を置くように、下工作が進められていたそうです」

玉野さん相沢さんたち陳情の書類は却下された。それで阿佐ヶ谷の人たちは、青梅街道沿いにいた（今の杉並区役所の筋向う）古谷久綱代議士に頼んで、猛運動を再開した。古谷代議士は李王《りおう》殿下の教育掛である。しかも古谷さんの宅には、杉並で最初の唯《ただ》一本しかない中野局一〇九番という電話があったので、古谷さんが出先の役所から自宅へ電話をすると、書生が地主のところへ駈《か》けつけて最新の情報を伝達する。地主たちは合議して古谷さんに電話で返答する。相沢さんたちは無償で土地を提供し、結局、現在のところに阿佐ヶ谷駅が出来た。

また、阿佐ヶ谷南一ノ三三、明治三十五年生れの横川春吉氏はこう言っている。

「古谷さんのお力添えで阿佐ヶ谷駅が出来たので、村のオモダチ（幹部）が礼金を包んで持って行ったが受取らない。それで、せめて先生のお抱え人力車が通れるように、駅からお宅の玄関まで道を整備することにしました。阿佐ヶ谷通りは両側三尺ずつ、畑道は六尺ずつ出し合って、三間道路にしました。これが現在の南口パールセンター通りです。私のうちでも三尺幅で九十間出したので、古谷さんの話を父親からよく聞かされました」

私たち阿佐ヶ谷将棋会のものは、古谷綱武からそんな話を一度も聞いたことがなかった。また、古谷君がパールセンター通りを威勢よく歩いているのを見たことがない。いつ見ても、ひっそりとして歩いていた。ピノチオの主人や飲屋のお上など、古谷君には何か遠慮がちにしていたし、古谷君の方でも遠慮がちにしているようであった。

牛と馬の仲という言葉がある。あれのような関係かもわからない。

パールセンターという通りは、阿佐ヶ谷駅から青梅街道まで一直線に通じ、戦前には阿佐ヶ谷南口商店街と言っていた。鈴蘭燈《すずらんとう》をつけた街で通称は阿佐ヶ谷銀座であった。この通りを青梅街道に出ると、左手の杉並区役所の入口に太い幹のサイカチの木があった。私はこの木を旧幕時代の一里塚の名残《なごり》だろうと思っていたが、古くから住んでいたこの土地の人は半里塚《はんみちづか》と言っていたそうだ。成田町の森さんに聞くと、元のサイカチの木は昭和六、七年頃の青梅街道拡張工事のとき植替えられて枯れたので、現在のものは二代目のサイカチの木であるそうだ。戦争中、私は徴用されて、マレー半島に連れて行かれたが、行きも帰りもサイゴンに寄って来た。あの町の街路樹はみんなサイカチの木とそっくりなタマリンドの大木であった。サイカチとタマリンドは葉がすっかり同じで、気温の差によるのか豆莢《まめざや》がタマリンドの方が大きいだけである。この木はマルコポーロによって初めて西洋に紹介されたということで、マダガスカルに住むマレー系の種族は、昔からこの木の葉を食べ、豆は粉にしたり団子にしたりして食糧にしているそうだ。日本では昔、サイカチの莢豆を洗剤として使っていたという。

天沼《あまぬま》の弁天通り

阿佐ヶ谷将棋会の人たちのうち、はっきりとまだ文学青年窶《やつ》れしていなかったのは、大学生であった津島修治（後に太宰治《だざいおさむ》と改名）伊馬鵜平《いまうへい》（後に伊馬春部《はるべ》と改名）中村治兵衛《かんべ》（後に地平と改名）それから、学生生活を切りあげて新婚生活に入りたての神戸雄一《べゆういち》であった。

この四人の青年は、偶然だろうが天沼の弁天通りという狭い横丁に移って来た。現在の教会通りで、荻窪《おぎくぼ》駅前の第一勧銀の脇《わき》に続く横丁である。伊馬鵜平は昭和四年頃《ごろ》、まだ在学中に今の荻窪税務署（まだ麦畑であった）の筋向うに建った畑のなかの借家に移って来て、翌年、弁天通りに引越した。太宰治は昭和五年に青森から東京に出て、昭和八年、弁天通りに新居を持った東京日日新聞記者、飛島定城方の二階に移って来た。神戸雄一は昭和六年、この横丁と相沢堀用水が交叉《こうさ》する地点に出来た借家に引越して来た。

この横丁が町名変更で天沼三丁目になったのは、杉並《すぎなみ》という区名誕生に際し、杉並町、井荻町、和田堀町、高井戸町の四箇町で杉並区が編成され、東京じゅう一斉《いっせい》に新しい区名が出来たときである。この辺一帯が杉並区と名づけられたのは、「区名は区役所設置予定地の町名を採用することを原則とする」という府県知事の通達に従ったもので、杉並町阿佐ヶ谷一丁目に区役所を設定する予定になっていたためである。「杉並区史探訪」にそのように書いてある。

江戸時代に阿佐ヶ谷、天沼、下荻窪、堀之内の四箇村は、麴町山王日《こうじまちさんのうひ》枝《え》神社の社領であったそうだ。小さな領主の入合地のことだから、私たちは一つ一つ聞かなくては事情がわからない。下井《しもい》荻《おぎ》村は江戸初期には忍者服部半蔵《はっとりはんぞう》（三千石）の領地の一部で、上井荻村は半蔵の家来七人共有の領地であったという。次に上井草、下井草は旗本今川氏の領地になって幕末まで続いた。和田村、和泉《いずみ》、永福寺村の大部分は旗本内田氏の領地、他の大部分は、高円寺村の御鷹場《おたかば》なども含めて幕府直轄《ちょっかつ》の天領になっていた。明治二十年、町村制施行では、上井草、下井草、上荻窪、下荻窪の四箇村は井荻村に入り、天沼、阿佐ヶ谷、馬橋《まばし》、高円寺、田端、成宗《なりむね》の六箇村は杉並村に、和田、堀之内、和泉、永福寺の四箇村は和田堀之内村に、上高井戸、中高井戸、下高井戸、大宮前新田、松庵《しょうあん》、久我山《くがやま》の六箇村で高井戸村になった。

今ではもう夢か童話のような話だが、旧幕時代、この下井草、上井草では、領主の今川氏が八公二民の年貢《ねんぐ》を取り、窓税まで取っていたようだ。古い家に残る書類、また建物の形式などを見て、八公二民または九公一民を召取った上に、窓の税金を取っていたとしか思えない。それなら窓一坪の広さに対し、米何升の冥加金《みょうがきん》を取るかと言うに、一定した規則はなくて年ごとの収穫の出来高に従っていたようだ。それでは今年は窓税が払えないということで、窓を壁土で塗りつぶしてしまうと、窓塞《まどふさ》ぎ税というのを取りに来る。昔の「玉川筋名所図絵」を見ると、豊多摩郡和泉村の代田橋は、玉川上水の上を通して対岸荏原《えばら》郡世田谷《せたがや》村に渡されている。甲州街道荻窪の馬の立場から三丁先のところだが、松原赤堤廻《あかづつみまわ》りの代官など五箇村入合の辻《つじ》にあって、百姓の災難が偲《しの》ばれる。この辺の百姓は窓なんか一つも無いような家を建てていたかもしれぬ。窓の一つ有る無しで百姓の気分はずいぶん違う。外国の詩人が歌った。「空は窓の上にあり、かくも青く、かくも静かに」元禄《げんろく》の頃の俳人宝井其角《たからいきかく》の作に、江戸市中は田舎と違って窓税の心配無用だから、窓を明け放って雪見が出来て素晴らしいという意味の句があるそうだ。

徳川幕府の直轄のところでは、年貢は昔ながらの六公四民にしていたようだ。

矢嶋又次著「荻窪の今昔と商店街之変遷《へんせん》」にある「大正初期の荻窪駅附近略図」に

よると、駅前から天沼弁天通りに入って行く右手（現在の天沼三丁目）には、関根宅という農家と飯田宅という農家二軒の他には、クヌギやケヤキの森と貸家らしい家が道端に四軒しか見つからない。附近の木立は関根宅と飯田宅の風よけの森だろう。鬱《うっ》蒼《そう》として茂っている森である。ところが昭和二年の初夏（大正初期から十四年目か十五年目）に私が初めて荻窪に引越して来た頃には、弁天通り入口の右手に、一軒のトタン葺《ぶき》の平屋と瓦葺《かわらぶき》の新しい二階屋があった。道端に店屋も並び風呂屋《ふろや》も出来て、市場のような家も建築されていた。

弁天通りのケヤキの並木は、二本か三本か残してみんな伐《き》られていた。樹木のよく茂るところの土地の人は、惜しげもなく木を伐るものだという見本のようなものであった。ケヤキの木やムクの木など、こんなに速く茂る土地は関東以外ではどこにあるか。

詩人の神戸雄一は昭和六年の春から八年の暮まで弁天通りに住んでいた。場所は、弁天通りから脇道《わきみち》の「蔦《つた》の湯」という銭湯に行く曲り角のところである。筋向うの家が大きな牛乳屋で、その左手に漬物屋《つけものや》の岡田という大家さんの長い塀囲《へいがこ》いがあった。漬物屋だから沢庵漬《たくあんづけ》の製造を専業にしている地主であったろう。家も大きな構えで、塀囲いが本通りの方まで続いていた。当時、荻窪では沢庵が土地の主要物産であって、昭和二年には井荻村だけでも四斗樽《しとだる》で六万樽を出荷したという。沢庵の大部分は馬車で麻布《あざぶ》の聯隊《れんたい》や赤坂の聯隊へ納め、フィリッピンやハワイにも送り、四斗樽一本に、正月出荷用には塩二升五合と糠《ぬか》七升五合、四月出荷用は塩四升と糠六升、七月以降は塩七升と糠五升。季節に応じて塩加減をしていたそうだ。塩三升以下を甘塩、四升五升を中塩、七升を辛塩と名づけていた。神戸君のところの地主は、地代や家賃のことは問題にしなかった。遊び半分に貸家を建てていたようだ。

神戸君は野馬の棲息《せいそく》で有名な宮崎県都井《とい》岬福島という町の豪家の出身で、細君は金満家で東京育ちの美女であった。神戸君も木版刷の若殿様という仇名《あだな》がある好男子だから、衆目一致で言うところの美男美女の一対《いっつい》であった。金はあるし酒も煙草《たばこ》も喫《の》まないし、ただ詩集を読み詩を書くだけだから、知り合いの貧乏な詩人たちのため詩の同人雑誌を出してやったりした。今で言うスポンサーである。

私は朝湯へ行くときには、たいてい弁天通りの「蔦の湯」に出かけたので、たまに男湯で神戸君に会うことがあった。温厚で物静かな人だから「やあお早う」と言うと「やあお早う」と答えるだけである。「お先に」と挨拶《あいさつ》すると「失礼しました」と言うだけである。この人が、どういうものか麻雀《マージャン》好きな人と知りあいになって、その人の勧めで当時としては最先端を行く商売と言われていた麻雀倶楽部《クラブ》をつくった。集まるのは失業者ばかりで、文筆業者または文学青年窶れの方では、詩を書く人たちが多かった。荻窪、阿佐ヶ谷、高円寺というところは、つくづく詩人の多い町であった。（先日、神戸君の未亡人に手紙で聞くと、「何も知らない私どもが軽い気持で崎さんに唆《そその》かされて始めた麻雀倶楽部というものがどんな大変なものであるかということだけを知らされた苦々しい思いだけが残っております」と言ってあった）

私は神戸君の家をときどき訪ねたが、麻雀が出来ないので勝負する場所には顔を出さなかった。来ている人たちの声だけは隣の部屋でよく聞いた。詩人の野十郎は殆《ほと》んど神戸君のうちに寝泊りする一員のようになって、麻雀の道具を出したり蔵《しま》ったりする役割を引受けていた。詩人の矢野、劇作家の坂正、音楽家の武天佑、画家の長谷川利行、浪人者の旗頭のような感じの桑干城という人などが常連であった。もし附合《つきあ》ってみたとしたら、みんな愉快な人たちばかりであったろう。先日の神戸君の奥さんの手紙に、「画家の長谷川利行氏などもたびたびお見えになり私は草むらに殿様のように立派なバッタが眼を光らせている油絵を頂いたのですが誰《だれ》かがいずれかへ持ち出してしまって無くしてしまった惜しい思い出がございます」と言ってあった。

神戸君夫婦は一人娘の可愛《かわい》らしい子供を連れ、昭和八年の暮に阿佐ヶ谷に引越して行った。

神戸君は温良恭倹という点では神品に近い人で、人間形成が殆ど完了しているかと見えていた。荻窪に引越して来る前には野村吉哉《のむらよしや》、小野十三郎《おのとおざぶろう》、壺井繁治《つぼいしげじ》、金子光晴、林芙美子《ふみこ》などと交遊していたが、弁天通りから阿佐ヶ谷に引越してからは小説作家に転向し、古谷綱武、太宰治、古木鉄太郎、外村繁《とのむらしげる》、大鹿卓《おおしかたく》などと新しく交遊を始めて「海豹《かいひょう》」の同人になり、昭和九年には「文陣」を発刊した。昭和十九年、戦争が苛烈《かれつ》になって来ると、宮崎に疎開《そかい》して日向《ひゅうが》日日新聞社に招かれて文化部に入ってラジオの仕事もした。戦後は詩を「龍舌蘭《りゅうぜつらん》」に発表し、詩集「岬・一点の僕《ぼく》」「新たなる日」を残して二十九年二月二十五日に永眠した。翌年、遺稿詩集「鶴《つる》」が出た。

神戸君のいた弁天通りの家は、今では近代風の建物に改装されて一二三屋《ひふみや》という華やかな感じの化粧品店になっている。用水追分から流れていた相沢堀は暗渠《あんきょ》で塞がれて、一二三屋の横にはマンションが建ち、元の場所に残っているのは露路の奥の「蔦の湯」である。一二三屋の西隣には吉村医院のブロック塀が続き、筋向うの店は携帯用の食物やサンドイッチなど売っている大沢という弁当屋で、その隣が洋品店、その次がドリヤンという喫茶店……。戦前の頃と違って店屋がびっしり並んでいる。綺麗《きれい》な草花の鉢《はち》を並べている花屋もある。農薬を使っていない野菜を並べている店もある。

鮨屋《すしや》もある。床屋もある。私はこの道路の通行人として昭和二年以来の古参だが、誰も私のことを先輩だと知っている者はない。

今も言うように、神戸君の一家が阿佐ヶ谷に引越して行ったのは昭和八年の十二月だが、そのちょっと前の三月か四月頃、太宰治がこの弁天通りに引越して来た。そのときにはもう伊馬鵜平もこの横丁に引越して、ムーラン・ルージュの座附《ざつき》作者として人気を煽《あお》る芝居の台本を次から次に書いていた。

伊馬君は立てつづけに台本を書くのだが、それがみんな大当りをしたから、傍《はた》の者から見ても大変なことであった。年は若いし世馴《よな》れもしてないし、当人としては有名であることを持てあましていたのではなかったかと思う。伊馬君の芝居はみんないろんな人から好評で、長谷川如是閑《はせがわにょぜかん》までも総合雑誌に、伊馬鵜平のものは軽演劇でなくて新喜劇であると書いていた。

ところが伊馬君自身には煩悶《はんもん》があった。伊馬君のお母さんはそれに気がついて、(お母さんは伊馬君の弟と妹を連れて福岡県から上京し、弁天通りの同じ家に住んでいたが、伊馬君は阿佐ヶ谷の仕舞屋《しもたや》に仕事部屋を持っていた)ある日、夜の明けきる前に仕事部屋へ訪ねて行った。母親の勘で訪ねたようだ。その勘がぴたりと当って、伊馬君が大島の三原山で自殺するため、東京湾汽船の片道だけの前売切符を財布に入れているのを見つけることが出来た。

伊馬君の苦労は普通の若い者の悩みと違っていた。自分の書く芝居に人気が出て来るにつれ、検閲がだんだん難しくなって、ここはいけない、こんなところはいけないと、ことごとに駄目《だめ》を出されるようになった。検閲が通らなくては上演が出来ないのは言うまでもない。ムーラン・ルージュの佐々木千之主事もこれには困ってしまった。

伊馬君のお母さんは気が気でなくて、検閲官の某という人に何回となく直接面会して、倅《せがれ》の芝居のどこがお上の気に入らないか、どこが悪いかと事こまかに説明を求めて来たことがあるそうだ。その検閲官の名前は、伊馬君の妹さんが今でもはっきり覚えている。伊馬君一家にとっては怖い役人であった。妹さんも言っていたが、お母さんは検閲官が無理ばっかり言うのに閉口して、菊池寛の自宅にも山本有三の自宅にも相談に行った。山本さんはお母さんを座敷に通して玉露を出し、検閲に対して作者の我慢すべきところを懇々と説き聞かせてくれた。菊池さんは帯をだらりと垂らしたまま玄関に出て、人間は失敗してもいいが、立ち直ることが大切だと言ったという。

お母さんは信心ぶかい人だから、伊馬君は親孝行のため毎月朔日《ついたち》には築地の本願寺へお詣《まいり》に行っていた。孝行息子の見本のようなものである。お母さんの方は二人の先輩劇作家の入れ智恵で、幾らか気分にゆとりが出来たようであった。次にもう一つの悩みは、倅がムーラン・ルージュ一座の望月雄子（仮名）という女優と仲よくなっていることであった。このまま交際していると、次は本能として結婚することしか無くなって来る。お母さんとしては、伊馬鵜平が九州の遠賀川《おんががわ》流域で名の知れた家の倅だから、女優稼業《かぎょう》の者と結婚されては周囲に対して差障りがある。伊馬君の実家は通称を匡柏屋と言って、大正末年のパニックのときまでは、近隣に聞えた豪家であったそうだ。いつかお母さんが弁天通りで近所づきあいの太宰君に向って、ふとしたことからそんなお喋《しゃべ》りをしたそうだ。不断、伊馬君は、お母さんがそういうお喋りするのをひどく嫌《きら》っていた。

伊馬君の「閣下よ静脈が」という新作が、築地《つきじ》小劇場で村山知義《むらやまともよし》演出で上演されたとき、大変な評判だったから私は見物に行った。阿佐ヶ谷ピノチオの常連のうちで、外村繁、太宰治、小田嶽夫《おだたけお》などと一緒に総見した。昭和九年、劃期《かっき》的な大入り満員を取った芝居「桐《きり》の木横丁」も、ピノチオ常連たちと総見した。長谷川如是閑が絶讃《ぜっさん》したのはこの作品である。現在の天沼三丁目二番地、三番地あたり、伊馬君のうちや太宰君たちのうちには、家主が一軒に一株ずつ桐の木の苗を植えるのが作法だとされていた。私は伊馬君のうちでも太宰君のうちでも桐の苗木が植えてあるのは見たことがないが、植えても枯らしたのだろう程度に思っていた。ところが「桐の木横丁」という芝居が新宿ムーランで大当りを取ったので、伊馬君や太宰君たちのいる横丁は桐の木横丁と言われるようになった。誰が言いだしたのかわからない。

ムーラン・ルージュの伊馬君の仕事は順風満帆であったと言っていい。三原山で投身する心配はお母さんの機転で消滅し、後は人気女優と所帯を持つか持たないかの問題になっていた。ところが律儀で凝り固まっているお母さんは、私のうちの家内に耳打ちして、どうか伊馬鵜平と望月雄子を別れさせるようにしてもらえないだろうかと言った。私は家内からその話を聞いて、「伊馬君を三原山に行かせたくなかったら、その別れ話は聞かないことにして置くことだ」と答えて置いた。

その話があったとき、伊馬君はまだ阿佐ヶ谷に仕事部屋を持っているようであった。先頃《さきごろ》まで上林君一家の住んでいた少し東寄りの家である。地主の相沢さんの土地内だろう。伊馬君のお母さんは私の家内などでは埒《らち》があかないと思ったか、じきじき私のところにやって来て、どうか伊馬君と望月さんを別れさせてくれと言った。遠賀川流域の高崎家の長男は、女優と結婚してはいけないのだと、目に涙を溜《た》めて言った。

「わかりました。よくわかります。及ばずながら、両人にとっていい結果になるように、極力努力します」

私はそう言って、新宿ムーラン・ルージュの作者部屋を訪ねた。

初めて見る作者部屋は、階段が急で天井が頭につかえるほど低く、離れ離れに三つ四つ置いた机に、一人または二人の人が原稿を拡《ひろ》げて読むか書くかしているようであった。そのうちの一人が「芳名録」という帳面を持って来たので明けて見ると、私の知っている人では「新潮」記者の楢崎勤《ならさきつとむ》の名と、吉行淳之介《よしゆきじゅんのすけ》のお父さんの吉行エイスケの名があった。吉行君はムーラン・ルージュの賛助員の一人であり、楢崎君はムーラン・ルージュの佐々木主事の友人で、最初、伊馬君の脚本原稿二篇を佐々木主事のところに持込んでくれたのも楢崎君である。その原稿が佐々木主事の気に入ったので、原稿は二つとも上演することになり、もし伊馬君にその気があれば、一座の座附作者になってもらいたいと楢崎君から伝えて来た。伊馬君はそれに応じた。学校を出たての伊馬君は、劇場で待受けられているのであった。

私は伊馬君に「ちょっと散歩してみないかね」と言って外に連れ出し、いつも行きつけの阿佐ヶ谷のピノチオで一緒にビールを飲んだ。

そのころピノチオの主人は、もうジロさんからサトウさんに変っていた。私がぎごちない飲みかたをしていたためか、サトウさんは奥に入ってしまった。

「君はもう知っているだろう。なぜ僕《ぼく》が君を連出したか、君にもわかるだろう」

私がそう言ったところ、「わかっています」と伊馬君が言った。

「君、大いにやりたまえ。恋は目より入り、酒は口より入る。親孝行なんか、閑《ひま》が出来てから後で、ゆっくりやればいいんだ」と私は、取ってつけたようなことを言った。

世の中は思うようにならないものだ。後に望月雄子女史がイタリイの女優演技賞を貰《もら》った後で出版した「自叙伝」によると、伊馬君のお母さんは雄子女史を上野の西郷さんの銅像のところに呼出して、遠慮がちに結婚を諦《あきら》めてくれと頼んだそうであった。

阿佐ヶ谷将棋会

天沼《あまぬま》の桐《きり》の木横丁というのは、新宿ムーラン・ルージュで大当りをとった伊馬鵜平《いまうへい》の芝居「桐の木横丁」に因《ちな》んで出来た名前だが、今ではもうそれが忘れられてしまった。現在の教会通り、鮨屋《すしや》ピカ一の前を東へ枝道に入って、矩《かね》の手に右に左に折れ曲り、マーケット従業員の住宅がある辺りから、その先へ行って右手の露路を入った辺り。この区域の総称が桐の木横丁であった。

現在、ここでは左手の近江屋という塩・酒を商う店も改築され、その先にあった梅の木畑や空閑地は、新規の家ですっかり塞《ふさ》がれている。その先、右手にあった画家津《つ》田青楓《だせいふう》の二階屋と、それと並んで太宰治《だざいおさむ》のいた東京日日新聞記者飛島定城の二階屋のあった辺りには、先に言ったマーケット従業員の住宅が建っている。その先、右手の六尺幅の露路には、一番奥の左手の家に伊馬鵜平の弟妹と伊馬君のお母さんが住み、その向いの家に伊馬君がいた。太宰治のいた家と僅《わず》か百歩あまりの距離である。太宰は酒を飲みに伊馬君をよく外に連れ出そうとしたが、伊馬君はお母さんの言いつけを守って太宰の言うままにならなかった。この平凡な温厚ぶりが太宰にしては人ごとながら照れくさくなって、伊馬君のことを「彼は白扇に書いた忠孝という字のような男だ」と言った。

伊馬君のいた露路の突当りには高い板塀《いたべい》があって、塀の向側にお湯屋と徳川夢声の家があった。これは表通りの青梅《おうめ》街道《かいどう》に小道で通じていた。

夢声さんはお湯屋から聞える女湯の桶《おけ》の音と裸女の話し声が煩《うるさ》いと言って、斬新《ざんしん》奇抜な設備と言われていた防音装置を取附けた。それを聞き伝えた阿佐ヶ谷の青柳瑞穂《あおやぎみずほ》は、防音装置を見せてもらいに行こうと私を誘いに来た。そのころ夢声さんは陶器に凝って、古九谷《こくたに》の皿《さら》か何か凄《すご》い名品を手に入れたという噂《うわさ》があった。青柳君も陶器や骨董《こっとう》に凝っていたので（青柳は生涯《しょうがい》、骨董に凝っていた）防音装置を見るよりも、古九谷を見たいのが本心であったろう。

「骨董品を見せてもらうときには、口のききかたに気をつけなくっちゃいけない。見せて下さいなんて言っちゃ、駄目《だめ》。その道の人なら、眼福の栄にあずからして頂きたいと言う。それが作法だ」

青柳はそう言った。こんな既成の言いかたがあったとは初めて知った。

私は夢声さんのことをまだよく知らなかった。ただ新宿武蔵野館《むさしのかん》で聞いた映画説明の名調子だけは知っていた。そのほかには一度だけ、どこかで飲んだ帰りと見える夢声さんが、荻窪《おぎくぼ》駅前の福助という鮨屋で梯子酒《はしござけ》しているところを見た。夢声さんは洒落《しゃれ》を連発して、鮨屋の主人を笑わせていた。次から次に当意即妙の洒落が出て、すばらしい話術であった。コップ酒を飲みながらのお喋《しゃべ》りだが、酒を飲むのでなくて、口に流し込んで嚙《か》むのである。口から酒が流れ落ちる。飲みたいのでなくて、もう飲めないのに嚙んで無理やり咽《のど》に入れようとした。

その後、夢声さんが禁酒するようになってから言っていたが、酔っぱらって人を笑わしているときの自分を宿酔の朝になって思い出すと、何とも恥ずかしくて遣《や》りきれない気持を味わったものであったそうだ。宿酔のときには誰《だれ》でも気力が消耗してしまっている。だから自己嫌悪《けんお》の情が何倍にも拡大されるのだと言っていた。

戦後、夢声さんは阿佐ヶ谷将棋会の連中を呼んで、自宅で対局会を開いた。正月三日のことだから、阿佐ヶ谷将棋会の方では、上林、太宰、浜野、古谷などが欠席して、私のほかに小田嶽夫《おだたけお》、亀井勝一郎などが出席した。阿佐ヶ谷に住んでいる将棋の原田八段が審判に来て、西荻窪の石黒敬七がゲストで出席した。

私は亀井君と対局して一勝した。審判の原田八段が講評して、私が最初の一手を指したときには五段ぐらいだと思ったと言った。二手目のときは四段ぐらいで、三手目には初段ぐらい、四手目、五手目には七級ぐらいだろうと思ったそうだ。結局、私の棋力は一桁《ひとけた》と言っては点が甘く、二桁と言っては辛いと言った。こんな遠まわしの言いかたを、原田さんたち将棋の高段者は慇懃尾籠《いんぎんびろう》と言っているそうだ。九級と十級の間ぐらいという意味である。小田君は石黒敬七と対局したが、石黒旦那《だんな》は落ち着きはらってマドロスパイプを銜《くわ》え、果てしなく考え込んでいるので夕食までに勝負がつかなかった。小田君は戦争で新潟の高田に疎開《そかい》中、石黒旦那と何度も対局したそうだ。

「この人と指すと、いつも勝負がついたことがない。いつもこれだ」と小田君が言った。

阿佐ヶ谷将棋会の方では、夢声さんと石黒旦那を呼んで対局会を催す計劃《けいかく》をたてた。ところが先方は、二人とも忙しかったり健康がすぐれなくなったりして、恢復《かいふく》を待っているうちに、阿佐ヶ谷将棋会の方でも人が欠けるので会がお流れになった。

阿佐ヶ谷将棋会が発足したのは、大体の記憶だが昭和四年頃《ごろ》であった。初めのうちは阿佐ヶ谷駅南口通りをちょっと左に入ったところの焼芋屋で内職にやっている会所で対局していたが、町内の隠居や他所者《よそもの》など指しに来ると、金を賭《か》けたりするので殺気立って口論が始まったりすることがある。傍迷惑《はためいわく》であった。それで会合を止《よ》して、それから少し間を置き、昭和八年にシナ料理屋ピノチオの離れを会場に再発足した。この将棋会が阿佐ヶ谷文芸懇話会になったのは昭和十五年の暮だから、阿佐ヶ谷将棋会は断続しながらずいぶん長く続いたわけである。

この年月の間に、私たちは病気したり引越したりして、世の中も変ったりした。なかでも未《いま》だに語り草になっているのは、大学野球の審判が、文部大臣の命令で「セーフ・アウト」の掛声を「ようし・駄目」と発声するようになったことである。荒木陸軍大将が文部大臣のときであった。その年か前の年に天沼のキリスト教会では、会堂で讃美《さんび》歌《か》の代りに日本の国歌を歌わせるようになった。国民服というのが制定されたが、国民服の甲号は新興宗教大本教で正規の服装にしているのと同じ型の甲号の服であった。何か化かされているような気持がした。パリが陥落して、フランスがドイツに降伏した。砂糖、マッチが切符制になって、食堂、料理屋の米食使用が禁じられた。府県知事のうちには、ヒットラー・ユーゲントのような青年団を組織発足させた。映画館のニュース映画に、ヒットラー総統が長靴《ちょうか》をはいた足で雀踊《こおど》りするところが写るのがいた。阿佐ヶ谷将棋会も会の名前を取替えなくては、世間態が悪くなっていたようだ。

阿佐ヶ谷文芸懇話会の案内状は、左記のような文面で阿佐ヶ谷将棋会の一同に届けられた。

前略、御免下さい。偶然の話から時々親しい者同士集まって文芸懇話会をやってはどうかということになりました。で、その第一回を来《きた》る六日午後五時頃からピノチオで催すことになりましたので御賛成下され度《た》く、是非御出席を御願いいたします。中央沿線の者の他に、坪田譲治氏、浅見淵《あさみふかし》氏、真杉静枝《ますぎしずえ》氏を加え全部で十二三人の予定です。（会費二円です）

十二月二日（昭和十五年）

田畑修一郎
中村　地平
小田　嶽夫

この手紙は小田嶽夫の筆蹟《ひっせき》だが、風向きに順応するように仕向けてくれた智恵者は誰だかわからない。真杉静枝を加えたのは、このころ真杉さんが中村地平のうちの二階に住みついていたためだろう。あるとき地平さんが言っていたが、今まで附合《つきあ》ったことのなかった真杉さんが、小さなバスケットを持って不意に地平さんの下宿に訪ねて来て、一緒に文学研究したいという名目で二階に住みついたそうであった。なぜ真杉さんが地平さんのところへ押しかけたか知らないが、もともと真杉さんは背の高い男のところへ押しかけて行く癖があったようだ。（その後あの人が同居した男の人はみんな背が高い。驚くべき背の高い人ばかりで、最後は軍人とかが同居人になった）

この阿佐ヶ谷文芸懇話会は、予定通り十二月六日にあった。「木山捷平《きやましょうへい》全集」第二巻に、この日の木山君の日記が次のように載っている。

十二月六日、金、朝雨、午後曇。

文芸懇談会（文芸懇話会の誤）第一回。阿佐ヶ谷「ピノチオ」。集る者十二人。坪田、井伏、田畑、小田、外村《とのむら》、浅見、中谷、中村、亀井、太宰、上林、小生。外村酔っぱらって独演会の観あり。中谷は英子さん盲腸にて入院中の由《よし》。小生はこの間のことあり（酔って飲屋で失策した）余り飲まず酔わなかった。二次会を「ピノチオ」の表でやり十二時前帰宅。

「外村……独演会の観あり」というのは、どんなことであったか私は覚えない。何か気にくわないことがあったのかもしれないが、外村君の毒舌にはいつもユーモアがあった。

このころピノチオの店の主人サトウさんは、この商売を止《よ》すことにすると言っていた。その前の年あたり、毎晩のように飲みに来ていた常連客の一人が、岩手県久慈《くじ》のマンガン鉱山を買わないかとサトウさんに持ちかけた。売りに出ている二つの鉱山のうち、一つは鉱石の質が良くて一つは大したことがない。その大したことがない方を、サトウさんが買わされて、質の良い方はその常連客が買ったが、急に現金が入用になってサトウさんに売った。そのためにサトウさんは電話を抵当に入れ、細君の実家や先輩のところからも借金した。それが前年のことで、次の年に入ると戦争になる気運が急に濃くなって、マンガン鉱の値が暴騰《ぼうとう》した。サトウさんは有卦《うけ》に入った。二人の娘に狐《きつね》の襟巻《えりまき》を買ってやった。しかも従来サトウさんを可愛《かわい》がってくれていた老齢の資本家が、自分の名義になっていた鴨緑江《おうりょくこう》上流のタングステン鉱山の運営をサトウさんに一任することになった。私はサトウさんがそういう手腕のある人とは知らなかった。サトウさんは御伽噺《おとぎばなし》の花咲爺《はなさかじじい》のように俄分限者《にわかぶげんしゃ》になった。

ピノチオの料理は、シナ蕎麦《そば》十銭、チャーハン五十銭、クーローヨー五十銭、ツァーチェー二十銭である。シナ蕎麦は出前で届けても、一人前十銭は十銭に変りがない。口銭は二銭しか入らない。マンガン鉱なら寝ころんでいて花咲爺である。「この店、もう止すことにしたいんです」と言い難《にく》そうにサトウさんが言った。

私はピノチオが店を止すと、阿佐ヶ谷で借金のきくところが無くなってしまう。止されては困るので「君は常連客のことも少し考えろ」と言った。

「そう仰有《おつしや》るだろうと思っていました」

サトウさんはそう言ったが、思い止まるというのではなかった。

ピノチオの店は左隣の時計屋が権利を買って、次に土地の金持で岡さんという人が買い、岡さんの倅《せがれ》のシゲルさんというのが経営した。元のサトウさんは杉並の東田町か西田町の方の空地に新築した住宅に入った。

阿佐ヶ谷文芸懇話会は第一回を開いただけで解消した。翌十六年には、一月、二月と、浅見淵の先達で数人の会員が東京近郊へピクニックに出た。武蔵野の平林寺《へいりんじ》、深大寺《じんだいじ》に行った。会費は五円であった。ピクニックと言わないで遠足と言い、私は行かなかったが、行く人は三月には柴又《しばまた》の帝釈天《たいしやくてん》に行った。

阿佐ヶ谷将棋会が復活したのは、この年の三月であった。この日の木山君の日記が、「木山捷平全集」の第二巻に入っている。会場はピノチオだが、無論このときはシゲルさんの代になっていた。

三月十五日、土、晴。

阿佐ヶ谷将棋会。「ピノチオ」にて。会する者十二人。井伏（鱒二）、秋沢（三郎）、上林《かんばやし》（暁《あかつき》）、亀井（勝一郎）、太宰（治）、浅見（淵）、安成（二郎）、外村（繁）、青柳（瑞穂）、古谷（綱武）、浜野（修）、木山（捷平）。一等井伏、二等秋沢。会後「ピノチオ」で酒宴、将棋会費五十銭、酒宴一円であった。阿佐ヶ谷北口より一人で帰った。

神兵隊事件判決。（朝日新聞）四十四名悉《ことごと》く刑免除、内乱罪構成せず、殺人予備適用。九年ぶりの判決であった。

この年、東条陸相の「戦陣訓」を通達、松岡外相、ソ聯《れん》経由でドイツ、イタリイ訪問に出発、ゾルゲ事件があった。いつ戦争になるのかと、びくびくさせられる日が続いていた。私は将棋と釣《つり》に凝るようになって、まじめに原稿を書くようなことはなくなった。釣場へ行って糸を垂らすと、不思議に原稿のことが気にならなくなる。釣の師匠の佐藤垢石《さとうこうせき》が「童心宿竿頭」という美辞麗句を教えてくれた。

そのころの私の釣友達は、都《みやこ》新聞学芸部長をしていたお隣の上泉《かみいずみ》さんと竹村書房主人の竹村坦であった。水郷の鮒釣《ふなつり》のときに私はこの二人といつも一緒に行き、鮎釣《あゆつり》のときには一人で伊豆の河津川《かわづがわ》へ行った。将棋は入り代り立ち代り、阿佐ヶ谷将棋会の連中と指した。将棋も釣も自分は好きで仕様がないほど好きになっていたが、どういうものかちっとも技術が上達しなかった。上達したいとも思わなかった。それがまた自分を安心させる役に立っていると思うようになっていた。

話は別だが、東京の街はいつまでも未完成ではないかというような気持がする。どこかを掘返すとか、看板を取替えるとかして、また町名まで変更しているところがあった。自然、横丁の名前にも遷《うつ》り変りがある。

戦争前、荻窪の八幡通りは美人横丁という名前だと聞かされていたが、戦後は八幡通りと街頭の表示に明記された。戦前、天沼八幡様の裏手あたりは軍人の住宅が集落のように集まっていた。軍人は器量好みで面食いと言われ、美人の細君や娘さんが、八幡様前のこの通りを駅の方に向って歩いて行った。お昼すぎになると、三越や帝劇に行く女性が化粧して通って行く。美人横丁という名前が似合っていた。

この横丁を、戦争中には現役将校たちが無邪気そうに肩で風を切って歩いたものであった。ひところ満洲国の溥儀《ふぎ》執政の弟さんたちも、この奥の軍人村（別名を胴村《どうむら》と言った）に住んで、美人横丁の喫茶店に来ることがあった。そんなときには附添の下士官が傍にいた。あるとき阿佐ヶ谷将棋会仲間の浜野修が、附添の兵に向って「軍は無駄なことをするものだ」と余計なお節介を言った。お節介というよりも、へらず口である。そこで下士官と浜野修との間に喧嘩《けんか》が始まった。私は現場を見なかったが、浜野修は一つ二つは殴られたかもしれなかった。

浜野君はドイツ語がよく出来たが、戦争を始めたドイツ人の遣口《やりくち》を嫌《きら》っていた。いつかドイツ語版の飜訳権のことで、たまたまプラーゲ旋風というのに遭って以来、ヒットラーのすること為《な》すこと、尻《しり》から出た虫のように悪く言った。

浜野君は詩か小説か書きたい気持があったに違いないが、身すぎ世すぎでドイツ語の論文を訳していた。ところが一冊出版してから間もなく、ドイツから出張して来たプラーゲという代言人から呼出しを受けた。版権の許可なくして出版したというので、多額の賠償金を要求され、無理な借金をして支払った。外国と日本とでは、互に相手国の著作を出版するについて、別個の慣習があった。日本では外国の作品を著者に無断で飜訳しても、その当時までは出版法に背《そむ》いていると思っていなかった。

私は新聞記事で知ったが、昭和八、九年の頃バーナード・ショーが日本に来た。ショーは陸軍大臣の荒木大将に会ってから、早稲田《わせだ》大学の演劇博物館へ参観に来た。館長は河竹さんではなかったかと思う。遠来の大作家に表敬の意味で、日本訳になっているショーの作品を全部そろえて展示した。たしか十冊前後の書物であった。ところがショーは、自分の作品がそんなにたくさん日本語訳になっているとは知らなかった。みんな無断で訳されたものばかりである。館長さんの案内でその展示品の前に立ったショーは、呆気《あっけ》に取られていたと新聞に言ってあった。

そのころまでは出版物ばかりでなく、外国の音曲を吹き込んだレコードなども、版権無視で発売する会社があったようだ。そういう国柄《くにがら》のところへ版権取締りの触込みで来たプラーゲは、無断発売のレコードを見ると、いきなりその会社にやって来て賠償金を要求し、レコードの山を靴《くつ》で踏みつぶした。ヒットラーの国から来たドイツ人だから、レコード屋たちは先方の為すがままにさせていたそうだ。

これをプラーゲ旋風と言って、そこかしこに恐慌《きょうこう》を来たす会社が出た。プラーゲは意気込んでやって来た刑事が犯人の家を臨検するようなやりかたで、レコード会社ばかりでなく、ドイツ語版から飜訳本を出している出版社も取調べた。浜野君のように個人で飜訳出版していた著者は、プラーゲにとっては吹けば飛ぶようなものである。プラーゲの本拠にしている事務所に呼びつけられた。このドイツ人は日本語は出来ないが、日本人の女性でドイツ語の上手な秘書役が取調べに当り、誤訳まで指摘して浜野君をこてんぱんに遣《や》っ付けた。

プラーゲの素性は後で或《あ》る程度までわかったというが、浜野君たちが思っていたようにドイツ政府の認める筋から派遣された代言人ではなかった。ドイツ軍の進歩した兵器やヒットラーの虚勢に参っていた日本人の弱みにつけ込んで、濡《ぬ》れ手に粟《あわ》の利をねらったドイツ系の某人種であったそうだ。

浜野君は借金を返すため一と稼《かせ》ぎしなくてはいけないので、代訳の仕事をするため学生時代の先輩のところからドイツ語の原書を借りて来た。プラーゲ旋風の余波に飜《ほん》弄《ろう》されているような一人であった。あるとき私が浜野君のところへ行ってみると、机の上に拡《ひろ》げた原書に向って、じっとうつむいていた。「おや、やってるな」と思った。「今どきドイツ語が堪能《たんのう》なら、昔で言う槍一筋《やりひとすじ》というようなものだね」

私はそう言ったが、浜野君は拡げた原書の頁《ページ》に蚊鉤《かばり》を幾つか並べ、それに似た蚊鉤を一心につくっていた。

「明日、鶴川《つるかわ》へハヤ釣に行くんだ。君も行かないか。こんな風に原書を拡げて置くと、怠けていても気が鎮《しず》まるんだ。仕事をしているのと同じ恰好《かっこう》だ」

蚊鉤をつくりながらそう言った。

浜野君がピンセットに挟《はさ》んでいた褐色《かっしょく》の羽根は、チャボの胸毛の一部であった。これにカナリヤの毛を混ぜて蚊鉤の羽根にすると、小田急線柿生《かきお》の奥の鶴川のハヤが飛びついて来る。

浜野君はカナリヤの羽根とチャボの羽根を、大場《だいば》通りの小鳥屋から手に入れて来たと言った。小鳥屋の隠居は小鳥の講釈が好きだから、うまく相槌《あいづち》を打ちながら鳥籠《とりかご》の隙間《すきま》からカナリヤの羽根をすっと抜く。チャボは土間の竹籠に入れてあるので、道端で取って来たハコベを呉《く》れてやりながら、胸毛を抜いて着物の袖《そで》に入れる。この小鳥屋にはカナリヤ一番《ひとつがい》を買った代金が未払いのままだから、いずれ纏《まと》めて弁償することになっていると言った。

それから数日たって、私は浜野君に連れられて鶴川へ釣に行った。広々とした田圃《たんぼ》のなかに、シノダケを両岸に茂らせた貧弱な川が流れ、浜野君の作った蚊鉤で釣ると割合よく釣れた。ここからずっと川下に行くと、小田急線の柿生の駅に出るそうだ。

浜野君は阿佐ヶ谷将棋会には毎月のように出席した。一方、飜訳の仕事は進捗《しんちょく》しなかったようで、上林暁を相手に将棋の決勝戦を始めていた。「上林・浜野、将棋百回血闘戦」と名づける対局である。点取表をつくっていた。一日に五、六番こなす勝負である。結果は上林君に聞くと、不思議に双方とも五十勝五十敗であったという。

この血闘戦が終って暫《しばら》くすると、上林君は文学青年窶《やつ》れの生活にアクサンを入れると言って、郷里の土佐へ暫く休養に帰った。お互に文学青年窶れの生活はつらい。それは身をもってわかっている。お互にいい作品を書くのが念願だが、どんなに力を入れた作品でも百点満点の作品というものはあり得ない。しかも、いつだって間に合わせのものしか書いていない。先ず、今後何年か生きるとして、短篇何十篇かのうち一篇でもいいから、「ああ書いた」と、しみじみ思うことの出来るものが書ければいい。お互にそれが出来ないから、毎年のように翌年廻《まわ》しの順に任している。

上林君は郷里の幡《は》多《た》郡大方町下田ノ口というところから私に手紙をくれた。書くことに疲れて田舎に行き、ほっとしているといったようなところの見える手紙である。私はその手紙を保存した。多産的な仕事に堪えられないので田舎に来て、この土地で捕った一羽の目白を飼っている。目白の餌《えさ》は芋と水と太陽である。その目白が逃げた日に寄こした手紙であった。

「……当地では目白の鳴声に階級があり、ツゥと言うのは論外で、誰《だれ》も軽蔑《けいべつ》して飼うものはありません。次に、チィ、チュ、チェ、チョゥ、チビシンという順序で、チビシンを一番賞美します。うちに飼っていたのは、子供等に云わせるとチビシンだとのことでしたが、私の耳にはチュと聞えました。阿佐ヶ谷会の寄書（上林君が二度つづけて欠席したので、寄書を会の幹事が送った）を拝見。月末には上京する予定。それを思うと誇張でなく胸のときめきを覚えます。食慾が出て不眠も回復し……」

土佐に帰ってから四十日目ごろに寄こした明るい手紙である。休養が足りて疲労回復し、今度は力作を書きたいと思っている気持が伝わって来る。

続・阿佐ヶ谷将棋会

阿佐ヶ谷将棋会メンバーのうち、いちばん先に召集令状を受けたのは青柳瑞穂《あおやぎみずほ》、二番目が中村地平であった。二人とも軍人ぎらいだが否応《いやおう》はない。白地の布に名前を書いた出征兵の襷《たすき》をかけ、二人とも謂《い》わゆる歓呼の声に送られて出発した。（当時は、百人に一人ぐらい軍人を好きな青年がいた）

青柳が令状を受けたのは、青柳の長男シゲルさんが尋常六年の夏休みのときだから、昭和十三年の八月頃《ごろ》ではなかったかと思う。その前々年の秋、シゲルさんは隣のうちの庭に植えてあったホウセンカの実をみんな潰《つぶ》してしまったので、青柳夫人が隣のうちへ詫《わ》びに行き、青柳がシゲルさんを物凄《ものすご》く叱《しか》りつけた。それが私の記憶に残っている。隣のうちでは何よりも大事にしていたホウセンカだったので、青柳夫妻にとっては詫びても詫びきれない出来事であった。

青柳の隣のうちの御主人は大学の理化学の先生で、遺伝学研究のため庭に赤と白のホウセンカを幾株か植えていた。その実が膨らんで纏《まと》めて取入れするという間際《まぎわ》になって、いたずら盛りのシゲルさんが垣根《かきね》を潜《くぐ》って行き、その実を一つ一つみんな潰してしまった。ホウセンカの実は熟して来ると、指でちょっと摘んでも生きながら破裂する虫のようにぱっと弾《はじ》けてみせる。子供の手遊び相手にするには持って来いである。シゲルさんはみんな摘んで弾けさしてしまった。おかげで隣のうちの御主人は、ホウセンカの実で実験することが出来なくなって、暫《しばら》くすると売家札を出し大森方面に引越して行った。

青柳君に召集令状が来たことは、すぐ近くに住んでいる外村繁《とのむらしげる》が阿佐ヶ谷将棋会の連中に速達で通報した。

その頃、出征兵士は千人針の腹巻や署名入りの日の丸の旗を身につけるのが常識になっていた。千人針は家族の人が手数をかけてすることだから別として、私は荻窪《おぎくぼ》駅前の小間物屋で日の丸の旗を買って、文藝春秋社の菊池さんのところへ署名してもらいに行った。知名な作家に署名してもらうといいことになっていた。菊池さんはどんな人にも相談に乗ってくれると言われている。まだ午前中であったが、ピンポン台のわきに立っていた菊池さんは、私の頼みを聞くとすぐに香西昇君に硯《すずり》を持って来させ、「勇躍、義に……」と書き、佐佐木茂索《ささきもさく》さんに「おもむく、という字、どうだったかな」と言った。茂索さんは素早く広辞林をめくるとその頁《ページ》を拡《ひろ》げ、菊池さんが「義に赴く、菊池寛」と署名する間に、「おもむく、コトコトあゆむ」と辞書の解説をゆっくり読んだ。秘書役として気のきいた処置であった。

茂索さんも菊池さんの字と並べて署名してくれた。菊池さんは「きみ、いつまでに署名を集めればいいのかね」と言った。「明日の朝までに集めたいんです」と答えると、今日は改造社の山本社長がゴルフに行っているから、あのグループに署名を頼めばいいと言って、傍にいた香西君に日の丸の旗を持たして急いでゴルフ場へ行くように言いつけた。私は香西君を追いかけて行き、午後五時から七時までの間に出雲橋《いずもばし》の長谷川で会う約束をした。その頃は長谷川に行くと、午後は誰《だれ》か知った人が来て酒を飲んでいた。香西君は約束通り、日の丸の旗を長谷川へ持って来てくれた。布地がスフの日の丸だが、いろいろとみんな名前の知れている人たちによって署名されていた。当時はもう銀座の小間物屋でも、署名用のものはスフの旗しか売っていなかった。

翌日、（青柳の出征当日の朝）日の丸の旗を持って訪ねると、青柳は腐りきった顔で外村君や小田嶽夫《おだたけお》などと向い合っていた。そこへ町内の世話役たち（隣組の会長さんや委員たち）が三角型の紫色の旗や、富士講中の幟《のぼり》のような恰好《かっこう》の旗を持って、「このたびは御出征、おめでとうございます。御苦労さまでございます」と口々に挨《あい》拶《さつ》して、青柳の坐《すわ》っている後の壁に旗や幟を立てかけた。青柳はそっぽを向いて、

「こんなもの貰《もら》うようになったら、人間もうお仕舞だ」と独りごとのように言った。世話役たちはそんな愚痴などもう聞き飽きたのか、平気な顔で幟や旗の垂れ具合を直して帰って行った。言論の自由というようなものは、言わず語らずのうちに封じられ、隣組の方針として、出征兵を歓呼の声で送らなければ笑い者にされることになっていた。

青柳は千人針の代りに餞別《せんべつ》に貰ったという胴衣を見せた。絹綿をミシンで碁盤目型にこまかく縫って、心臓部のところに金属の板が入れてある。「新式の救命胴衣だそうだ」と青柳君が言った。

召集令状に附属する書類によると、当日、青柳君は靖国《やすくに》神社の大鳥居の前に集合することになっていた。見送りに集まったのは、阿佐ヶ谷将棋会の連中のほか、ピノチオを止《よ》すことになっていた亭主のサトウさん、荻窪のおでん屋「おかめ」の主人末さん、阿佐ヶ谷の飲屋「双葉」の豆女中などであった。長男のシゲルさんも見送りに行った。青柳夫人はまだ泣き足りないのか一室に籠《こも》りきりになっていた。ピノチオのサトウさんが先頭に立って青柳と並んで大きな声で軍歌を歌いながら進んで行き、ほかの者は手に手に紙の日の丸の旗を持って、その歌を低い声で真似《まね》ながらついて行った。阿佐ヶ谷駅から市ヶ谷駅まで電車で行って、後は靖国神社までまたピノチオの音頭《おんど》で歌いながら行った。

大鳥居の前まで行くと、青柳がもう結構だから帰ってくれと言うので、万歳を三唱して帰って来た。

兵隊に取られた青柳は気の毒だというよりほかはない。老兵を召集するにしても早く返してくれるつもりはないのだろう。いつ帰って来るかわからない。これが私たちの一致した推定になっていたが、青柳が東京の兵隊屋敷に入ったという噂《うわさ》があって十日あまりたつと、その当人が除隊になったということで帰って来た。外村君からの知らせで青柳のところを訪ねると、出征する日のしょぼくれた様子は一つもなくて、

「富くじに当ったようなものだ」と言って、召集解除になった順序を語った。

青柳は健康に故障があって返されて来たというのでなくて、出征する新兵たちの軍服が三人ぶん足りなくて、出動日までに補給がつかないから除隊される三人のうちに入れられたそうだ。聞いたこともない珍しいいきさつである。隊長が一同を集合させて、

「軍服が三着不足して居るが、お前らの出発は明日の早朝である。故《ゆえ》に、お前らのうち年長の者を三人だけ後に残す。お前らのうち、体力に自信のない年長者は、三人だけ三歩前に出ろ」

隊長がそう言ったので、青柳は思わず三歩前に出た。気がついて見れば、青柳と一緒に老兵らしいのが三人だけ前に出ていたそうだ。

「そんな調子のいいことを言って、拝み倒して抜けさしてもらったんじゃないだろうな」そう訊《き》くと、軍隊がそんな都合のいいことをさせるわけがないと言った。聞けば、青柳は僅《わず》かな入隊日数だが、涙ぐましい訓練に明け暮れして来たそうだ。訓練のうち、青柳が一番苦手としたのは銃剣術の稽古《けいこ》であったという。青柳は弱虫だから冗談にも手を出すことが嫌《きら》いで、腕力を主要とする方面のことは相撲や野球を見るのも嫌っていた。あるとき久保田万太郎さんが慶応野球部の応援歌の歌詞作製を頼まれた話を聞くと、人ごとならず気をつかって、久保田さんが野球の歌を書けるかどうか自分のことのように心配した。当時、荻窪駅の南に明治生命保険会社の野球のグラウンドがあった。日曜日にそこへ水上瀧太郎《みなかみたきたろう》さんをはじめ三田文学の人たちが野球試合に行くと、久保田さんが野球というものを目近く見て置くために荻窪へ来た。青柳や蔵原伸二郎《くらはらしんじろう》たち慶応出身の者は、それを応援するため野球グラウンドに出かけて行った。帰って来て青柳は、「久保田さんは負けたときの歌なら書けるかもしれない。僕《ぼく》にはそれが痛いほどわかる」と言った。ホウセンカの実のことでシゲルさんをひどく叱ったときも、シゲルさんを擲《なぐ》らないで青柳自身の頭を擲って、「おうおう」という泣くような声を出した。

銃剣術というのは、剣道のお面のようなものを被《かぶ》り、肩から胸にプロテクターのようなものを掛け、籠手《こて》をはめて木銃で相手を突き倒す。見るからに強烈な感じの勝負である。とても青柳にはそれが出来ないので、銃剣術の訓練が始まると、号令が出るより先に、独り稽古で列から飛び出して、「ヤッ、トッ」と掛声をかけ木銃で敵を突き刺す真似をする。息ぎれがして苦しくなるが、歯をくいしばる忍従でそれを繰返す。すると隊長が、そこに老召集兵の熾烈《しれつ》な愛国心を感じて、銃剣術の独り稽古をしていても勘弁してくれる。まさかこんな老兵を戦死さすのは惜しいと思うような酔狂はないにしても、軍人に敬意を持っていると受取ってくれた筈《はず》だ。軍服一着のため、はからずも除隊になったのはそのためらしい。青柳自身そう言った。何かオーソドックス風な解釈と思われたが、当人が言うのだからその通りであったかもしれぬ。

一方、召集で宮崎の聯隊区《れんたいく》へ行くことになった中村地平は、召集令の来る前に都新《みやこ》聞の学芸部を止して、某大学の文学部講師になっていた。同居していた真杉《ますぎ》さんとは別れ話が出ていたので、地平のところの壮行会には真杉さんは欠席し、阿佐ヶ谷会の連中のほかに、都新聞学芸部長の上泉秀信《かみいずみひでのぶ》や詩人の三好達治《みよしたつじ》、竹村書房の主人などが出席した。上泉さんは釣《つり》が好きだから、茨城の水郷で釣って来たフナの甘露煮をどっさり持って来た。地平と飲むのもこれが最後かという気持があって、当日、私は肋間《ろっかん》神経痛《しんけいつう》が出ていたのに飲んだ。

この日、酔ってからのことは私の記憶にない。翌日、東京駅へ見送りに行くと、地平の勤めることになった大学の庶務課の老人が見送人の先頭に立って、手を振りながら「邪はそれ正に勝ち難く……」という軍歌を歌った。日露戦争のときに出来た軍歌だろう。ほかの者は誰も一緒に歌えなくて、その人だけ初めから仕舞まで歌った。列車のデッキに出て見送りを受けていた地平さんは、きまり悪げに白襷《しろだすき》を外し、それを小さくたたんでポケットにしまったり取出したりした。送迎の恰好つけるには、拙《まず》い歌よりも太鼓か笛がいいようだ。

後でわかったが、宮崎の聯隊に出頭した中村地平は、胸部疾患というので即日帰郷を言い渡されたそうだ。こんな場合はすぐ家に帰るのが普通だが、郷里でも盛大な見送りをしてもらった関係で、すぐ帰るのがきまり悪くて霧島の温泉場に一週間ほど逗《とう》留《りゅう》し、自分の在所にはこっそり顔を出して東京に引返したという。だんだんと罪が深くなって行くように、自分で自分に仕向けている。

次に阿佐ヶ谷将棋会メンバーのうち、戦争直前に陸軍徴用令を受けたのは、私のほかに小田嶽夫と太宰治《だざいおさむ》、中村地平の四人であった。但《ただし》、太宰は本郷区役所で検査のとき、肉体の異状を申し出て胸部疾患のため徴用即日解除を言い渡された。

当時、徴用といえば、公用といって横須賀や呉《くれ》の造船所に行き、鉄板の赤錆《あかさび》を金槌《かなづち》で叩《たた》き落すカンカン虫をすることであった。公用ではそれ以外の仕事を思いつくことも出来ないし、公用でそれ以外の仕事をさせるところもなかった。

私は徴用令を受取ったときには旅行中で、小田嶽夫と二人で東陽館という甲府市内の旅館に宿泊し、酒田市山椒小路《さんしょうこうじ》の三郎さんという人が前々からの約束で甲府へやって来るのを待っていた。三人一緒に富士川下りをするために、生き残りの川船の船頭を見つけてもらい、昔と同じような富士川下りの船に乗せてもらう交渉を取りつけていた。

徴用令が来ているのを知ったのは、ちょうど山椒小路の三郎さんが明後日の夕方あたり来るという日であった。その日の朝早く、私が東陽館でまだ寝ているところへ甲府市の郵便局長から電話がかかって来た。郵便局長からの電話は初めてである。

「こちらは甲府郵便局長ですが、あなたは昨日の晩、電報を受取りましたか」

文書を朗読しているような口調である。

「受取りました」と答えると、

「たしかに受取りましたね。それは、どういう電文でした」と訊くので、「キウヨウアリスグカエレ、という電文です」と答えた。

すると相手は「そのキウヨウというところは、コウヨウの間違いでした。今、取消して、コウヨウと訂正します」

「わかりました」と答えると、「確かに訂正しました」と念を押して、電話が切れた。

暫時《ざんじ》の間、何のことかわからなかった。公用といえばカンカン虫になることだが、公用を急用と書き間違えたことを、局長が今朝になってどうして気がついたのか腑《ふ》に落ちない。公用を意識的に急用と書き変えていたとしか思えない。

小田君に電報を見せると、「急用でなくて公用なら、やっぱりカンカン虫にさせられるのですね。そのお年でカンカン虫とは、お気の毒です」と同情してくれた。はっきり公用と書いてしまえば、郵便局の方では、こちらが電報を受取らなかったことにすると解釈したのかもわからない。こちらが脱走するかも知れないのを防ごうとしている手も考えられる。いずれにしても、私はすぐ帰らなくてはいけなくなったので、山椒小路の三郎さんに電話をして、せっかくの約束だが富士川下りを取消したいと申し入れた。三郎さんは甲府へ向けて出発する寸前であった。

小田君もその電話に出て、富士川下りは後日にすることにしたいと三郎さんに言った。ところが、そこへ荻窪の私のうちから家内が電話をかけて来た。「今、小田さんの奥さんがおいでになりました。小田さんのところにも、徴用令が来ているそうです。地平さんのところにも、太宰さんのところにも徴用令が来ているそうです。戦争になるんでしょうか」

その電話口に小田君の奥さんが出て、小田君も私と一緒にすぐ帰ることになった。家内に私が「昨日の電報は、キウヨウアリと書いたのか、コウヨウアリと書いたのか」と訊くと、コウヨウアリと書いたのだと言った。

何とも憂鬱《ゆううつ》な話であった。私と小田君は旅館の応接間にある大辞典を引いてみたが、公用やカンカン虫について解説されているところは見つからなかった。この旅館の十四、五になる娘さんは、女中たちとカンカン虫の噂をして、「あんな爺《じい》さんたちがカンカン虫になるなんて……」と笑った。何ともいまいましいことであった。

私も小田君も甲府から新宿駅に着くまで、どちらも一言も口をきかなかった。

私たちは大阪の聯隊に入って、小田嶽夫は丁班（ビルマに行く隊）の兵営に入れられた。私と中村地平は乙班（マレーに行く隊）の兵営に入れられた。大阪の港からサイゴンの港まで、丁班も乙班も同じアフリカ丸という一万噸《トン》級の輸送船で送られたが、十二月八日、香港《ホンコン》沖百五十浬《かいり》を南航中に太平洋戦争が始まった。ラジオと無電でそれがわかった。私たち乙班の者（百二十人）は、髯《ひげ》の中佐という輸送指揮官の命令で、直ちに甲板に整列させられ、東方遥拝《ようはい》の最敬礼をして万歳三唱をさせられた。どの方角を見ても陸影は一つも無くて、東西南北、みんな朝焼で空が真赤になっていた。限りもなく美しい。一同、列を崩して船艙《せんそう》の蚕棚《かいこだな》に帰って行くと、通風窓から外をのぞいた中村地平が、突如として大きな声を張りあげた。

「朝焼の雲は綺麗《きれい》だなあ。大自然は美しいなあ。涙がこみあげるほど美しい。それなのに人間は、どうして馬鹿《ばか》なことをするんだろうなあ」

発作的に言ったことと思われるが、殆《ほとん》ど同じようなことを二度まで言った。

「おい地平さん、そんなこと、ないしょ、ないしょ」

私はそう言った。阿佐ヶ谷将棋会の第二次会場ならともかくも、ここは徴員たちの生命を指揮官に預けて閉じこめられている船艙である。私たちの言動は、指揮官から特別命令を受けた二人の徴員によって「大阪集結以来徴員に関する行状」という報告書に記入されていた。

地平さんは阿佐ヶ谷会で将棋が誰よりも弱く、誰にも負けるので人気があった。たまに遅れて来ることがあると、みんなに拍手で迎えられた。「二歩」をすることも

「待った」をすることも有名で、こちらがまだ手を動かさないのに「待った」をすることがあった。輸送船のなかでも阿佐ヶ谷将棋会のときと同じように、誰にも負けるので人気があった。阿佐ヶ谷会と違って船のなかでは金を賭《か》けての勝負だから、いずれ上陸して給与を貰うようになってからの月給を賭けていた。しかも誰にも負けてやるから、豊かな感じのところは貸元のようなものであった。当人としては月給なんか問題でなくて自棄《やけ》半分になっていたとしか思えない。地平という男はお婆《ばあ》さん児《こ》だろうと言う人がいるが、その頃《ころ》も両親はちゃんと宮崎市内に現存した。私たちは大阪の聯隊に入る前に大阪城の天守閣の前の広場に軍刀を持って集結したが、地平さんは軍刀を買うのが間に合わなかったので、満洲で戦死した実兄の佩刀《はいとう》を地平さんの両親がわざわざ宮崎から持って来て、私たちの見ている前で地平さんに手渡した。劇的なような場面であった。お母さんは涙をぬぐった。お父さんは私に、「地平のことを宜《よろ》しくお願いします」と言ったが、見送人と私たちは言葉を交すことを許されていなかった。

「ぐずぐずするな、迅速にやれえ」と輸送指揮官が叱《しか》った。私たちは隠密裡《おんみつり》に集結し、隠密裡に出発するようにという命令を受取っていた。

地平さんの軍刀は満洲事変初期のころの拵《こしら》えだから、中身はどうだか知らないが、作りは割合じっくりした感じであった。軍刀も戦争が長びくと、だんだんと数も質も貧弱になって来るようだ。私たちが徴用になったころは、軍刀を手に入れるのが難しくなっていた。私は中野憲兵隊の並びにあるジロさんの店という店屋に頼んで、常連客の一人に紹介してもらってセコハンの軍刀を手に入れたが、作りの鍍金《めっき》がぴかぴか光るので、アユ釣の竿袋《さおぶくろ》に入れたのを肩にかけて入隊した。徴用令書に添えた命令書に「必ず軍刀を持参のこと。但、出征軍人と見える様子を隠し、さりげない服装で大阪城天守閣前の広場に集結のこと……」と言ってあった。

私たち乙班の者も、みんな軍刀を手に入れるのに苦労したようであった。里村欣三《さとむらきんぞう》や堺誠一郎《さかいせいいちろう》は満洲に出征したことがあったので、普通の作りの昭和刀を持っていた。怪奇小説作家の小栗虫太郎《おぐりむしたろう》は、軍刀はどこにも売っていなかったと言って、手に何も持たないで入隊した。ユーモア作家の北町一郎は、黒漆の鞘《さや》で細身の短い刀をぶら下げていた。それは腰に差すのでもなく吊《つる》すのでもなくて、いつも左手に持っていた。史実小説家の海音寺潮五郎《かいおんじちょうごろう》は、朱鞘《しゅざや》の大刀を真田紐《さなだひも》で背中に吊し（刀身は二尺五寸）映画で見る甲賀流の忍者、または古画で見る股《また》くぐりの韓信《かんしん》を思わせるような恰好《かっこう》になっていた。この風態は武装者として何か秀抜なような感じがあったせいか、（徴用令の箇条書に添ういでたちではなかったが）徴員係の少尉中尉たちも海音寺に一もく置いているようであった。

——軍隊ではどうだか知らないが、私たち徴用者たちの間では宣誓式というのがあった。輸送指揮官と一人の少尉との立会いで、名簿にある自分の名前の下に認印を捺《お》すのである。それと同時に、自分は日本軍人になったことになる。そういう制度の国に生れたのだから宿命というよりほかはない。髯の隊長は私たちを整列させて、怒鳴るような大きな声で言った。

「今から、俺《おれ》がお前たちの指揮官になった。お前たちの生命は、俺が預かった。ぐずぐず言う者は、ぶった斬《ぎ》るぞ」

一同の間に動揺の気配があって、いきなり「ぶった斬って見ろ」と叫ぶ者があった。(後でわかったが、これは海音寺潮五郎であった)すると後ろの方の列で卒倒する者が出て、少尉中尉の命令で、傍の者たちがそれを抱きとって医務室の方へ運んで行った。髯の隊長はすっかり腹を立て「気をつけえ」の号令をかけ、独りで怒りだした。

「お前たちのような非国民は、俺は初めて見た。お前たちは、国家の赤子《せきし》である筈《はず》だ。この非常時に、宣誓式を行なった身でありながら、矜持《きょうじ》というものを一つも持っとらん。お前たちのような者は、輸送船に乗ってから何をするかわからん。俺を海に突き落すかもわからん。俺はお前たちが甲板に居る限り、絶対そこに出て行かんことにする」

私たち乙班と丙班はアフリカ丸という一万噸級の輸送船で出航したが、事実、隊長は甲板で東方遥拝をする以外には一度も甲板に出て来なかった。船長室か司令塔のようなところにいたのだろう。こまごました命令は少尉中尉が伝達した。

十二月八日、開戦の報を聞いたとき、折から私たちは香港沖百五十浬を南航中であった。普通なら二百浬の沖を南航するのだが、フィリッピンにいるアメリカ潜水艦の襲撃に備えて五十浬、香港寄りに航海していたそうだ。これは輸送指揮官の才覚ではなく、船長の一存によるものであったという。

地平さんは何もかも明けすけにするたちで、酔うとまた相当な泣き上戸でもあった。私たちがサイゴンに寄港したときには上陸を許されて、町で仕入れて来た洋酒を埠頭《ふとう》の船中で飲み、殆どの人がみんな酔ってしまった。地平さんは泥酔《でいすい》して泣きだしてしまったので、私は持てあました。地平さんは名指しで私を呼んで、

「ロープで僕《ぼく》を縛ってくれませんか。ぐっと縛るんです」と泣き喚《わめ》き、「こんな気持のまま航海していると、僕は今晩、海に飛びこんでしまいます。その必然性にストップをかけるため、僕を戸板に縛りつけてくれませんか。ロープでしっかり縛りつけてくれませんか」と地平さんは、鼻汁《はなじる》を流しながら言った。

地平さんが泣き上戸であるのはわかっていたが、海に飛びこむなんて穏やかでない。輸送指揮官に聞きつけられる心配があった。

「じゃ、縛りましょう。海に飛びこまれては困ります。実際に縛っていいのでしょうね」

徴員の一人の新聞記者がそう言って、どこからか幅の広い板とロープを持って来て、地平さんを板に縛りはじめた。傍にいる他の徴員たちもそれを手伝った。板は波乗りか何かに使われそうな長さがあった。引結びの結び方で地平さんの手首を縛った新聞記者が、「強さは、これくらいでいいですかね」と訊《き》くと、地平さんがこっくりをして泣き止《や》んだ。

地平さんは板に張りつけられる恰好で、がんじがらめに縛られた。そこへ怪童丸という仇名《あだな》の徴員がやって来て、板ごと地平さんを頭の上に担《かつ》ぎとった。それから、そのままの姿勢でタラップを昇り、上甲板の下にある控えの寝室に運んで行った。その怪力にはみんな舌を巻いた。

怪童丸という徴員は、背丈は普通だが、肩、肘《ひじ》、下肢《かし》の筋肉が、映画で見るポパイのように太っている。力が強いことは、大阪の聯隊に入ったときにはもうわかっていたのだろう。輸送船に乗組んだときには、怪童丸という仇名で知られるようになっていた。素晴らしい膂力《りょりょく》を持っている男であった。

先に言ったように私たちはサイゴンに寄航したとき、街で買った洋酒を輸送船に持ちこんで、酒の飲める者は自棄《やけ》になるほど飲んだ。徴員の海音寺潮五郎は小用を足しに岸壁へ出て行ったが、帰りにタラップを無視していたので、いきなり水のなかに落ちた。大きな水音がした。すると怪童丸が傍にいた人たちに急いで腰のベルトを抜き取らせ、それを素早く繋《つな》ぎ合わせると、岸壁に飛び出して川に向けて垂らした。トーチ・ランプで水面を照らす者がいた。その光のなかに、潮五郎さんの髪の薄い頭がぽっかり浮かび、潮五郎さんの両手がベルトの先をしっかり摑《つか》んだ。

サイゴン川は流れが深くて速い。大きな川である。川口のサンジャック岬からサイゴンまで、まる一日の航程だが、一万噸級の輸送船が悠々《ゆうゆう》と遡上《そじょう》して岸壁に横づけになる。この港で流れのなかに落ちた者は、船腹の脇《わき》に吸いつけられるか、水流に持って行かれるかして溺《おぼ》れてしまう。命が助かるのは百人に一人だと言われているそうだ。

海音寺潮五郎は運がよかった。怪童丸の咄嗟《とっさ》の処置も大したものであった。(潮五郎さんが晩年に朝日新聞に連載していた評判の「西郷隆盛」を見るたびに、怪童丸のポパイのような四肢と機敏な早技が思い出されるのであった)

私は潮五郎さんが岸壁に這《は》いあがる現場は見なかったが、実際に見ていた徴員の話では、ベルトにしがみついた海音寺さんは、案外落着いたものであった。怪童丸は他の者にも協力させてベルトを引張りあげた。海音寺さんは岸壁にすがりつくと、わいわい騒ぐみんなを窘《たしな》めて「騒ぐな」と言った。このときの場面を誰《だれ》かが脚色して「者ども騒ぐな」と言ったという話が伝わった。私もそれを真に受けて、自作「マレー作戦従軍記」の一部に海音寺がサイゴン川に落ちる事故を書き、「者ども騒ぐな」と言ったと書いた。先年、潮五郎さんが亡《な》くなる前の年、「西郷隆盛」出版の祝賀会で会ったとき昔のことを確かめると、「騒ぐな」と言っただけだそうだ。もしみんなの騒ぐ声が髯の隊長に聞えると、隊長が出て来て騒ぎが面倒な結末に落着く怖《おそ》れがあった。その前々日、髯の隊長と徴員たち一同は、弁当行李《べんとうごうり》のことで意見が合わなくて対決状態になったきりであった。

「弁当行李を出さないやつには、弁当を食べさせてやらないぞ」

船のなかで髯の隊長がそういう命令を出した。少尉中尉がそれをそのまま伝達した。「食べさせてやらないとは、何ごとだ」と徴員たちは反撥《はんぱつ》し、睨《にら》み合いの気勢になっていた。海音寺は自分が川に落ちた騒ぎで、弁当行李のことが蒸返されるのを怖れていた。だから「騒ぐな」と言ったという。危急な場合、よく気がついたことである。

二・二六事件の頃

阿佐ヶ谷将棋会の連中は、ABCDEF……お互に世間的には丙と丁の間ぐらいの暮しをしていたが、お互に意地わるをする者もなく割合に仲よく附合《つきあ》っていた。ABCDEF……共に身すぎ世すぎで原稿を書きながら、時にはそこに生き甲斐《がい》を感じるべきだと思うこともあり、ろくでもない原稿を書いても締切の関係だから仕方がないと口をぬぐっていることもある。ABCDEF……共にお互さまだから、もしこちらを軽蔑《けいべつ》する手合があれば、その者を仲間と思ってやらないだけである。ところが虫のいどころ一つで、ABCDEFのうち、AがBの放つ失言に我慢ならなくなることがあったとする。つい仲間割れが生じることになる。

阿佐ヶ谷将棋会の青柳瑞穂《あおやぎみずほ》が田畑修一郎のことを、我慢ならない男だと言いだしたのは、武田麟太郎《たけだりんたろう》や高見順等の「人民文庫」が刊行されるようになった頃である。左翼文学が華々しく見えていたが、軍部が頻《しき》りに政治に口出しするようになる時勢であった。歴史年表を見ると、日本はロンドン軍縮会議に脱退を通告し、無制限建艦競争が始まったと言われだした当時である。衆議院が解散し、総選挙が行なわれることになったと発表された。それが昭和十一年二月のことで、二月二十六日には、陸軍の皇道派青年将校がクーデターを企て、下士官兵一四〇〇人を引きつれ、高橋蔵相、斎藤内大臣等を殺害、軍の教育総監渡辺錠太郎《わたなべじょうたろう》大将の邸宅を襲撃した。謂《い》わゆる二・二六事件が起った。翌二十七日、漸《ようや》く夕方になって戒厳令が布《し》かれ（七月十八日解除）二十九日に叛乱軍《はんらんぐん》が帰順した。

こんな大事件が起ろうとは夢にも思っていなかった。その前日、二月二十五日、私は都《みやこ》新聞学芸部を訪ねた。寒い日であった。三宅坂のところからお濠《ほり》の方を見ると、野生のカモの他にユリカモメがたくさん何百羽も集まっていた。お濠の水に浮いているのもあり、あたりを乱舞しているのもあった。海上が荒れるかどうかして、陸のお濠に避難していたのだろう。空は青く晴れ、皇居の上に出ている太陽を白い虹《にじ》が横に突き貫いているのが見えた。虹は割合に細く、太陽の直径の三分の二くらいの幅である。不思議な現象だと思ったので、都新聞で用談をすませた後、学芸部長の上泉《かみいずみ》さんに白い虹のことを話すと、三省堂の「広辞林」を出して頁《ページ》を繰って見せた。

白い虹が太陽を貫くと、「白虹、日を貫く」と言って兵乱の前兆だと言ってある。史記の鄒陽伝《すうようでん》に出ているという。後年、私は広島が空襲で全滅した話を（戦後十年目に）小説に書くとき、モデルにした重松さんという人の実話として、当人が広島の焼跡から近郊の可部《かべ》の町に行く途中、太陽を白い虹が貫いているのを見たと聞かされた。そのときにも私は岩波の「広辞苑」を出して引いてみた。やはり「白虹、日を貫く」は兵乱の兆で、史記鄒陽伝に出ていると言ってあった。

史記は名著に違いないにしても、世上の事態を占う手引になるとは言われまい。たまたま白い虹が出た翌日、不吉な二・二六事件があったというだけだ。そう思って置くに限る。渡辺大将の家は荻窪《おぎくぼ》の私のうちの近くにあるが、大将が襲撃されるなど思ってもみたことがない。二月二十六日の前日は、今も言うように都新聞の学芸部を訪ね、いったん家に帰ると、外村繁《とのむらしげる》からピノチオにいると伝言があったので、阿佐ヶ谷のピノチオに行った。すると外村君が、「実は、困ったことが出来た。青柳君が骨董《こっとう》のことで、田畑君に腹を立てて、田畑君が話しかけても口をきこうとしないんだ。貝殻《かいがら》みたいに口を閉じてしまった。どうしたらいいか、その点に思いを致しているところだ」と言った。

外村君の話では、青柳君は最近どこかで初期の能面を掘出して来た。苦労して漸く手に入れて来た。三年前か四年前に、爺《じい》さん婆《ばあ》さんの能面のうち、婆さんの面が見つかって国宝に指定された。野上（豊一郎）さんが査定したそうだ。それで青柳君が思うに、婆さんの面が見つかったからには爺さんの面もあるに違いない。青柳君はそれを見つける決心をして、浜名湖の奥の方の村に出かけ、婆さんの面が見つかった家の附近を問合せてまわった。ところが一向に手応《てごた》えないので、村で物識《ものし》りの男に婆さんの面の略図を描いて渡し、「もしこれに似た能面が見つかったら、電報を打ってくれ」と頼んで、電報用紙に青柳自身の住所番地に名前を書込んで残して来た。すると三年か四年たって「ノウメンアツタスグオイデマツ」という電報が来た。

青柳はすぐ出かけて能面を買って来た。これは村の水車小屋の子供が玩具《おもちゃ》にしていたもので、由来を言えば元はこの村のお寺にあったものだという。日露戦争の戦勝祝いでこの土地の者が村を挙げて踊をすることになったとき、ヒョットコの面とお多福の面が二つ足りなかった。それでお寺にあった爺さん婆さんの能面を借りて来て、用がすんでからそのままにして置いたものであるそうだ。寺の住職としては紙製のヒョットコ面の代りに貸したので、金銭的なことなど元から無視していたわけである。薄汚れした能面で、顎《あご》の部分が自由にがくがく動くように、頬《ほお》の部分と別々の造りになって、紐《ひも》でつなぎ合せる穴があいている。面の裏側にはお寺に奉納した年代が朱筆で記され、殆《ほとん》どもう消えてしまっているが、赤外線写真で撮るとはっきりわかったそうだ。

青柳君は昭和初期の頃は詩を書いていたので一つ二つ詩集もあるが、近所に住んでいた蔵原伸二郎《くらはらしんじろう》と二人で骨董に凝るようになって、掘出しものをするたびに私たちに披露《ひろう》して見せていた。ときには骨董の展示会を開いたこともある。ところが掘出し物をすると言われるのを極端にきらって、「埋もれた文化を探し得た」と言わなくては機嫌《きげん》を悪くする。私が青柳君と附合うようになって以来、何度か相当な掘出しをして、そのつど私たちを驚かした。備前焼の半地上窯《はんちじょうがま》時代の種壺《たねつぼ》、光琳《こうりん》の肖像画、宗達の扇面二枚、初期の常滑《とこなめ》の大壺、平安期の仏画、乾山《けんざん》の色紙皿《しきしざら》など、数えてみれば切《きり》がない。

(蔵原伸二郎も初めのうちは青柳君に似て骨董に凝っていたが、阿佐ヶ谷を引揚げて玉川の方へ行ってからは詩を棄《す》てきれなくて、年月がたつにつれて見事な詩を書くようになった。剣道でお面ならお面だけしか打たないような遣《や》り方で、しかし誰《だれ》もそのお面を防げなくなったというような筆法である。最晩年に素敵な詩篇を残している。木山捷平《きやましょうへい》などもそれである。あの人は年と共に小説家になってしまったが、詩を棄てきれなくて形容枯槁《ここう》するにつれて見事な詩を書いた)

青柳君が田畑君に向って腹を立てたのは、能面を青柳君が箱から取出して大事そうにくるんでいる青梅棉《おうめわた》を拡《ひろ》げた途端、田畑君がプッと噴き出したからであるそうだ。

一瞬の間に、青柳君の誇を疵《きず》つけたのだ。

田畑君は薄ら笑いをする癖はあるが、ぷッと噴き出したりする癖はないようだ。ところが、ぷッと噴き出した後、「しまった」というように居ずまいを直したという。青柳君の顔が青ざめて、田畑君が何か話しかけても返事をしない。外村君が話しかけても、気のない返事をするだけである。結局、外村君は田畑君を連れて帰って来たが、どうも青柳のことが気になるので、他の用事にかこつけて青柳を訪ねた。（青柳の家と外村の家は、阿佐ヶ谷南口の横丁から折れ曲って行く露路内にある。最初の露路に入った左手に外村の家があり、二つ目の露路に入った左手に青柳の家がある。一方、田畑君の家は吉祥寺にあるが、この人は早くから「文藝春秋」や総合雑誌に作品を発表し、初めから時めく流行作家として阿佐ヶ谷会に顔を出していた。何ごとにも大事をとって自分の健康にも気をつける人で、毎朝、井ノ頭《いかしら》のプールへ泳ぎに行き、酒を飲んだり不規則のことなどしたりしなかった。ところが、小山書店の書下し原稿の取材で盛岡に出かけ、急性盲腸のため盛岡病院で亡《な》くなった）

外村君の話では、田畑君自身もぷッと噴き出したことを後で気にしていたそうだ。「あのときは、つい噴き出したので、青柳君も気を悪くしたかもわからない」と言ったという。それを外村君が青柳君に言って、「田畑君も後悔していたようだ」と言うと、「それは当然だ。もし彼に良心があれば、もっと後悔するべきだ。彼は小説を書いているそうだが、果してどれだけ芸術的な作品を書いているか。あんな人物に、僕《ぼく》の蒐集品《しゅうしゅうひん》を見せたのが間違いだ」と言ったという。

（後日、私も青柳君を訪ねて能面を見せてもらったが、そのときにも「田畑君の書く小説と僕のこの能面と、どっちが芸術的価値があるか」と難題のようなことを言った。骨董のこととなると、勝負をしているように青柳は別人になる。それにしても田畑君の態度に、よほどのこと腹が立ったに違いない。

能面は瘠《や》せた顔つきで顎が張り、頰と顎と別々になって、がくがくするので、笑っているか怒っているかのような感じである。顎が張っているところは、田畑君の顔に似ているようであった。

外村君が両者の間に立って気を揉《も》んだにもかかわらず、田畑・青柳の仲は拗《こじ》れたままになっていた）

ピノチオで外村君と別れて井荻の拙宅に帰ると、水海道《みつかいどう》の人で宮川君という早稲田《わせだ》の文科の学生が訪ねて来た。宮川君は弁天通りの太宰《だざい》のところへ将棋をさしに行ったが、芝の済生会病院に入院しているので、私と将棋をさしに来たと言った。

将棋は夕飯がすんでからさした。雪が降りだしていたので、宮川君は泊って行くことにしたが、勝負は一方的に私の勝ちが続き、宮川君が「もう睡《ねむ》いから勘弁して下さい」と言うところまでさした。寝床は客蒲団《きゃくぶとん》など無いから、私の蒲団へ一緒に入って背中あわせで横になった。すると玄関の土間に朝刊を入れる音がした。私がそれを取りに起きて再び横になると、花火を揚げるような音がした。いつも駅前マーケットで安売する日は、朝早く花火を揚げる連続音が聞えていた。

「今日は早くからマーケットを明けるんだな」

私は独りでそう言って、新聞を顔の上に拡げたきり寝てしまった。

目がさめると宮川君の姿は見えなくて、お昼すぎの時刻になっていた。私は銭湯に行くのでタオルに石鹼箱《せっけんばこ》を持って、平野屋筋向うの武蔵野湯《むさしのゆ》に行った。ひどい大雪で、外は六寸か七寸は積もっていた。

風呂《ふろ》は混んでいなかったが、浴客の話し声が大きく響いていた。光明院の裏通りにいる渡辺さんが機関銃で襲撃されて、護衛の憲兵も殺されたと言う者がいた。憲兵は朝早く交替で、ちょうど今やって来たというところを殺されたという。渡辺さんの近所にある八百屋のお上が騒ぎで目をさまし、外に出て見ると陸軍中佐が機関銃を据《す》えつけていた。「今日は早くから演習ですね」と言うと、「ばか。こら危いぞ、退《ど》け退け」とその中佐が叱《しか》った。（中佐でなくて中尉だと言う者がいた）当時、渡辺さんのところには護衛の兵隊が来ていたが、もうその必要ないだろうと渡辺さんが言ったので兵隊が引揚げてしまった矢先であった。ところが天沼《あまぬま》の高橋さんという将軍は、事件の前日に北沢の方へ引越して行ったそうだ。

町内の木下という鳶職《とびしょく》の話は、少しまた違っている。木下は高井戸の生れで、渡辺大将のところの別当も高井戸生れの男で木下の幼な友達である。木下も渡辺さんの宅へ植木の手入れに行く。つまりお出入りの職人というわけだ。

事件のあった前日二十五日、火事で焼けた吉祥寺の井ノ頭会館という映画館の焼けた看板を木下が見に行くと、そこへ三、四台のトラックで兵隊がやって来て、薬屋さんの前でぞろぞろ降りた。演習に来ているのではないかと思われた。その兵隊のなかに木下の知っている高井戸の氷屋の倅《せがれ》がいた。麻布《あざぶ》三聯隊《れんたい》の兵だったと思われる。お昼の一時頃であった。いずれにしても渡辺さんのうちのまわりに来て、将校が兵隊たちを連れまわっていたことは事実である。

当時、木下は高井戸の浴風園という養老院の夜警も勤めていた。翌二十六日の夜明け頃、浴風園の帰りに柳久保まで来ると、兵隊を連れた将校が地図を見ながらトラックで引揚げていた。甲州街道に向って進んでいた。昨日のお昼頃に見た兵隊が、演習がすんで帰っているのだろうと思った。それが間違いだとすれば、昨日の兵隊は渡辺さんの宅を偵察《ていさつ》に来たのかも知れなかった。

渡辺さんのうちの傍《そば》には八百屋はない。八百屋のお上が、「今日は演習ですか」と言ったというのは、つくり話だろう。八百屋の代りに蕎麦屋《そばや》はあった。日本蕎麦屋が一軒あった。その店の柱に一発、機関銃の玉が突きぬけて、親爺《おやじ》さんが腰を抜かし、「だから、偉い人になるもんじゃない」と言ったそうだ。

渡辺さんは朝の四時頃になると、階下の部屋から二階に上る習慣があった。襲撃に来た兵隊はその時間まで計り、庭に入って機関銃を据えて発砲した。渡辺さんは軍人だから「打つなら打て」と言って、自分もピストルを抜いて応戦した。

騒ぎが終り叛乱兵が引揚げると、四面道《しめんと》の戸村外科医が応急手当をしに渡辺さんのうちへ呼ばれて行った。蜂《はち》の巣のようになっていて、手がつけられるものではなかったという。

渡辺さんのうちの尋常一年生になるお嬢さんは、渡辺さんが死闘を演じている間じゅう、怖《おそ》ろしくてずっとベッドの下に隠れていた。ピノチオの主人から聞いた話だが、青柳瑞穂のうちの薔子ちゃんという長女は、渡辺さんの令嬢と小学校が同級だということで、あのときは本当に怖かったと述懐したそうだ。これは青柳君からも青柳夫人

から も聞いたことではない。

渡辺さんの元の家は四面道の古川ポンプ屋の前にあったが、教育総監になってから、本村新開地に普請《ふしん》して越して行った。今、元の家は電話局の寮になっている。

訂正——当時の渡辺家の人の話では、渡辺大将と奥さんと女の子供さん（昭和二年生れ）は日本座敷に寝ていたのでベッドは無かった。子供さんは大きな座卓のかげにかくされた（その卓に弾丸の通ったあとが残っていた）憲兵が二人ずつ二階に泊っていたが二人ではどうにもならず、二階から下りて来なかったので死んではいなかった。渡辺大将は朝四時に起きると云うのも事実と違う。事件のときは、奥さんと女中たちが起きていただけである。庭から機関銃を撃ったのではなく、部屋に上って近くから撃った。蕎麦屋に弾丸が行く筈《はず》もなかった。

二・二六事件があって以来、私は兵隊が怖くなった。おそらく一般の人もそうであったに違いない。大震災のとき板橋に乗馬の兵がやって来たときなど、避難民が馬の脚にしがみついて感泣する場面があったそうだ。二・二六事件のとき、鎮定のため東京に呼ばれて来た甲府聯隊の兵が、鉄砲の玉が到着するのを待って、新宿駅前の広場に叉銃《さじゅう》して休息していると、通りすがりの人が「いよいよ同志討ちの戦争やるのかね」と訊《き》いた。訊かれた兵の方は、苦虫をかみつぶしたような顔をした。あの有名な「兵に告ぐ」という布告が出ているときであった。

私は昭和十七年に、陸軍徴用の宣伝班員としてシンガポールにいた。その部隊の三度目の班長は大久保弘一中佐といって、二・二六事件のとき戒厳司令官香椎《かしい》中将の大尉参謀として、布告「兵に告ぐ」の原案を書いた将校である。

この中佐は二・二六事件の布告について質問されると機嫌がよかった。一度、この班長に引率されて宣伝班全員がシンガポールの沖へ舟遊に行ったとき、私の同僚で昭南学園の校長をしていた神保光太郎が、「班長殿に伺いますが、二・二六事件のときの布告は、あんな動乱に直面した場合、発表する書式があるのですか。見本のようなものがあるのですか」と訊いた。すると班長は、「書式なんて、あるわけがない。自分の思う通り、必要だと思った文句を書くだけだ。僕はあの布告文案を、十分間で書いた」と言った。

班長は、とても御機嫌のようであった。叛乱兵たちに向って、原隊に帰れ、今からでも遅くないと呼びかける布告文であった。質問した神保君は「わかりました」と言った。

二・二六事件の記録を見ると、――叛乱軍の一部の将校たちは七月十二日に処刑された。場所は、渋谷区宇田川町の陸軍衛戍刑務所《えいじゅけいむしょ》の隣にある代々木練兵場。死刑執行の銃声をかくすため、早朝から演習部隊の軽機関銃で空砲を打ちつづけ、やがて飛行機二機が低空を旋回した。

有罪七十六名のうち、死刑十七名、罪名は叛乱罪。被告磯部《いそべ》浅一《あさいち》の獄中手記も発表してあった。「……真崎を起訴すれば川島、香椎、堀、山下等の将軍に累《るい》を及ぼし、軍そのものが国賊になるので……云々《うんぬん》」暗黒裁判で書いたという怖るべき手記である。

善《ぜん》福《ぷく》寺《じ》川《がわ》

井《い》荻《おぎ》村（杉並《すぎなみ》区清水）へ引越して来た当時、川南の善福寺川は綺麗《きれい》に澄んだ流れであった。清冽《せいれつ》な感じであった。知らない者は川の水を飲むかもしれなかった。川堤は平らで田圃《たんぼ》のなかに続く平凡な草堤だが、いつも水量が川幅いっぱいで、昆布《こんぶ》のように長っぽそい水草が流れにそよぎ、金魚藻《きんぎょも》に似た藻草や、河骨《こうほね》のような丸葉の水草なども生えていた。

私が不思議に思ったのは、この土地の人はこの綺麗な川に、なぜ鮎《あゆ》を放流しないのだろうということであった。去る大正十年頃《ごろ》、甲州の河口湖、精進湖《しょうじこ》、本栖湖《もとすこ》に、鮎の卵の植附《うえつけ》が試されて以来、関東各地の河川に鮎の稚魚を放流する行事が行き渡るようになっていた。安達《あだち》さんという釣《つり》好きの代議士が内務大臣になると、富士川支流の下部川《しもべがわ》や常葉川《ときわがわ》に川鱒《かわます》を放流させ、釣師たちを刺戟《しげき》して劃期《かっき》的な出来事だと喜ばせた。善福寺川のように湧水池《ゆうすいち》から出る水流なら、鮎だけでなく川鱒の放流も不可能ではない筈《はず》だ。

善福寺川も大宮公園から先の川下は、井《い》ノ頭池《かしらいけ》や妙正寺池から流れて来る水と合流し、早稲田《わせだ》の関口大滝の川下から飯田橋のドンドンでお仕舞だが、妙正寺池や井ノ頭池の水も共に武蔵野《むさしの》の湧水である。鮎の放流ができない筈はなかったろう。鮎の嘗《な》める石苔《いしごけ》は、両岸の草堤に片寄せてコンクリート製の枠《わく》に詰めた栗石《くりいし》につく苔で充分だ。橋の下などに枠を作る場合は、栗石は青っぽい石を集めるといい。青石を嘗める鮎の素早い動きは、橋の上に立つ人には絶好の眺《なが》めである。

私は鮎を放流する考えとは別に、四面《しめん》道の竹細工屋で買った一本竿《いっぽんざお》で、善福寺川のガード際《ぎわ》の洗い場へ鮠釣《はやつり》に行った。現在、中央線のガード下に荻窪《おぎくぼ》駅管轄《かんかつ》の小荷物扱所が出来ている場所である。ガードの手前で川の左岸が一箇所だけコの字型に大きく拡《ひろ》がって、子供が水浴びしたりお上さんたちが洗濯《せんたく》したりする浅瀬が出来ていた。石を敷き詰めた浅瀬である。矢嶋さんの「荻窪の今昔と商店街之変遷《へんせん》」によると、これは明治の頃に甲武線の鉄道が出来るとき、田圃に土盛りをして線路を敷き、善福寺川の流れを通すようにガードにしたところである。そのガードの向側の高みには、松林のなかに稲荷《いなり》様の祠《ほこら》があった。

矢嶋さんの解説によると、「ガードの向うの森には穴稲荷が祭られて、その祠のわきに大きな洞窟《どうくつ》があった。この洞窟は富士山麓《さんろく》までも続いていたという伝説もある。

若い人たちが力くらべで大きな石を担《かつ》いだりする遊び場で、祭囃子《まつりばやし》の練習場にしたりして賑《にぎ》やかであった」と言う。土地の人の集まり易《やす》い場所になっていたようだ。

このガードと並行に板橋があって、川の水はコの字型の浅瀬と反対の右岸側がぐっと深くなって水草が茂っていた。このふかんどに対してかけあがりがゆっくり終っているところに、具合よく板橋が架かって、橋の上は、鮠を釣る理想的な釣場として記憶に残っている。そこを目あてに私は何度か出かけて行った。

この釣場の並びに、もう一つ釣場があった。ほんの少し川下に、右岸から田用水を分流させている堰《せき》があった。その取入口のすぐ下のドンドンである。（ここは薪屋《まきや》の堰と言って、天沼教会の信者が洗礼を受ける場所であった）

井荻村に来た翌年、善福寺川に汚水を流している者がいるという話を聞いた。一つは湧水池の近くにある学校の水洗便所だと言い、もう一つは荻窪文化村の某家の溜《ため》だということであった。それが嘘《うそ》かと思われるように、川の水はまだ綺麗に澄んでいたが、釣に行くたんびに木屑《きくず》やこわれた箒《ほうき》など塵芥《じんかい》が目につくようになっていた。ここに来て三年目頃には、東隣の本望さんの裏手に広瀬嘉直さんという釣好きの人が越して来て、日曜日ごとに善福寺川や裏の妙正寺池へ釣に出かけ、ときたま私も誘われて善福寺川へ一緒に行くことがあった。広瀬さんは鮠釣よりも鮒釣《ふなつり》が好きで、善福寺川では入沢別荘（後の荻外荘《てきがいそう》）の下手のドンドンを穴場にきめていた。

広瀬さんは浅草で元三館共通と言っていた映画館に勤めていたが、釣に凝って次第に会社に行かなくなった。意地になって勤めに行かないのではないかと思われるようであった。最後の頃には毎日のように二年間も続けて釣に行き、妙正寺池なんか一匹も釣れなくなってからも弁当がけで釣に行き、あるときヨシキリの空巣を私のうちに土産に持って来たことがある。私はその巣を玄関先の木犀《もくせい》の小枝に掛けて置いた。広瀬さんは地代を溜めて家を抵当に入れ、それでも釣を止《よ》せなくて、奥さんが勤めることになった熱海の大きな旅館を頼りに立ち退《の》いて行った。豪快な勤めかたをした人だと思われる。広瀬さんの後には建築屋さんが越して来たが、それでもまだ一年ぐらい、私のうちの木犀の枝にヨシキリの巣が残っていた。

私が善福寺川へ最後に釣に行ったのは、太宰治《だざいおさむ》が私のうちに来て、一緒に散歩がてら一本竿で釣に行ったときである。そのときも川の水はまだ澄んでいたが、私も太宰も釣れなかった。それより前、太宰治は大学に入りたてのころ私のところに手紙をよこし、返事をうっちゃって置くと二度目か三度目の手紙に、会ってくれなければ死んでやると言って来た。私は気になるので返事を出し、私たちの同人雑誌を出していた作品社の応接間で会うことにした。

当時、太宰は津島修治と言っていた学生で、太宰治と改名したのは大学二年か三年のころであった。作品社は万世橋前の万惣という大きな果物屋の筋向うに出来た新しいビルの三階で、応接間は階下にあった。そのころはビルが新築されても空室が多かったので、応接間は階下のどの部屋を使っても差障ないことになっていた。私は太宰に出す返事に、ビルの場所を知らせるため万惣の位置と広瀬中佐の銅像の位置を描いたのを覚えている。

月日のことは覚えないが、筑摩書房の現代文学大系「太宰治集」の年譜で見ると、昭和五年（一九三〇年）太宰治二十二歳、四月に大学仏文科に入学し、下戸塚《しもとつか》の諏訪《すわ》に下宿しているときで、四月か五月頃の見当である。太宰は赤っぽい更紗《さらさ》の下着に久留米《くるめ》の対《つい》の蚊絣《かがすり》を着て、紬《つむぎ》の袴《はかま》をはいていた。連れの青年は有りふれた紺絣の上下に袴をはいていた。私はこの初対面のときのことを、後になって随筆で二度も書いたので、割合にこまごましたことまで覚えている。

太宰は懐《ふところ》から新聞紙にくるんだ原稿を取出して、私に読んでみてくれと言った。イーグルという黄色い罫《けい》の小型原稿用紙を、細い赤リボンで綴《と》じた四、五枚ほどの小品三篇である。これはひどいものだと思った。そのころ私は中村正常と合作で「婦人サロン」に「ペソコとユマ吉」というナンセンス読物を連載していて、太宰の作品は意識してそれに似せたような笑話であった。三篇ともみんなそれである。折角だから私は念入りに読んだ上、「きみ、こんなペソコ・ユマ吉の真似《まね》をしちゃ、毒だ。こんなことをする間に、プーシキンやチエホフを読んだらどんなものかね」と言った。相手は素直にこっくりして、新聞紙に原稿を包んで懐に蔵《しま》った。この青年には内心どんな反応があったかはわからない。

私は太宰の粋《いき》な身なりを気にして、貸衣裳屋《かしいしょうや》で借りて来たのではないだろうかと思った。今どきジャワ更紗の下着なんか身に着ける文学青年もないものだ。「きみは、兄さんがあるんだろうね」と訊《き》いた。「あります」と答えるので、「その更紗の下着や蚊絣は、兄さんからの拝領じゃないのかね」と訊くと、太宰は咄嗟《とっさ》に、図星だと言わんばかりに頷《うなず》いた。うまく調子を合わせ、我が意を得たと言うかのように見えた。

このときのことも私は何かのついでに、太宰のお洒落《しゃれ》な一面の見本として随筆に書いた。また別の雑文で、太宰が実兄に庇護《ひご》されている一例として書いた。ところが後に太宰が亡《な》くなって、津軽五所川原《ごしょがわら》の中畑さんという太宰の後見人に会ったときその話をすると、「とんでもない。修ッつぁんという人は、人のお古なんか着る人じゃごわせん。私は津島家出入りの呉服屋ですが、あの更紗の下着も揃《そろ》いの蚊絣も、私が見立てて送った覚えがごわす」と言った。

中畑さんという人は、太宰が大学に入った頃から戦争で疎開《そかい》する頃まで、太宰の実兄の言いつけに従って、四季の服装や月々の送金などの実務に当っていた人である。太宰は大学に六年間在学して、文筆生活に入ってからもずっと送金を続けてもらい、戦争で郷里に疎開するまで毎月送金を受けていた。戦争がすんで津軽から東京に転入するとき、実兄が太宰の手に金を握らせた。すると太宰は、にやりと笑ってその金を実兄に返したそうだ。未亡人がそう言っていた。とにかく金のかかる男であった。

話を元に戻《もど》す。太宰は作品社の応接間に私を訪ねて来てから暫《しばら》くすると、井荻村の拙宅へ訪ねて来た。今度は洒落た衣裳でなくて金ボタンの学生服で来た。折から私は釣に出かけようとしていたが、一本竿の穂先が折れていたので、蚯蚓《みみず》を入れた餌箱《えさばこ》と魚籃《びく》だけ持って出るところであった。

「では、一緒に釣に行こうか」と太宰を誘って、平野屋の前通りの亀田屋酒店の並びに出来た釣具屋に寄った。一本竿を二つ買って、一つを太宰に持たした。

この釣具屋は、写真屋と釣具屋を兼ねて居り、肖像写真は二階の壁に垂らした幕を背景に撮影し、群像を写す写真は広場などへ行って写していた。釣具は鮎竿や鮒竿や囮箱《おとりばこ》や投網《とあみ》など、川釣のものを大体のところ揃《そろ》え、子供相手の安物もこまごま置いていた。鯊釣《はやつり》の子供用の竿などは、布袋竹《ほていちく》の一本竿で十銭、または十五銭というような値段で売っていた。子供にはそんな竿に道糸をつけ虫ゴムまでつけて、すっかり仕掛をこしらえてやった。私はこの手の安物で間に合わしていた。

（この釣具屋を兼ねた写真屋で、私は一度、手札型の肖像写真を写してもらった。新潮社で出すことになった「新興文学叢書《そうしょ》」の口絵にする肖像を撮ってもらいに行った。その写真は急いで届けてくれと知らせがあった。それで、すぐ新潮社へ持って行くと、年若い背の高い人が二階の応接間で応対してくれた。私は初めて新潮社へ行ったので、この人に会ったのは初めてだが、年は若いが後になって聞くと専務であることがわかった。

そのとき専務は、私の出した写真をじっと見て、「あなた、これは結婚の見合写真のようじゃありませんか」と言った。私が鯱張《しゃちこば》って写っているという意味である。当時、私は写真に滅多に写ったことがなくて、写真機の前に立つと堅くなった。「この写真は、小説集の口絵にするのですからね」と専務は言った。「なるべく情的な恰好《かっこう》に見えなくてはね。私どもの方から言えば、芥川《あくたがわ》さんの写真のようなのが理想的です。芥川さんの写真に、頰杖《ほおづえ》を突いたようにしているのがあるでしょう。あの恰好がよろしいですね。森鷗外《もりおうがい》のように、腕を組むのも、味がありますね」

専務は私が恰好よく写るようにするために、撮りなおしをさせることにした。

「御面倒でも、うちの写真屋で写してくれませんか。すぐそこですから」

専務は一人の若い社員を呼んで、社の近くにある写真屋へ私を案内させた。新潮社専属という肩書を持っている写真屋である。

私はその写真屋の言う通り、なるべく姿勢を崩し、情緒的になろうと思いながら写してもらった。だが、出来て来た写真は鯱張っていた。口絵も矢張りその通りになった)

この日、私は太宰を連れて善福寺川の釣場へ行ったが、何もかもお話にならなかった。ガード下の洗い場でも、その下手の薪屋の堰でも釣れなかった。餌は、西隣の上《かみ》泉《いずみ》さんが庭の隅《すみ》に飼っている縞蚯蚓《しまみみず》だが、丹念に振込んでみても手応《てごた》えがなかった。川の水が魚を生かして置く力を無くしたのだろう。この川はもうお仕舞だと思った。

私は四面道のところで太宰に左様ならをして来たが、太宰は別れ際《ぎわ》に短篇の試作原稿を私に手渡して行った。「ナターリアさんとむがしこ」という題で、私が作品社の応接間で太宰に話した亡命ロシア人の女の子の挿話《そうわ》と、津軽の昔噺《むかしばなし》であった。ナターリアさんのことは、私の友人が本郷西片町《にしかたまち》の寮にいた当時の見聞だが、森川町から本郷三丁目に出る通りに、三階建の下宿屋があった。その三階の一部屋に、十歳か十一歳になると思われるロシア人の女の子がいた。たどたどしい日本語を操るが、可憐《かれん》この上もない。本当にナターリアという名前であるらしい。通りを歩いて来る学生が、「ナターリアさん」と三階を仰いで呼ぶと、「はアい」と言って、ナターリアが顔を出す。すると学生が「ナターリアさん、キッスしましょう」と声をかける。ナターリアは窓から下を見て、たどたどしい言葉で「日本の書生さんと、キッスすると、毒よ」と言って、顔を引込める。しばらくして、森川町の方から来る別の学生が三階を見て、「ナターリアさん」と呼ぶと、「はアい」と、窓に顔を出す。その学生も「ナターリアさん、キッスしましょう」と言う。ナターリアは「日本の書生さんと、キッスすると、毒よ」と言って顔を引込める。次にまた別の学生がやって来て「ナターリアさん」と声をかける……。この少女は、森川町、西片町あたりの学生の間で名物になっているらしい。そのロシア少女の親は、どんな顔をしているのかわからない。

大正の末年頃は、ロシア人で羅紗《らしゃ》売《うり》の行商人をよく見かけたものだ。落語の色物などのかかる牛込《うしごめ》演芸館では、ひところ美貌《びぼう》のロシア女が高座に出て、バラライカを弾きながら「カチューシャ可愛《かわい》や」という艶歌《えんか》を歌った。ただ、それだけの芸だが、見物人は結構情緒を湧《わ》かしていたようだ。

私は太宰にそんな話をしたと思う。それを太宰がその通りに書いて、学生とナターリアが同じ会話を何回も取交すところを書き、それと並べて「津軽むがしこ」というわらべ歌のようなものを書いていた。昔から伝承されていた津軽の子供用の唄だろう。

津軽むがしこ

あるどこさ
ツルバミの木が一本　あったずおん、
そこさカラスが来て　があて鳴けば
ツルバミの実は　ぼたんと落づるずおん、
そこさカラスが来て　またがあて鳴けば
ツルバミの実は　またぼたんと落づるずおん、
そこさカラスが来て　またがあて鳴けば
ツルバミの実は　またぼたんと落づるずおん、
そこさカラスが来て　またがあて鳴けば
ツルバミの実は　またぼたんと落づるずおん。

ナターリアの挿話と津軽むがしこが、同じような調べでユーモアを持って訴える面白さを書いている。私は次に太宰が来たとき黙ってその原稿を返し、それと引替に太宰が別の試作原稿を置いて行った。（もうその頃、太宰は荻窪の天沼《あまぬま》に越して来ていた）次に来たときその原稿を返すと、引替にまた別の原稿を置いて行った。私は読むだけで批評などしなかったが、厭《あ》きもせず次から次によく書いて来た。

外村《との》《むら》繁《しげる》のこと

外村君が府下長崎村から阿佐ヶ谷へ引越して来たのは、昭和八年、日本が国際聯盟《れんめい》脱退を声明した直後の頃《ころ》であった。日本代表の松岡洋右《まつおかようすけ》が聯盟での最後の演説で、「日本帝国は焦土となってみせる」と英語で啖呵《たんか》を切ったそうだ。颯爽《さっそう》たる態度だと報じる新聞があった。

この聯盟脱退声明の直前、私は両国の国技館へ大相撲を見に出かけたが、外国使臣を招待している広い席に、タイ国の役人が一人か二人しかいなかった。松岡洋右も外務省も形無しであった。

噂《うわさ》によると、松岡洋右は行く行くは総理大臣になる人で、松岡が総理の場合は文部大臣は評論家の氷川烈にきまっていると言われていた。氷川烈は政治評論家であると同時に、文芸時評なども書くようになっていた。この人のことは表向き非難する人はなかったが、軍部好みだから阿佐ヶ谷あたりの文学青年窶《やつ》れの者には嫌《きら》われていた。新宿駅プラットホームのペンキ塗のポールに、「ヒカハレツ一皮とればヒレツなり」

と鉛筆で落書されていた。

私は初めて外村君の新居を訪ねるとき、阿佐ヶ谷の小田嶽夫《おだたけお》や青柳瑞穂《あおやぎみずほ》と一緒に行った。その際、外村君は去年の暮に次男が生れたとのことで、一昨年の暮に生れた長男を抱いて二階の座敷に通してくれた。見るからに子煩悩《こぼんのう》らしく、長男を膝《ひざ》に抱いたきりで、たまたま膝の子がおしっこをすると、外村君は「うふッ、うふッ」と嬉《うれ》しげに笑いながら、おしっこの水温を吟味しているかのように両手に受けた。濡《ぬ》れた手はタオルで拭《ぬぐ》い、それから階下で子供の着物を取替えさして引返した。子供はちっとも泣かなかった。その子供が今日では理学博士になって、先年、木山捷平《きやましょうへい》が癌《がん》で入院するときには親身になって病院との交渉をしてくれたという。

外村君は阿佐ヶ谷へ来る前には、同人雑誌「青空」の同人になっていた。この雑誌はその年の十二月で通巻二十二号を出し、同人は浅見篤《あさみあつし》、阿部知二《あべともじ》、飯島正、北川冬彦、清水芳夫、龍村謙、古沢安二郎、三好達治《みよしたつじ》などであった。この人たちのうち左傾する者を除くほかは、紀伊国屋書店から出る「文芸都市」の同人に加わったが、三好達治と外村繁の二人は同人にならなかった。二人ともこの年に大学を卒業し、三好は自活のためにファーブルの昆虫記やジャムの飜訳をするので、詩を書く時間を持たなくなっていた。

（当時、三好君は阿佐ヶ谷の滋野さんという飛行家の旧居に住んでいた。広い畑のなかにあるバンガロー風の大きな家だから目についた。ある日、三好は不意に私のところを訪ねて来た。それが「青空」の三好だということは知らなかったが、ヴェルレーヌの詩について意気込んで話すので、詩人に違いないとは思っていた。その後、一年あまりして私が「作品」の同人になって、その同人会で初めて紹介された。それが詩人三好達治であった）外村君も三好君と同時に大学を出たが、家業を継がなくてはならないので同人雑誌に入っていられなくなったようだ。

私は井《い》荻《おぎ》村に住むようになって匆々《そうそう》に、舟橋聖一と崎山猷逸《さきやまゆういつ》の紹介で「文芸都市」の同人になったので、同人仲間の古沢安二郎や阿部知二から外村君の噂を聞かされた。外村繁は近江《おうみ》財閥の豪商の長男で、家業を継がされる立場だから「文芸都市」に入ろうか入るまいかと迷っている。京都三高時代の外村の友人は、梶井《かじい》基次郎《もとじろう》、中谷孝雄、淀野隆三《よどのりゅうぞう》など、三好のほかは「文芸都市」の同人になったのに、外村は工場を廻《まわ》ったり北海道や東北地方に出張しなくてはいけない身になっている。一方、財閥ともなれば左翼の擡頭《たいとう》が気にかかるだろう。それに外村は、父親が絶対反対だと言っている結婚の相手と所帯を持っている。

「果して外村は、どんな身の振りかたをするだろう」

これが古沢君や阿部君たちの問題になっていた。外村が「文芸都市」の同人になってくれたら心強いためである。昭和二年、「不同調」の正月号に短篇「夜路」を出した外村繁は、新人として認められるようになっていた。

ところが古沢君の話では、外村のお父さんが府下長崎村の外村のところへやって来るときが来た。いよいよという場合になった。

無論、お父さんと嫁さんは初対面同士である。初めお父さんは苦りきった顔で息子と嫁を見ていたが、何と思ったか「シゲル、ここらに銭湯あるか」と言った。「あります」と答えると「一と風呂《ふろ》あびたいんや。お前、あんじょう案内しなはれ」と言ったので、外村はお湯道具を用意して父親を案内した。そのころ外村の所帯を持っている家は、麦畑のなかにあった。その家が表通りから見えなくなると、ふと立ちどまった親爺《おやじ》さんが、外村の顔をじっと見て、

「別嬪《べっぴん》やなあ」

ただ一言そう言った。

これは外村が、中谷君に打ちあけたことであるそうだ。外村もほっとしたことだろう。

後年、木山捷平が言っていた。外村繁は良いＰＴＡを持ったものだ。「別嬪やなあ」

という、あんな一言を聞かされたら、誰《だれ》だって天真爛漫《てんしんらんまん》な人間になってしまうだろうという。

——筑摩書房の現代文学大系「外村繁」によると、外村君が東大経済学部に進学のため、中谷、梶井と上京したのは大正十三年四月、二十二歳の年である。麻布市兵衛《あざぶいちべえ》町《ちょう》に寓居《ぐうきょ》、六本木のカフェー「マスヤ」で最初の妻を識《し》ると言ってある。

一方、講談社の「日本近代文学大事典」によると、外村繁は自分の恋愛が家の反対にあったので、苦しまぎれに友人中谷を頼って府下長崎村に移り、家の反対を押切って同棲《どうせい》生活に入ったと言ってある。前述のように外村君のお父さんがやって来たのは、「反対を押切って」という際であったろう。

私と同時代の文筆業者たちは、外村君と同じように家の反対を押切って同棲生活に入った者が多い。私たちより前の時代の人はどうだか知らないが、私の知っている同業者たちは殆《ほとん》どみんなそれであった。

あるとき林房雄が、「文学界」同人は横光《よこみつ》、川端をはじめ、みんな結婚式をまともに経験した者はいない筈《はず》だと言って、一つの案を思いついた。同人たちはみんな一堂に集まって、お互に細君も呼んで一斉《いっせい》に結婚式をしたらどうだろう。それを提案した。そのころ誰かが、「文学界」の同人は世間的に行儀が悪いと批評していたからであった。私は林君の提案に反対しなかったが、いろいろ検討しているうちに同人のうち今《こん》日出海《ひでみ》が結婚式をしていると言う人がいて、そんな別格の者がいたら駄目《だめ》だから、提出された案は取下げようということになった。中島健蔵や永井龍男などのように結婚式をしたことのある人は、まだそのころ「文学界」の同人になっていなかった。

先に言ったように外村君は、子煩悩だが女房孝行でもあった。女房孝行と言うよりも家族みんなを大事にして、幼い子供たちの附合い仲間の宥和《ゆうわ》ということまでに思いを致していた。さっき言った長男次男が幼稚園に通うようになると、退《ひ》けどきに幼稚園児が帰って来るところへ出かけて行き、子供たちと手をつなぎ合って一緒に帰って来る。子供たちと唱歌をうたいながら帰るのを私は何度か見た。

外村君のうちの坊やの通う幼稚園は、横丁から畑に沿う道を曲って行った先にあった。道ばたにクヌギの並木があって、その向うに千川《せんかわ》用水を流す田圃《たんぼ》が見えた。そのころはまだ田圃や畑がたくさんあった。

外村君は子供さんたちが小学校へ行くようになってから運動会シーズンが来ると、殆ど続けさまに運動会見物に出かけていた。

中央線沿線には小学校がたくさんある。外村君が行くのは、たいてい荻窪《おぎくぼ》、阿佐ケ谷の小学校の運動会で、荻窪では桃井二丁目の桃井第一小学校、荻窪五丁目の桃井第二、天沼《あまぬま》の若杉小学校へ出かけていた。阿佐ヶ谷では阿佐ヶ谷北一丁目の杉並第一、成田西の杉並第二、天沼の杉並小学校に出かけていた。ひところ私も小学校の運動会見物を道楽にしていたことがあったので、荻窪や阿佐ヶ谷の小学校の運動会にたびたび出かけて行った。外村君が見物するときには独りでよく笑っているので、遠くから見て大きな口をあけている見物人が外村君だとわかる。

外村君は自分の子供さんの駆けっこを見るわけでなく、運動会シーズンに浮かされて闇雲《やみくも》に会場を廻《まわ》っているようであった。いつ見てもよく笑っているのは、淋《さび》しさとか寂しさなんか癒《い》やそうとしているためではない。反対に天真爛漫、心から楽しんでいるようであった。

私と外村君は永い間の附合だが、外村君が私のうちに訪ねて来たことは一度もない。阿佐ヶ谷駅から荻窪駅まで電車の一帳場で、駅から家まで歩いてお互に五分か六分だが、会うのは共通の友達のうちか、阿佐ヶ谷会か、飲屋か阿佐ヶ谷将棋会の会場か、散歩の途中などに限られていた。

外村君は大急ぎの緊急な用事のとき、蕎麦屋《そばや》の出前持ちを介在に私のところに連絡をつけていた。最初は田畑君と青柳君が拙《まず》くなったときであった。田畑君が青柳君の買った古めかしい能面を見て失笑し、意外な物議を醸《かも》したときも、仲に立った外村君は私のうちに近い四面道《しめんどう》の寿々木《すずき》という蕎麦屋から急用を伝言さした。寿々木の出前持ちが笊《ざる》蕎麦一人前を私のうちに届け、「外村さんという人から電話で御注文でした。その人は今、阿佐ヶ谷のピノチオで飲んでらっしゃいます」というようなことを言い残して行く。こちらは急用があると察しをつけ、笊蕎麦はそのままに駅へ急いで行く。お互に電話を持っていなかったので、こういう迂遠《うえん》な連絡の仕方で間に合わした。

これは外村君の発案による連絡方法であった。こんな遣《や》り方でも私が家にいるときには役に立つが、いないときには誰かが蕎麦を無意味に食うだけである。そのころ寿々木の笊蕎麦は一人前十銭か二十銭で、支払いは月末でも来月末でもかまわない。当時、私は原稿に熱を入れなければいけないと思いながらも怠けていて、甲州の下部《しもべ》川《がわ》か伊豆の河津川《かわづがわ》へ釣《つり》に行くか市内の行きつけの飲屋に行くかして、家を留守にしていることが多かった。

昭和十三年一月、第一次近衛《このえ》内閣は国民政府を相手にせずと声明した。兵役法改正で、学徒の在営期間短縮の特典が廃止された。内閣改造で、荒木陸軍大将が文部大臣になった。日本軍は中国の徐州を占領した。「徐州徐州と人馬はすすむ……」と火野《ひの》葦平《あしへい》作「麦と兵隊」の軍歌で唱《うた》った徐州である。中央公論三月号は、石川達三の「生きている兵隊」のため発禁になった。荒木文部大臣は大学野球のルールに制限をつけた。

この年には、杉本良吉と岡田嘉子《おかだよしこ》が、樺太《からふと》の国境を越えてソ聯《れん》に亡命した。空前絶後の出来事である。外村君の「草筏《くさいかだ》」は前回にも芥川賞候補に出され、再び候補になった。ところが銓衡会《せんこうかい》が開かれるより先に「池谷賞」にきまったので、芥川賞には中山義秀の「厚物咲《あつものざき》」がきまった。池谷賞は毎年のように評論家が選ばれることが多かったので、賞金を出す菊池さんが、評論家に授賞するのはもう厭《い》やだと言っていたそうだ。

そのころ外村君は、仕事の上で有卦《うけ》に入っていた。二月には単行本「春秋」が赤塚書房から出た。三月には「文芸」に「風樹の懐」を発表し、七月には「新潮」に「白い鳥」、「文学界」に「遠雷」、九月には「改造」に「罪の台」を出した。軍部の出兵騒ぎさえなければ順風満帆のようなものであった。

外村君と古くから親交のあった中谷孝雄は、従軍を志願して大陸へ行った。時節がら、いろいろ切迫した気持になっていたようだ。阿佐ヶ谷会の中村地平は召集で九州宮崎に帰って、即日帰郷で引返して来た。

ある日、外村君は寿々木蕎麦屋に笊蕎麦を私のところへ届けさせ、ピノチオで待っていると伝言をよこした。さっそく出かけて行くと、外村君がビールを飲みながら待っていた。そのころ私の探していた青柳南冥《あおやぎなんめい》著「朝鮮史家の記せる豊太閤《ほうたいこう》朝鮮役」を阿佐ヶ谷の市川書店で見つけたと知らせてくれた。この本屋にはキリシタン関係の古本や植民地関係のものが多いと言われていた。私は朝鮮出兵で大活躍した神谷宗湛《かみやそうたん》のことを書くつもりで、青柳南冥の本を中央線沿線の古本屋で探していた。朝鮮人を憤慨させる朝鮮役も、青柳南冥の立場で見れば朝鮮人民も悪感情を持たないと言われているそうだ。朝鮮役に割込んで行った宗湛は、内心は南冥とは別な気持で事態を見ていたに違いない。

外村君は市川書店にその本を取って置いてくれるように頼んで来たと言った。私は外村君と連れだって買いに行き、後は家に帰る外村君と別れて独りで新橋方面へ飲みに行った。その日は十七夜か十八夜ぐらいの月だったが、仲秋明月ということにした。(この詩は、暫《しばら》く後になってから書いた)

逸　題

きょうは仲秋明月
初恋を偲《しの》ぶ夜

われら万障くりあわせ
よしの屋で独り酒をのむ

春さん　蛸《たこ》のぶつ切りをくれえ
それも塩でくれえ
酒はあついのがよい
それから枝豆を一皿《ひとさら》

ああ　蛸のぶつ切りは臍《へそ》みたいだ
われら先ず腰かけに坐《すわ》りなおし
静かに酒をつぐ
枝豆から湯気が立つ

きょうは仲秋明月
初恋を偲ぶ夜
われら万障くりあわせ

よしの屋で独り酒をのむ（新橋よしの屋にて）

そのころ旧市内では、私は出雲橋《いずもばし》の長谷川か新橋の吉野屋で飲んでいた。どちらも手軽で借りがきくという利点があった。よしの屋には久保万さんをはじめ牧野、三好など、それから文春の桔梗君や馬海松などがよく来ていた。長谷川には、やはり久保田さんをはじめ、文春や漫画集団の連中、「作品」の同人たちが来た。

これはもっと後のことだが、戦争後、三好達治が三十間堀の河童《かっぱ》の詩を文春に書いた。それを三好が清書して、清水崑《しみずこん》が三匹の河童を描き、お上さんが白抜きで染めさして暖簾《のれん》にした。この暖簾の複製が元の常連客たちにくばられた。

もとこれ三十間堀の河童ども
栖《す》むに水なき境涯《きょうがい》を
頭にベレをちょんとのせて
重きリュックをやっこらさのさ
流れもせまき長谷川に
数もつどいて踊るかな

三好達治

（長谷川は数年前に転業して画廊になった）

三好君が河童の詩を書いた頃《ころ》は、お上さんもまだ足腰達者で、商売に身を入れていた。ちょうどそのころ久保田さんが、「女手でここまで仕上げ夏暖簾　万」という句を詠《よ》んだ。

久保田さんも三好達治も清水崑も、どういうものか各自ぽっくり亡《な》くなった。殆ど続くようにして外村君も亡くなった。

阿佐ヶ谷の釣具屋

戦前、釣《つり》の流行で東京に釣師の数が殖えるようになったのは、昭和八、九年頃《ごろ》であったと思う。

岩波書店の「日本史年表」で見ると、昭和八年の部には、「(政治)日中両軍、山海関で衝突。陸軍、少年航空兵制度を発表。閣議、国際連盟勧告案反対、熱河《ねっか》討伐を決定。関東軍、熱河作戦開始。国際連盟、日本軍の満州撤退勧告案を42対1で採択、松岡代表退場……(後略)」となって、(社会・文化)の項は「大塚金之助検挙、河上肇《かわかみはじめ》検挙。『文芸首都』刊。長野県下で赤化教員検挙。大島三原山に投身自殺、以後流行。小林多喜二、築地署に検挙、虐殺《ぎゃくさつ》される……(後略)」となっている。

以上記録されている中に、(「文芸首都」刊だけは懐《なつ》かしいが)私たち阿佐ヶ谷会の連中が、道で逢《あ》ってもお辞儀すると差障りのある人が二人もいた。河上肇氏は牢《ろう》に入れられた後、出獄を許されても傷心流寓《りゅうぐう》の身になっていた。

それからもう一人、小林多喜二のことも、私たちは大きな声で喋《しゃべ》ると拙《まず》かった。多喜二は阿佐ヶ谷に移って来ると、ピノチオの常連客の立野信之《たてののぶゆき》に連れられて、一緒によくこの店に来た。立野は以前から阿佐ヶ谷にいたので、私たちは古くから知っていた。新来の多喜二のことはよく知らないが、もの静かで温厚誠実な男のようであった。ゆっくり席を立って来て、店の給仕人がするように、こちらにビールを注《つ》いでくれることがあった。見てくれだけで遣《や》っているとは思えない。古めかしく折目の正しい遣りかたが身についていたようだ。多喜二が亡《な》くなったという速報が伝わった日に、私は外村繁《とのむらしげる》や青柳瑞穂《あおやぎみずほ》とピノチオに集ったが、刑事がお客に化けて入って来ているのがわかったので、私たちはこそこそ帰って来た。

次に「日本史年表」にある昭和九年の部に、「(政治) 中島久万吉商相、足利尊氏讃《あしかがたかうじさん》美《び》の論文を追及されて辞職。満州国帝政実施（皇帝溥儀）。鳩山文相、綱紀問題で辞職。永田鉄山、陸軍省軍務局長に就任、いわゆる統制派の進出開始……(後略)」となって、(社会・文化) の項に「元警保局長松本学・直木三十五ら文芸懇話会結成。武藤山治狙撃《そげき》さる (翌日没、67)。函館《はこだて》市大火、焼失2万3600戸。二重橋前で全国小学校教員精神作興大会。三菱重工業設立。満州国、民間資本歓迎を声明……(後略)」となっている。

満洲国が日本人を歓迎しているように受取ってみせている向きがあった。鎌倉の林房雄は満洲の見学旅行から帰って来て、日本は途方もない大計劃《けいかく》で満洲に新国家を建設しているが、実相は夢まぼろしだけのことで仮想の国造りに夢中になっている。日本はドン・キホーテのようなものだと言った。左翼作家の林がそう言ったので私は驚いた。

「いまに、大きな不況がやって来る。不況になれば、釣が流行する。俺《おれ》は釣を勉強する」林はそう言って「君の遣り方は、わずか三日釣をして、釣の原稿を五十枚も書いている。俺は三年釣をして、原稿は三行だけ書くつもりだ」と言った。

林房雄は思いきりのいい男である。それから間もなく、同じ鎌倉に住む釣師を師匠にして、鯛《たい》や鯔《ぼら》など大物の釣をするようになった。船で沖に出る釣である。伊豆沖や外房《そとぼう》沖などに出て、釣に精出しているという噂《うわさ》を聞いた。やがて林は本当の釣好きになって、戦後間もない頃、久しぶりに塩原の会という会合で会ったとき、英国製のスマートな姿の遊覧船のカタログを私に見せ、「この船を買うことにした」と言った。その頃の金で、一艘《そう》三百万円ということであった。相当な金額だから林がどうしたものだろうと奥さんに相談すると「三百万という金なら、どこかの芸者を請《う》け出して、三年目ぐらいで逃げられるまでの費用です。ですから、芸者を請け出して逃げられるよりも、船を買った方がいいでしょう」と言ったそうだ。粋《いき》にさばけている奥さんだと思った。それから暫《しばら》くして、林君が釣の豪華船を買ったという噂があった。数人の乗組で南洋諸島に出かけるグループが出来たそうだ。波しぶきが散っても顔にかかって来ないように造られているという。——だが、それは戦後五、六年目頃のことであった。

昭和八年頃は、荻窪《おぎくぼ》では平野屋筋向うの釣具屋に泥棒《どろぼう》が入って、テグスの大きな束や投網《とあみ》や、目玉商品である高価な釣竿《つりざお》など金目のものを盗まれて、主人が嫌気《いやけ》を起して店を閉じてしまった。

当時、中央線ではどの駅に出てみても、駅の近くに必ず釣具屋が一軒はあった。どの店でも釣餌《つりえ》に売っているサシは、（さらさらした黒い砂に混っているが）猪口《ちょこ》に一掬《ひとすく》い一銭であった。

荻窪で八丁通りの釣具屋が無くなると、入れ代りのように駅の北口通りに「龍宮《りゅうぐう》」という釣具屋が出来た。北口通りから美人横丁（八幡通り）へ折れる曲り角に、高尾電気屋があった。その並びの小沢パンという大きな店の手前に龍宮が開店した。駅の方から行くと、龍宮、小沢パン、蒲団《ふとん》の備前屋、豊田新聞店、高尾電気屋という順である。一方、阿佐ヶ谷では駅の北口からすぐ傍《そば》に、大沢というちゃんとした釣具屋があった。この店の主人は釣師として沿線随一の上手と言われていた。

その頃、釣師の佐藤垢石《さとうこうせき》が新橋駅東口の魚籃堂《ぎょらんどう》という釣具屋の依頼で調べたところによると、東京の釣人口は約五十万に及ぶということであった。東京じゅうにある釣具屋の常連客の数を概算し、重複すると思われる人数を減らす原始的な計算の仕方で勘定したそうだ。この統計を取る前の垢石は、現在の東京の釣人口は、東京の文学青年と同じ数の三十五万ぐらいの筈《はず》だから、最近の失業者の急増による素人《しろうと》釣師の急増を思い合せ、四十万ぐらいだろうと言っていた。蓋《ふた》を明けてみると五十万であったという。

「これで東京の失業者の増加のしかたが想像できる。満洲出兵が日本を貧血にさせて行く」と垢石が言った。

私は鮒釣《ふなつり》を止《よ》して鮎釣《あゆつり》に転向したくなったので、阿佐ヶ谷の大沢釣具店で鮎の釣道具いっさいを揃《そろ》え、佐藤垢石に釣の弟子入りをして富士川の十島《とおしま》というところへ友釣に連れて行ってもらった。当時は十島の川上にまだダムが出来てなかった。釣宿も宿屋も無かったので、富士駅経由の夜汽車で夜明け前に十島の駅に着き、夜明けまで駅のベンチで眠り、村の雑貨屋で囮《おとり》の鮎を分けてもらった。川は向側の右岸寄りに激流が見えた。私は垢石の教えるままに、リュクサックに重い石を詰め、流されないようにするため体重を三割がた重くして激流を渡り、右岸の石畳の上に出て釣りかたを教わった。

友釣は川上を背にして、川下に向いて囮を游《およ》がせる。普通の流れのときは別として、滔々《とうとう》と渦巻《うずま》く流れのときは、竿を構えて流れと平行にゆっくり川上に向け三歩さがり、一と呼吸してまた三歩さがり、一と呼吸してまた三歩さがる。ぐっと手応《てごた》えがある。同時に竿先を立て、流れと平行に川下に駈《か》けだしながら、獲物を岸に引寄せてタモ網で掬う。囮は八寸ほどの大きさで、釣れた鮎は一尺である。当時、八月頃の十島にはこれくらいの鮎がいた。こちらは胸が動悸《どうき》しているうちに、囮を附け変える。次は、また竿を構え、三歩ずつ後にさがって行く。

垢石は滔々たる流れを前にして言った。

「いいかね、井伏や。釣をするときには、お前さん、雑念を棄《す》てるこった。山川草木に溶けこまなくっちゃいけねえ」

その翌年の夏、伊豆の河津川《かわづがわ》へ行ったときは、普通の流れだから半ば川下に向い、川に立ち込んで竿を扱った。この川でも私は、この土地でカワセミの親爺《おやじ》さんという釣上手の人に竿の使いかたを教わった。私の釣りかたに落着きがなかったので、

「お前さん、もそっと川に喰《く》らいつかなくっちゃいけねえ」とカワセミが言った。

（いつか私は随筆に、このカワセミの親爺さんのことを書いた。同じ随筆に、甲州笛

吹川の矢崎さんという釣師のことも書いた。矢崎さんは甲州塩山の人で、狩猟もうまいが鮎釣もうまい）

私は富士川では垢石を釣の師匠にして、河津川ではこの川で釣の上手と言われるカワセミの親爺さんを師匠にした。笛吹川ではこの川筋の釣の上手と言われる矢崎さんに師事した。どこの釣師も上手と言われる人は、川に入ると遊び半分に釣るのが嫌《きら》いで大真面目《おおまじめ》になる。矢崎さんも大真面目で、つい私が独り遊びをしていると、きつく咎《とが》めた。そのとき私は、差出の磯《いそ》の眼鏡橋の下にある大きな貝殻石《かいがらいし》の上で釣っていた。（今、その大きな石は無くなっている）面白いほどよく釣れるので、ふざけ半分に岩の傾斜面を繰返し滑りながら釣っていると、矢崎さんが咎めに来た。遥《はる》か川下から、わざわざ囮箱をさげて来て、「もっと真面目に釣らなくっちゃ、駄目《だめ》じゃないですか」と言った。釣場の穢《けが》れだと言わんばかりであった。

垢石もカワセミの親爺さんも矢崎さんも、三人とも釣では立派な腕前を持っていた。――技術、心境、姿。この三つとも揃わなくては釣の上手とは言われない。富士川で垢石は「山川草木に溶け込め」と言い、河津川でカワセミの親爺は「もそっと川に喰らいつけ」と言い、笛吹川の矢崎さんは「もっと真面目に釣れ」と言った。私は腰痛で釣が出来なくなってしまったが、なぜもっと真面目に釣ろうとしなかったか自分の手落ちが悔やまれる。

阿佐ヶ谷の大沢釣具店の主人も、釣は勝負だから、せっせと釣らなくてはいけないと言った。万一どうしても釣れなかったら、馬鹿《ばか》のような顔をして釣れと言った。大沢さんは鮎釣大会で毎年一等賞を貰《もら》うと言っていたがそれは扨《さ》て措《お》き、この人は甲州の山女《やまめ》竿《ざお》を昭和二年に初めて東京に将来した人である。当人の話では山女竿というものは、昭和二年までは東京のどの釣具屋に行っても売っていなかった。山女を釣る竿が欲しいと言うと、鯇竿《はやざお》を見せるか鮒竿を見せる。もすこし胴が太めで、布袋竹《ほていちく》の穂先がいいと言うと、鮎の友釣の竿を見せる。仕様がないので、東俊の作った鯇竿を持って、甲州の川へ山女釣に行った。

この人は四、五年前に亡くなったが、自分の素性を人に隠している人であった。俺は西武沿線石神井《しゃくじい》村の農家の生れだと私たちに言っていた。街の古老の話では、この人は大宮前（大宮公園の附近）の地主の家に生れ、徴兵検査を汐《しお》に家を出て、自分の好きな釣で一生を送るため街の釣具屋になったそうだ。店は五年に一度か六年に一度ぐらい場所を変え、戦争直前の頃には阿佐ヶ谷駅の北口の近くに店を出し、戦後は阿佐ヶ谷の中杉通りから宝光坊に行く通りに遷《うつ》った。女房は持たない主義で、釣の好きな店番の女を置いていた。

大沢さんは子供のとき善福寺川で釣をしていたそうだ。昔の善福寺川は釣の宝庫であったと言っていた。釣の穴場になっていた入沢別荘（後の荻外荘《てきがいそう》）の川下のドンドンへ釣によく来ていたので、大正十四、五年頃の荻窪駅北口の模様も知っていた。駅からすぐのところに藁屋根《わらやね》の傘屋《かさや》があった。次が酒屋、それからトントン葺《ぶき》の屋根板屋、駄菓子《だがし》屋、魚屋、人力車屋という順で、十軒ばかりの家が並んでいたそうだ。天沼八幡様前の鳶職《とびしょく》、弥次郎さんも同じようなことを言っていた。八丁通りの隠居の矢嶋さんも四面《しめんと》道裏の木下という鳶も、矢張りその通りであったようだと言っている。

大沢さんの話では、この人が富士川へ初めて山女釣に行ったのは、昭和二年の初夏であった。読売新聞のコラム版で、山女が豊漁だと言うのを知ったので、上野公園前の釣具屋で東俊の鮠竿を買い、生餌を持って富士川の支流へ出かけて行った。道はコラム版にある通りに辿《たど》った。東海道線富士駅から富士身延《みのぶ》線で「下山波高島《しもやまはだかじま》」という駅に下車、そこから富士川左岸に注ぐ枝川に沿って行った。今、この駅は「波高島」という名前になっているが、昭和の初期は「下山波高島」と書いてあった。大沢さんはその枝川は下部川《しもべがわ》から一つ川下の川だと言っていたような気がするが、そうだったとすれば昔に木食上人《もくじきしょうにん》の出た村ではなかったかと思う。

その枝川伝いにのぼって行くと、土地の釣師らしいのが釣っていた。竿は二間半、穂先は細い布袋竹、先調子で胴が鮠竿よりよほど太い。釣っている当人は、七・三の割で川上に向い、合わせるときには鮠釣と反対に竿先を川下に向けて引く。釣れると次は、川上に向けて忍び足で歩いて行き、また七・三の割で滝壺《たきつぼ》に向う。

その要領だとわかった。大沢さんは釣師の持っている釣餌を見せてもらい（大きな蚯蚓《みみず》であった）釣竿を売っている甲府の街の店の名を教わった。折から材木を積んだトラックが来たので、それに便乗さしてもらって甲府の街へ出た。山女竿は釣具屋で買って、東京から持って行った東俊の鮠竿はその店に預けて来た。その日は甲府の宿屋に泊り、翌日、弁当を持って前日の釣場に引返して釣った。大いに釣れたそうだ。初めて釣るときには、誰《だれ》でも不思議によく釣れる。

大沢さんは帰って来ると竿師の東俊に注文して、甲府で買った山女竿を見本に山女竿を作らせた。これが東京の山女竿第一号である。これの現物は、阿佐ヶ谷南口の蒲団屋の隠居の手に渡っていると大沢さんが言った。あの蒲団屋は阿佐ヶ谷南口パール街の店で戦災を免《まぬが》れたので、東京の山女竿の第一号は残っているに違いない。

東俊は山女竿第一号の次に、これとそっくりの第二号、第三号、第四号を作った。この釣竿は山女や大きなマルタなど釣りあげても、胴が太くて横揺れの度が少いので獲物を外す率が少いようだ。山女釣はこの竿に限る。今では東京の竿師は、たいていみんな甲州の山女竿の型で作製しているようだ。

町内の植木屋

荻窪四面道《おぎくぼしめんとう》の裏通り、鍼医者《はりいしゃ》の隣に住む鳶《とび》の木下は、以前の環状線通り（今のカンパチ通り）の鳶の親分、作さんのところの職人であった。昭和二年の秋、私が現在のこの家に所帯を持って生垣《いけがき》をつくるとき、作さんが若い職人を連れて来て、「うちの職人です。どうか宜《よろ》しく」と引合わせたのが木下である。その頃《ころ》の木下は、消防組の「梯子《はしご》」から「筒先」になりたてで、襟《えり》に「筒先」と染めた半纏《はんてん》を着けていた。戦後は「小頭」から「副役」を勤め、今では植木屋の親方になっている。私のうちで生垣を刈込むときとか庭木の枝を伐《き》るとき電話をすると来てくれるが、腰痛が持病だから仕事に出る日は、隣の鍼医で治療を受けてから来るそうだ。

木下の言うことに、木遣音頭《きやりおんど》というものは消防にとって神聖なもので、今でも木遣を歌うと気が引き締るという。荻窪の木遣音頭は泉会（泉屋）という流儀に属し、荻窪、阿佐ヶ谷、中野、新宿一丁目の消防と同じ派になっている。練馬《ねりま》や目白の方はまた別である。荻窪の泉会は、この前には札幌《さっぽろ》の或《あ》る大きな店のオープンに招待され、纏《まとい》を四本持って、一同、木遣を歌いに北海道へ行って来た。足代、費用は先方が出してくれる。

「そういうときには、みんなで練習してから行くんだろうな。汽車のなかで練習するわけに行かんだろう」と訊《き》くと、むろん以前から師匠について練習していたことだと言った。堀の内門前の文さんという隠居や、その弟子の人が師匠として出張してくれたそうだ。

木遣の師匠は、日頃から咽《のど》を大事にするため酒も煙草《たばこ》も厳禁で、余計なものといったら生卵を呑《の》むのと氷砂糖をしゃぶることだという。木遣の歌いかたは最初は同じ出だが、祝儀、不祝儀によって文句が違い、他からは細かい違いは分らなくても微《かす》かな違いがある。

「一般にやる目出度いときの歌は、テコと言う。それから次第に難しくなって、コグルマ。つまり、テコにコグルマ、トウガネ、タウタ。そういう順で、いろいろあるんだ。西洋の歌よりもまだ難しい、と思えば間違いないな」

木下はそう言った。

荻窪には（戦災のときの火事は別だが、私の知っている限り）昭和二年このかた大きな火事は無かった。私が学生の頃は早稲田《わせだ》方面によく火事があって、砂礫場《されきば》という街がたびたび焼けた。荻窪ではそんなことはない。消防が出動したことは数えるほどしかなかった。木下が消火に駈《か》けつけた火事のうち、一番すさまじかったのは高井戸の内藤家の火事であったという。また、半鐘を一番すごく叩《たた》いたのは、大震災で暴徒が和田堀の火薬庫を襲う知らせがあったときだそうだ。

高井戸の内藤家は内藤新宿の内藤家の分れで、江戸時代から近隣での大地主であったと言われている。その豪家が火を出して、折から消火に出動した井荻村の蒸気ポンプは、従来の手押しポンプから新式の蒸気ポンプになって試運転に出る初出動の機会であった。

内藤家は母屋《おもや》が茅屋根《かややね》の合掌造りで九十九坪あった。昔からの醬油屋《しょうゆや》だから倉が七棟のうち、一棟は衣類を入れる文庫倉で、戸口が母屋につながっている。この文庫倉から火を出して母屋に伝わったか、母屋から文庫倉に伝わったか、とにかく井荻村の消防が駈けつけたときには、母屋も倉も火の海になっていた。

消防車は新旧いろいろ駈けつけていたが、火の廻《まわ》りが早くて手がつけられなかった。九月の真夜中のことで屋敷内にいた若い衆は、その晩は里帰りしていたのが多くて、昼ごろまでに二十人くらい帰って来た。焼け残った母屋の太い梁《はり》に、鎖で留めた鉦《かね》が吊《つ》りさがったままになっていた。警戒に来ていた荻窪署の刑事が、「昔、夜盗が来たとき、家の人があの鉦を鳴らして、あの穴から逃げるんだろう」と言った。土間の隅《すみ》に大きな穴があった。消防はその穴にポンプの水をかけ、刑事が見張っている御納戸《おなんど》部屋の焼跡にも水をかけた。

御納戸部屋には焼けただれた槍《やり》の穂や、ぐにゃぐにゃになった刀があった。一人の刑事がそれを荒縄《あらなわ》で束ね、もう一人の刑事は旦那《だんな》の見ている前で、灰のなかから五厘銭のようになった硬貨をたくさん掘出した。そばから旦那が、「これでも金貨です。洗えば金色になります」と言った。

この旦那の先代は内藤庄右衛門と言って、醬油の小売りで溜《た》めた金は孤包《こもづつ》みにして、銀行へ預けに行くのに草鞋《わらじ》ばきで出かけていたという評判があった。他人の地所を踏むことなしに銀行へ行けるので、それが御自慢で歩いて行くのだろうと言われていた。(先年、高井戸に杉並《すぎなみ》区の塵芥《じんかい》焼却場が出来たのは、この内藤家で地所を手放してくれたおかげだという)

消防の木下は焼跡を引揚げるとき、火事見舞に贈られた握飯を一口つまんで来た。そのおむすびは浅い大きな鉢《はち》に山と積まれて四鉢も五鉢も並んでいたが、九月のことで二時すぎだから饐《す》えていた。御見舞金の金高は、最高が二十円で、続いて十円、五円、一円、五十銭、三十銭、二十銭、十銭であった。酒は四斗樽《しとだる》の鏡を抜いて柄杓《ひしゃく》を何本も添えてあった。不断は滅多に飲めない飲助たちは、飲みつぶれてその場につぶれているのが何人かいた。もう一つの四斗樽には、焼け残った文久銭がいっぱい詰込まれていた。銀行へ預けそこねていたものに違いない。

内藤家には書画骨董《こっとう》が豊富な筈《はず》だが、本家へ保管されていたので助かったという。今、新宿大宗寺《たいそうじ》に続く一帯の土地は、徳川の初め頃、青梅《おうめ》街道《かいどう》を拡《ひろ》げてまっすぐに通すため、浅草の金満家二人の請負《うけおい》で内藤家の宅地を削ったのである。大宗寺の筋向うになっている新宿御苑《しんじゅくぎょえん》の土地は、同じ内藤でも信州高遠《たかとお》藩の内藤家の下屋敷であったそうだ。

一方、鳶の木下が半鐘を一番物凄《ものすご》く叩いたのは、例によって関東大震災のときの流言蜚語《りゅうげんひご》で、暴漢の襲撃を喰《く》いとめるためであった。そのときには、ここを先途と叩いたものであったという。

和田堀で永福一丁目の明治大学校舎と築地本願寺廟所《びょうしょ》の地所には、江戸時代に幕府の火薬庫五棟があって、その見張番をする御鉄砲玉薬同心三人が常時駐在した。この火薬庫は和田新田御焔硝蔵《ごえんしょうぐら》と呼ばれ、千駄《せんだ》ヶ谷《や》御焔硝蔵と共に幕府の二大火薬庫であった。それが幕府の崩潰《ほうかい》で明治政府の火薬庫になって、大正十二年四月、軍縮のため和田新田火薬庫は廃止され、跡地は陸軍省から大蔵省の管理に遷《うつ》り、昭和二年に明治大学と築地本願寺に払い下げになった。

私は和田新田の火薬庫を見たことはないが、木下の話では、よく人を化かす狸《たぬき》が住んでいる雑木林に取囲まれた火薬庫であったそうだ。関東大震災のときには、暴徒がこの火薬庫を襲撃するという知らせがあって、折から大阪の大演習のため、新宿駅に和田新田の火薬が積出されていて、暴徒がそれを狙《ねら》っていると消防から消防に伝達された。荻窪や高井戸の消防には、暴徒が集団をつくって多摩川の方から青梅街道に向っていると伝令があった。鳶の木下はそのころ鳶の梯子持ちだから火の見にのぼって、一心不乱に半鐘を打ち鳴らした。

結局、新宿駅に暴徒が押しかけて来るという話は流言に終ったが、新宿駅の貨物ホームに大阪行きの火薬が積まれていたのは事実であった。新宿あたりでも家屋倒壊でそこかしこに火事が出て、貨物ホームの積荷に燃えうつる怖《おそ》れが近づいていた。雑色《ぞうしき》村や和田堀村では、猟銃や日本刀で武装した自警団を組織して、甲州街道を逃げて来る避難民を取調べた。至るところで行きすぎの間違いが起きた。未《いま》だにそれを問題にする人がいるが、みんな流言に逆上させられていたのだから仕方がない。

木下の言うことに、今度は火薬庫とは別個の話だが、江戸時代から和田新田には火薬庫があったので、善福寺川流域の村では以前から鉄砲の狩猟が禁じられていた。火の用心のためである。この流域の荻窪、高井戸、阿佐ヶ谷、高円寺、和田堀方面は、狩猟をする者がないので樹木が茂り鳥獣の宝庫になって、狸や狐《きつね》まではびこっていた。三代将軍家光は、たびたび高円寺、中野あたりへ猟に来て、鷹狩《たかがり》で休憩する茶屋を高円寺という寺の境内に建て、小沢村と言っていたこの村を高円寺村と改名させた。茶屋は御殿と呼ばせ、鷹狩の根拠地と定めた。中野、練馬、阿佐ヶ谷、武蔵野《むさしの》など、近隣九十四箇村を御鷹野の場と決定し、高円寺に鳥見番所を置いた。寛永十二年のことであったと「杉並区史探訪」に書いてある。

元禄《げんろく》六年になると、五代綱吉将軍の生類憐《しょうるいあわれ》みの令により鷹狩が禁じられ、高円寺の鳥見番所の役人は罷免《ひめん》されて、御鷹は伊豆の新島《にいじま》に放鳥された。

綱吉将軍が亡くなると、生類憐みの令が取消されて鳥見番所が復活し、鷹狩には将軍家の外、尾張、紀州、水戸の御三家に御三卿《ごさんきょう》もお出かけになる。中野村の庄屋堀江卯右衛門という者は、鳥見番所の御鷹野御用に取立てられた。この者は一策を案じ、将軍家が御成りになるときには、あらかじめ鮑《あわび》の殻《から》を鶉《うずら》の背中に載せ、原っぱにしゃがませて置くことにした。そこへ将軍家がお出ましになると、勢子《せこ》が駈けだして行って、鮑の殻を蹴《け》とばすのである。鶉が飛び立つと、鷹匠の放った鷹が鶉に襲いかかる。将軍家は酒を飲みながら遠くから見ているので、勢子の繰《からくり》が判《わか》らない。鮑の殻というものは、鳥類の気持を左右する力があるのだろうか。鯉《こい》の養殖池のほとりに鮑の殻を吊して置くと、翡翠《かわせみ》の害を防ぐ魔除《まよ》けになるそうだ。

森さんの説明によると、御鷹野御用に取立てられた堀江卯右衛門は、御鷹野の御法度《ごはっと》や作法書を御鳥見役人から受取って、それを配下の九十四箇村の名主に伝達し、その請書を役人に取次いで、人夫を徴集する。鷹の餌《えさ》の御用命を受取ると、各村々に割当てて、回状で伝達する。その煩《わずら》わしさが大変であった。

八代将軍吉宗のときになると、御鷹野御用の配下の村は九十四箇村から七十五箇村に減らされたが、慶応三年、幕府が無くなるまで、鳥見役人の厳重な管理下に置かれていた。綱吉将軍のときは別として、二二四年間にわたって鳥見番所が置かれたわけであった。

鳥見役人は将軍の直轄《ちょっかつ》で若年寄の支配下にあって、鳥を監視するため高円寺の役宅に常駐した。偉い見識を持っていたようだ。この役人の支配下にあった練馬、荻窪、中野などの百姓は、幕府がお仕舞になる慶応三年まで、御鳥見役人の御法度を守っていた。守りきれなかったにしても、気にかけてはいたことだろう。百姓たちはこまごました御法度を受けていたと森泰樹さんが書いている。

一、各村の者ども、冬の期間は田に水を入れること、並びに耕すこと罷《まか》り成らぬ。

一、者ども、許可なくして大木を伐《き》ること、並びに畠に苗木を植えること罷り成らぬ。

一、八月より翌年三月まで、許可なくして川浚《かわざら》えすること、並びに魚を捕ること罷り成らぬ。

一、許可なくして家を改築すること罷り成らぬ。

一、花火を揚げること、並びに寺の鐘を撞《つ》くこと罷り成らぬ。

一、御三家、御三卿が遊猟に御出ましの際は、者ども、道普請《みちぶしん》、橋の修繕、荷物運搬、勢子人夫の賦役《ふえき》を仰《おお》せつける。

以上のような御諚《ごじょう》であった。鳶の木下の言う通り、おかげで荻窪、高井戸、中野、和田堀方面は、御維新までは森の木が伐採を免《まぬ》がれることが出来た。明治の中期、初めて甲府、飯田橋間の鉄道が通じ、甲府発で初日の始発に乗った人の話によると、塩山の先あたりまで来ると沿道に土下座して汽車の通行を感激礼拝している婆《ばあ》さんを見た。次に、笹子《ささご》のトンネルに入ると、万歳を叫ぶ者があった。次に、東京府に入って荻窪あたりに来ると、杉《すぎ》や檜《ひのき》が珍しく黒々と茂っていた。甲州の山では、あんな密林は見たことがなかった。戦争中、私が甲府市外の村に疎開《そかい》していた家の婆さんがそう言っていた。汽車開通の当日、甲府の駅前にはアーチが飾られて、陸軍大将中将が参列し、屋台の上で芸者の手踊があったそうだ。

鳶の木下が言うことに、大震災前には高井戸あたりの森に入ると昼でも暗いほどで、荻窪、高井戸、阿佐ヶ谷、宮前あたりには見事な杉の森があった。昔から高井戸丸太と言えば杉丸太のことで、吉野丸太のような品格があった。この丸太を汽車で京都まで運んで、汽車でまた東京へ運んで来ると、京の北山杉という名前になる。節がなくて艶《つや》があって、竹のように細く、二分五厘落ちぐらいなのがある。二分五厘落ちとは、長さ四間の丸太で元口五寸、末口四寸なら、一間につき二分五厘の割で細くなる。それを二分五厘落ちと言うそうだ。

こんな優秀な杉の密生する森も、大震災前にはよく見かけたもので、夏でも見る目にひんやりした感じがあるという。夜、木下が井《い》ノ頭《かしら》の池へ鯉の盗み釣をしに出かけていると、そういう森のほとりで狸が満月に照らされて腹鼓《はらつづみ》を打っている。木下がそれを見て見ぬふりをして行くと、狸はこちらの足音につれ足音と同じ間を置いて腹鼓を打っている。ぽんぽこぽん、ぽんぽこぽんという音である。こんな日には必ず大きな鯉が釣れる。

木下は大きな鯉を手元に引寄せる方法を知っていると言った。鯉を釣りに行くときは、破れ傘《がさ》で結構だが雨傘を持って行く。先ず大きな魚が来た手応《てごた》えがあると、半ば閉じた傘を向側に向けて破れ目に糸の手元を挟《はさ》み、傘が鯉を呑込《のみこ》んで行くようにして糸をたぐり寄せる。鯉は暴れようがないのである。

これは鯉の傘釣と言って木下の考案ではない。大正時代に村山貯水池あたりで試されていた釣法で、入間《いるま》郡小手指《こてさし》村の岩田九一はこの釣り方を知っていると言っていた。村山の池には大きな鯉がいるそうだが、番人がいるので釣ってからの事後処理が問題である。盗み釣をする場合は、釣りあげた一尺鯉は深ゴム靴《ぐつ》に入れて来ると岩田君が言った。頭の方を下にして、靴底に水を入れて来る。尺鯉がすっぽり入る。

病気入院

猩紅熱《しょうこうねつ》の疑いで私が病院に入ったのは、昭和八年の二月であった。風邪気で頭がぼんやりするので、弁天通りの仕舞屋《しもたや》を診療所にした医者に見てもらうと、猩紅熱の疑いがあるし、当家は子供もいるから隔離する意味で、本院の大塚病院に収容の措置を取りたいと言った。医者は注射をして処方箋《しょほうせん》を書いてくれた。そのころ四面道《しめんとう》の近くに元からいた老人の医者はどこかに行って、近所に他には医者がいなかった。家内は薬局で薬を調剤してもらって来ると、家庭医学の赤本を見て私を入院させることにした。猩紅熱の者は法定伝染病患者だから、腸チフス、ジフテリア、赤痢などの患者と同じく、隔離病舎または伝染病院に入れなければならぬ。私は嘔気《はきけ》も悪寒《おかん》も節々の痛みもないが、四十度の熱があって、医者がそう言うのだから猩紅熱に違いない。避病院でもどこにでも行く気になった。翌朝になっても四十度の熱が続いていた。夢うつつで車に乗った。

診療所の本院は、省線巣鴨《すがも》駅から辻町《つじまち》の方に少し寄ったところにあった。荻窪《おぎくぼ》から円タクで池袋の方に廻《まわ》る道を行くと、雪は降っていなかったのに広々とした田圃《たんぼ》が一面の雪で、道ばたの並木の枝にたまった雪が、どさりと車の天蓋《てんがい》を打った。人通りがなかった。本院に着いて車を出ると、雪はどこにも降っていなかった。頭が朦朧《もうろう》としていたのでよくわからない。（記憶を辿《たど》ってみると、四十度の熱でその程度の意識であった）

病室に入ると壁が真白で、何か妄想《もうそう》を起すきっかけをつくる種がなかった。ところが寝床に仰向けになると、天井が素通しの硝子《ガラス》板で、その上が二階の部屋――図書館のカタログ室のようにケースが並び、一人の洋装の女がカードを繰っている光景が見える。天井が素通しだから、その女性を真下から逆さまに見ることになる。女の履いている靴《くつ》も真裏から見える。靴は新式のハイヒールだから、動きも軽々としてすっきりした感じである。

カタログを繰る女性は、ヒットラー総統の女秘書だとわかった。真下から見るので美人かどうかわからないが、脇目《わきめ》も振らず一心に指先を動かしている。その繰りつづけている動きがふと途切れ、カタログの抽出《ひきだし》から一枚のカードが床に落ちた。それを真下から見るわけだ。人名簿か処方箋かであったろう。

この幻覚からさめると、ワイシャツの袖口《そでぐち》を垢《あか》で穢《きたな》くしている若い医者が、筒型の瓶《びん》に入っている相当な分量の注射液を、私の左の腕にそろそろと注射した。注射液は半分くらい瓶に残ったのではなかったかと思う。夕方、看護婦が熱を計り、院長も診察に来た。

翌日から次第に熱が少し低くなって行った。この手の患者は平熱になって恢復《かいふく》するにつれ、膚《はだ》の薄皮が剝《は》げると院長は言っていたが、私は平熱になっても皮が剝げなかった。それより前に、たびたび尿の検査があって、最初の発熱のため腎臓《じんぞう》が侵されていたらしいと院長が言った。風呂《ふろ》に入ることを許され、面会人に会うことも許された。入院して何日目かに、「作品」同人仲間の河上徹太郎が見舞に来て、「俺《おれ》、恰好《かっこう》がつかないから、花を持って来た」と言って花をくれた。(何の花であったか忘れた)そこへ木山捷平《きやましょうへい》(同人雑誌「海豹《かいひょう》」の同人)が果物を持って見舞に来た。猩紅熱でないとわかったので、見舞客が来た。(今回、「木山捷平全集(第一巻)」を見ると、「日記」昭和八年三月七日の条に次のように書いてある)

――三月七日、火、うすぐもり。

朝、割合に早く起きて神戸君(荻窪、弁天通りに住む「海豹」の同人)の所へ行く。二人で南洋堂に古本四、五冊売り、三十銭になる。古谷君(阿佐ヶ谷に住む

「海豹」の同人）を訪問。三人で果物を持って井伏鱒二氏を巣鴨の病院に見舞う。ジン臓で青い顔でねていたが、これでもよくなったのだと、奥さん。河上徹太郎さんと中村正常に逢《あ》う。初対面。（中略）皇軍、承徳入城の号外出る。輸送、承徳―京城―大阪空輸の写真掲載。

この年には正月十日、大塚金之助が検挙され、河上肇《かわかみはじめ》が検挙された。（これは前々章にも書いた通りである）一月三十日には独逸《ドイツ》のヒットラー内閣が成立した。私たちが日比谷あたりを歩いていると、独逸の国旗を立てた独逸大使館員の車に向って、通りすがりの日本将校が挙手の礼をする光景を見ることがあった。

同じその年、小林多喜二の検挙事件が新聞に出た日、私は阿佐ヶ谷のピノチオで外村繁《とのむらしげる》と会合して立野信之《たてののぶゆき》が成行きを話しに来るのを待っていた。このことも前々章に書いた。先に見た「木山捷平全集」にも、木山の「日記」二月二十一日の条に、多喜二横死のことを詳しく書いている。

――二月二十一日、火、晴。

（前略）夕刊切抜。小林多喜二が警察で殺されたことが出る。二十日、赤坂福吉町芸者屋街で街頭連絡中、築地警察署小林特高課員に追跡され格闘の上取押えられ、築地署に連行された。水谷特高主任、取調続行中、午後八時、突然蒼白《そうはく》となり苦悶《くもん》し始めた。築地病院の前田博士の手当を受け同病院に収容したが心臓マヒで絶命した。捕縛された当時、大格闘を演じ殴り合った点が彼の死を早めたものと見られる。――付記、二十三日――帝大、慶大、慈大も解剖を拒絶。（中略）やむなく自宅に運び戻《もど》った。同夜は杉並《すぎなみ》区馬橋《まばし》三ノ三七五の同家で通夜が行われた。この夜、杉並署は通夜集会を不当と認め、集った人を検束した。花束を抱えて弔問に来た中条百合子は門前で検挙され、他十六、七名。結局、母と弟と葬儀委員長江口渙《えぐちきよし》氏のみ三人で通夜。（後略）

約一箇月近くの入院で、私が明日退院という日に、嘉村《かむら》（礒多《いそた》）さんが見舞に来てくれた。そこへ太宰治《だざいおさむ》（「海豹」の同人）が見舞に来た。

嘉村さんも病気だそうであった。病気で当分どこにも出られなくなったので、見舞に来たと言った。かぼそい声である。こちらはすっかり良くなって明日退院というのだから、お茶でも淹《い》れるつもりで起きあがろうとすると、「いえ、それはいけません。起きてはいけません」と取りすがるようにして私を横にさせた。それで太宰を嘉村さんに紹介すると「いつ退院ですか」と太宰が言った。「明日、退院する」と言うと、「では、明後日あたり、お宅へ行きます」と言って、あっさり帰って行った。

嘉村さんは私が身を起そうとすると、「いけません、臥《ね》ないといけません。臥て下さい、臥て下さい」と言いながら、私の胸元に蒲団《ふとん》を掛けた。仕様がないからまた仰向けになった。嘉村さんは奄々《えんえん》として語った。「新潮」の中村武羅夫《むらお》さんの言いつけで葛西《かさい》（善蔵《ぜんぞう》）さんのところへ原稿を貰《もら》いに行くと、結局は酔っぱらいの葛西さんの介抱させられることになる。東北方面から東京に来て作家生活する人は、次男三男が多くて破滅型になるのが割合に珍しくない。葛西さんは長男だが完全に破滅型だ。生きることも書くことも、何かにつけて悲痛というカーボン紙を敷いて紙に写している、ようなものだと言った。

嘉村さんは私に用心するように念を押して帰った。

噂《うわさ》に聞くと嘉村さんは、人が訪ねると自分で玄関に出て障子を後ろ手に締め、誰《だれ》にでも鄭重《ていちょう》にお辞儀して用件をたずね、人が玄関を出て行かなくては障子の中に入らない。それは細君を人に見させないためでなく、細君に人を見させないためである。とにかく人が来るのを嫌《きら》うという噂があった。

私が退院して来て、七日目に嘉村さんが重態になったことがわかった。私は見舞に行くのを遠慮した。（亡《な》くなったのがその年の十一月三十日で、山口県の郷里に文学碑の建碑式があったのは戦後になってからである）

私が退院して来た翌日、昼すぎに家内が天沼《あまぬま》の余さん（まるやという質屋）へ私のインバネスを質に入れて来て「さっき、まるやで太宰さんに会いました」と言った。太宰も細君も、月に一度や二度はまるやへ行くので、うちの家内も余の土間で顔を合わせることがある。私は荻窪に所帯を持ってからは、質屋通いは家内に任せている。

「太宰もインバネスを、質に入れたんだね」と訊《き》くと、そうではなくて質を請《う》け出しに来て、ちょうど着物を受取ったところへ、家内がインバネスを入れに行った。すると太宰は、いったん受取った着物をまた質草にして、

「番頭さん、これを質に入れなおすことにする」と言ったそうだ。お附合《つきあ》いをしなくては気がすまないのだ。

「番頭はそれを受取って、また金を貸したのかね」と訊くと、「立派な質草ですから」と言った。

そこへ太宰がやって来て、家内が「さっきは失礼しました」と言うと、太宰も「さきほどは失礼しました」と言った。いつもと何の変ったところもなかった。病院で言った通り太宰は来たわけだ。

この日、私は医者の忠告を守り、酒を飲みに出るのを止《よ》して、うちの四、五歳にな

る男の子と太宰がハサミ将棋を指しているところをスケッチした。（これは後に色紙に描き直して読売新聞社主催の素人絵《しろうとえ》展覧会に出した。その色刷写真が美術雑誌の口絵に出た。戦後、弁天通りの古本屋で、同人雑誌「木靴《きぐつ》」同人の小山清がその美術雑誌を見つけて口絵の切抜を持って来てくれた。私の描いた絵で雑誌の口絵になったものはこれ一つである）

スケッチを描き終ると、中村地平が来たので太宰と三人リーグ戦で将棋をした。私たちの将棋は早指しで、一勝負が十五分か二十分ぐらいで終る。三廻《まわ》りか四廻りかリーグ戦をして、あとは結局、三人で弁天通り入口の屋台へ飲みに行った。夜、ここで飲んでいると、カンカラ罐《かん》を肩に七味《しちみ》唐辛子《とうがらし》屋《や》が通りすがりに寄ることがある。太宰はおきまりのように山椒《さんしょう》の粉を買って、焼鳥の串《くし》にたっぷり振りかける。山椒の粉がないときには、唐辛子の粉をちょっと振りかける。それが江戸っ子の粋《いき》というものであるそうだ。よく私は一人で駅の附近を散歩していて、南口の稲葉屋で太宰が笊蕎麦《ざるそば》を前に、日本酒をちびりちびり飲んでいるのを見ることがあった。学校へ行くように人には見せて、自分の部屋で習作をするか、ぶらぶら歩くかして日を送る。一人で飲むときには、たいてい同じ店に行っていたようだ。稲葉屋の長っぽそい土間と、古めかしい上り框《かまち》が好きらしい。片膝《かたひざ》を長く上り框に載せ、片足は土間に立てている。または上り框に胡坐《あぐら》をかいていることがある。私がそれを見て、「どうしたんだ」と訊くと、「天神をきめこんでいるところです。お蕎麦で一本、立てているんです」と半ばふざけて言ったことがある。こんな冗談を口にすることに興味を持っていたようだ。

太宰は学校に行くような風をするのを、浮世の義理と心得ていたようだ。私のうちに来るときには、和服ならば袴《はかま》をはいて角帽を被《かぶ》り、学生服なら折目のついたズボンをはいていたが、三年で卒業するのに六年かかっても卒業しなかった。六年目には、これも浮世の義理で都《みやこ》新聞社の入社試験を受け、落第して鎌倉の山へ自殺に行って失敗した。大学の仏文科主任教師の辰野さんが後になって言っていたが、卒業の口頭試問のとき仏文科の三人の先生が立合いで、辰野さんが太宰に「君は学校へ出なかったようだから、フランス文学についての質問は止《や》めて置く。それで、ここにいる三人の先生の名前を言ってもらいたい。名前が言えるかね。言えたら卒業さしてあげる」と言った。しかし太宰は一つも言えなかったそうだ。

それは辰野さんのイロニーかもしれないが、太宰は郷里津軽の実兄に対するお義理としても、三人の先生の名前を立板に水で答えてくれても良かった。無論、実際は先生の名前を知っていたとしても、意地でも答えることはしなかったろう。言ったって卒業させてくれるわけでない。人にその話をする場合は、答えるほどなら死んでやると言ったろう。

言い忘れたが、私が巣鴨の病院から帰って半月ほどして、病院の人たちの拙《まず》いことが大きく新聞に出た。院長は花柳界で流連遊びをしていたところ詐欺《さぎ》事件で摑《つか》まって、若い方の医者は無免許医であったのが発覚して挙げられた。二人の行状が同時に発覚したと言う。院長も若い医者も、協力で私の熱病を治してくれたのに残念であった。ワイシャツの袖口がひどく穢なかったことは、愛嬌《あいきょう》の一つであったような気持がする。

小山清の孤独

戦争を境に、文学青年窶《やつ》れをした人たちが影をひそめ、文学同人雑誌も影をひそめた。戦前には私の知っているだけでも（荻窪《おぎくぼ》、阿佐ヶ谷附近の人たちの間だけでも）「青い花」「鷭《ばん》」「ロマネスク」「青空」「海豹《かいひょう》」「麒麟《きりん》」というように、次から次に発刊されていた。戦後は十年ちかく一冊もなくなって、荻窪八丁通りの先の関町に引越して来た小山清を中心に「木靴《きぐつ》」という同人雑誌が出た。昭和三十一年六月末の発刊である。

同人は大学生や高校の学生も混った若い人たちで、二割くらいは仕事を持っている人がいた。私の知っている人では、筑摩書房に勤めていた石井立と主宰者の小山清だけで、他には少し後になって知った荻窪八丁通りの先でパン工場を経営する辻淳《つじ》がいた。この雑誌は気ながに蜿蜒《えんえん》と続き（今日まだ跡切《とぎ》れ跡切れに続いているかも知れないが）、主宰者の小山清が亡《な》くなる昭和四十年三月まではぼつぼつと刊行を続けていた。創刊当時に学生だった同人も、主宰の小山君を嬉《うれ》しがらせるような作品を書いた。

同人の辻パン工場主人がそう言っている。大学でロシア文学を学んでいた宮原昭夫という同人は、「文学界」の新人賞と「芥川賞」を取ったりして作家活動を続けている。またもりた・なるをという同人は、新聞社に勤めながら小説現代新人賞とオール読物新人賞を貰《もら》い、これも着実な作家活動を続けている。「木靴」創刊号から力作を書いていた室井庸一という同人は、中央大学仏文科の教授になっている。その他、まだ面白い作品を書く同人が何人もいるそうだ。この雑誌が小山君の心の誇であったと辻さんが言う。

話が前後するが、先日、雪の降るなかを、辻パン工場の辻さんが、「木靴」創刊号と第二十一号「小山清追悼号」を持って来てくれた。追悼号には小田嶽夫《おだたけお》、木山捷平《きやましょうへい》、津島美知子、亀井斐子など、生前の小山君と由縁のあった人たちが思い出を語っている。私も談話をしているが、それとは別に「小山清と木靴」という見出しで、関口勲という同人の書いている感想が小山君の供養《くよう》になると思った。戦後に出た同人雑誌として出発が純粋な気がするので引用する。

小山清と木靴

「小山清の文学を愛し、彼の人柄《ひとがら》を慕って集り寄った者たちが、彼を中心にして

『木靴』を始めたのは、一九五六年の六月である。あれからもう十一年にもなる。その間、同人の石井立を亡くし、小山清も亡くした。

最初に小山さんが言い始めたのか、それとも小山さんに私淑《ししゅく》する誰《だれ》かが口火を切ったのか、ともかく同人雑誌発刊の気運が盛り上ったのは、まだ小山さんが井《い》の頭《かしら》公園近くの、柴垣《しばがき》に囲まれた二階の間借りの部屋にいた頃《ころ》であった。そのための初会合を小山さんの部屋で開いた訳だが、その時私たちは殆《ほと》んど初対面であった。しかし、小山さんからお互に噂《うわさ》を聴いていた人たちばかりなので、最初から妙に気脈《きみゃく》が通じ合った。シャルル・ルイ・フィリップの言葉を扉《とびら》に掲げた創刊号に名をつらねたのは十一名。つつましい作品が多かった。それから現在まで『木靴』は二十号を出した。年間平均して二冊出るか出ないの遅いペースである。息も絶えだえに続いていると見るのも自由だが、牛歩にも似た息の長さを自讃し得なくもない。小山さんを失なった時、『今までの眠りこけも、のんべんだらりも拉《らっ》し去ってくれるだろう』と同人の古賀は書いたが、はたしてどうかだが、今までと同じようなペースで号を重ねて行くだろうことは間違いない。印刷所も二号から銀嶺印刷と定め、以後、変えたことがない。

こんな『木靴』に小山さんは『夜食』など味わいのある幾篇かの随筆を書き残し

た。(関口)」

他意なく純な気持で結束した人たちだと思われる。辻さんの話では、印刷の順序や校正の仕方を知っていたのは、中里介山の印刷工場にいたことのある小山君と、筑摩書房にいた石井立だけのようなものであったという。印刷費も安くあげるために甲府刑務所に依頼していたそうだ。銀嶺印刷と言っても刑務所の中にあった。

小山清は明治四十四年十月四日、東京浅草新吉原に生れた。(以下、辻パン工場主から聞いた話の一部である。辻さんは生前の小山君一家族の生活を見守ってきた人で、小山君の一代記を書くため係累《けいるい》を訪ね、詳細にわたって調べている。いずれにしても時が来たら、小山清実録を発表するだろう。私は辻さんが話をするまま聞書きする。小山君は年齢の上からも経歴の上からも、戦後の新人として珍しく文学青年窶れをした人であった)

小山君のお爺《じい》さんお婆《ばあ》さんは、向島枕橋《むこうじままくらばし》のたもとの料亭八百松の店を持っていた。現在、駐車場になっているところである。江戸から東京にかけて、繁昌《はんじょう》していた東京の三大料亭の一つと言われていた。福地《ふくち》桜痴《おうち》、勝海舟、水戸の殿様など豪快な遊びをする粋人が常連で、土佐の殿様も団十郎を連れて遊びに来ていたという。海舟は円朝をよく連れて来た。円喬《えんきょう》もよくお客と一緒に来た。勝海舟の「氷川清話」に、お婆さんのことを「非常なやり手であったが、松源の婆は彼女に比べるといまいっそうの手腕家であった。昔はこの種の人間によほど傑物があった」と書いてある。

八百松は水戸の殿様家から過保護の扱いを受け、谷中《やなか》墓地にある水戸家の墓地のわきに小山家の墓地を貰った。（私は二、四年前、小山君追悼忌のときこの墓地に詣《まい》ったが、石柱で囲われた水戸家の広い墓地の近くに、可なりゆとりのある場所を占めて小山家の墓が立っていた。辻さんは小山君の命日に毎年ここへ来ると言う。一昨年はルンペンたちが、ここの空地に来て集団生活をしていたそうだ。ダンボール箱に鍋《なべ》や茶碗《ちゃわん》や書物を入れ、夕方になると簡単に飯を食い三々五々、夜の町へ残飯集めに出かけていた。昨年あたりから取締りがきびしくなって、立入り禁止になっているそうだ）

小山君のお父さんは目が見えなくて大阪文楽座の義太夫語りになったので、小山君は二歳から五歳まで、文楽の人たちの間で暮した。婆やをつけられて、文楽座の人たちのなかに住んでいた。生れながらに義太夫語りのなかにいたようなものである。

小山君のお父さんは越路太夫のお弟子の越喜《こしき》太夫で、越路太夫というのが例の摂津《せっつ》大掾《だいじょう》である。（辻さんは、「摂津大掾と言ったら、もう大変な人だったらしいですなあ。小山さんはよく、文楽で、摂津大掾の膝《ひざ》に坐《すわ》って、御飯を食べさせてもらったなんてこと、仰有《おっしゃ》っていましたけれど」と言った。越路太夫は私たちが学生のとき、名人会で東京に来て語っていた。「と言うて暮しているうちに」と言うようなとき、「と」の字をぽんと、ふんわり投げるように軽く発音する。その辺のところが、何とも良かったのを私は思い出すことが出来る。最期《さいご》のときは、越路が観客の前で語っていたところ、不意に声が詰まって亡くなったと聞いている）

小山君は五歳で東京に帰ると、お婆さんの采配《さいはい》で貸座敷の寮にお父さんと一緒に住んだ。お母さんは吉原の京町二丁目に、兼東楼《かねひがしろう》という貸座敷を開いた。小山君の住んでいた寮は、廓《くるわ》と違う。今は寮のあとが吉原電話局になっているそうだ。

小山清は千束《せんぞく》小学校に通った。音楽の先生に中山晋平《なかやましんぺい》がいたが、カチューシャの唄《うた》やゴンドラの唄を作曲した人とは知らなかった。中山晋平はそのころ島村抱月《しまむらほうげつ》のところで書生のようなことをしていた筈《はず》だ。

中学は府立三中に学んだ。関東大震災で寮も廓も家作も全焼した。中学三年のとき代数と幾何がきらいで退学し、家出して賀川豊彦を訪ねたが、諭《さと》されて東京に帰った。お母さんが洗礼を受けているので入信し、戸山教会の高倉徳太郎先生に諭され、明治学院中学部に入って卒業した。昭和五年、母の死で一家離散。父、妹は仙台に移る。

新聞配達をして苦学をつづけ、昭和八年（二十三歳）中里介山の西隣村塾に入る。明治学院時代、たびたび島崎藤村のところに出入りしていた関係で、藤村の口添によって日本ペンクラブの初代書記になった。ペンクラブ第一回会報が出て、初代会長の島崎藤村が有島生馬《ありしまいくま》と共にブエノスアイレスのペン大会に行き、アメリカ、フランス経由で帰途についた。書記の小山清は日本にいても、とても嬉しくて、われながら浮き浮きした気持で暮していた。ところが自分をどやしつけるような生活に入らなければ駄目《だめ》だと考えて、藤村先生が日本に帰るとペンクラブの書記を止《よ》して、下谷龍泉寺町《したやりゅうせんじ》の素人《しろうと》下宿屋に入って新聞配達になった。映画や新劇を見たりする一方、古本屋に入りびたりになったりした。龍泉寺町の飯田古書店の主人が府立三中で堀辰雄と同級で、太田水穂《おおたみずほ》の弟子だから話し相手になってくれた。

昭和十五年（三十歳）初めて太宰治《だざいおさむ》を訪ねた。飯田古書店の主人が、古本市で仕入れて来た本のなかに太宰治の「女生徒」があった。その奥附《おくづけ》に、元の持主のメモだと思われる甲府市三崎町太宰治という文字があった。その前に、この店で太宰の「晩年」の再版を見つけていたので、折があったら太宰を訪ねようと思っていた。ところが新聞に太宰が三鷹《みたか》で所帯を持ったと出ていたので、自作の原稿を持って太宰を訪ねた。

原稿を読んだ太宰は、小山君をうっとりさせるような手紙をよこした。「君の生活をお大事になさって下さい。君の大事な才能をいとおしんで下さい……」というようなことが書いてあった。爾来《じらい》、小山君は龍泉寺町から三鷹町へときどき出かけて行くようになった。

昭和十七年、戦時中の徴用令によって三河島の日本建鉄工業へ出勤していたが、空襲で下宿を焼かれたので三鷹の太宰の家に移って行った。玄関の三畳間に寝ていたのかもしれないが、幼い子供もある太宰夫妻は、残りは八畳一間だから狭苦しかったことだろう。太宰は甲府へ疎開《そかい》することにして、奥さんと子供さんを先に疎開させた。後から太宰が行った。留守居を小山君が引受けた。折から田中英光が横浜ゴム会社から太宰を訪ねて来たが、夜中に空襲があって隣屋敷の庭から庭石が飛んで来て、太宰のうちを少し傷《いた》めてしまった。英光は東京は物騒だと怒った。仕様がないので、近所の亀井勝一郎のところで一週間ばかり世話になった。

戦後、小山君は夕張炭坑へ坑夫志願で行くことにした。炭坑夫は一日に米六合の配給があると保証されたので、それに釣《つ》られて北海道へ渡ることにした。

小山君は夕張炭坑で穴ぐらの生活に入ったところ、間もなく病気になって地上での仕事をさせられるようになった。米六合は確かに食べさせられた。
小山君が夕張から東京に帰ったのは、太宰が亡くなって暫《しばら》くしてからであった。ある日、小山君が不意に荻窪の私のところに原稿を持って来て、これを読んでくれと言うので一読し、それでは「文学界」に持込もうということになって、二人で文藝春秋社へ出かけて行った。
文藝春秋社は戦前には大阪ビルにあったが、戦後は日本橋の方に移って、次に日比谷に近い田村町ビルの四階か五階にあった。私は小山君を階段の昇口に待たせて置いて、「文学界」編輯《へんしゅう》の席に中戸川君や鷲尾《わしお》君がいたので、原稿を持込んだ。すると中戸川君がざっと目を通して「頂きます」と言った。短篇四十枚ぐらいで「朴歯《ほおば》の下駄《げた》」という題である。「原稿料は幾ら」と訊《き》くと、「三百円です。来月号に発表してから送ります」と中戸川君が言った。（先日、辻さんにその話をすると、小山君は一枚五百円貰ったと言ったそうだ。あの当時、稿料は鰻昇《うなぎのぼ》りに上っていたから、五百円に上げられたかもわからない）
その翌月か翌々月ごろ、小山君が来て、「結婚したいので、女性を紹介して頂けませんですか」と、いきなり言った。不意のことで戸惑っていると、「私は女房を可愛《かわい》がるたちだと思います」と言った。結婚には条件というものがあるだろうと訊くと、条件なんか何もないと言った。ちょうどそこへ、「文壇」という文芸雑誌の記者で塩出という女性記者が来たので小山君を紹介し、「結婚の相手をさがしている人だ」と言うと、塩出は興味なさそうに反《そ》っぽを向いた。小山君はメルトンの黒い詰襟服《つめえりふく》に黒いボタンをつけていた。血色がよくて丈夫そうで、神学校の学生といったような感じに見えた。

小山君が「新潮」に好評の「幸福論」を出したのは、その翌月あたりではなかったかと思う。下宿は亀井君夫妻の世話で、吉祥寺の井ノ頭の森のそばの家に移り、やはり亀井君夫妻の世話で結婚することになった。その相手は、「文壇」の女性記者塩出が亀井君のところへ写真を持って行き、亀井君の奥さんに世話を頼んだ女性だそうであった。塩出は自分で世話を頼んで置いて、話がうまく纏《まと》ると羨《うらやま》しくなったのかもしれない。私のところにやって来て、「あたしに、小山さんと結婚さしてもらえないかしら」と言った。そんな話はないのである。「ばか」と私は叱《しか》った。

小山君の結婚式は亀井家で挙げられた。仲人《なこうど》と媒酌《ばいしゃく》は亀井夫妻で、式に呼ばれた客は琴の古川太郎、作家の阿川弘之、戸石泰一、それから小生夫妻であった。古川さんはお弟子さんに琴を車で運んで来させ、「詩経」を見て即席で作曲し、「園に棗《なつめ》あればその実をくらう、心の憂《うれ》いあれば歌いまた歌う」と琴を弾きながら朗詠した。めでたい歌である。古川さんは琴の葛原勾当《くずはらこうとう》を尊敬しているので、太宰が「盲人独笑」を書くと太宰に手紙を出した。それから両人は附合《つきあ》うようになった。その関係で小山君とも附合が始まっていたようだ。

阿川君や戸石君は、小山君の良き先輩として招かれたのだろう。古川さんは御自分の演奏するときの声は、瞽女声《ごぜごえ》だから厭《い》やだと言っていたが、嘘《うそ》か本当かよくわからない。

結婚式があったのは二十七年五月一日で、運悪く血のメーデーと言われる日であった。

小山君の仕事は、傍《はた》からの想像では順調に運んでいるようであった。同人雑誌「木靴」を創刊したのもその頃である。ところが都営住宅の抽選が当って吉祥寺から関町へ引越して来ると、「木靴」の原稿集めだけは熱心だが、自分の原稿はさっぱり書かなくなった。筑摩の古田社長が「もし小山さんのことで相談したいことがあったら、いつでも相談にいらっしゃい」と「木靴」同人の辻さんに言って、念のために地区の民生委員に申請して生活保護者に指定してもらった。新潮社は書下し長篇小説の仕事をくれて前金で稿料を渡してくれた。小山君は一大奮起しなければならなかった筈なのに、大事をとりすぎたか納得の行く素材が摑《つか》めないのか、相変らず仕事をしなかった。ただ「木靴」の原稿の集まりだけは気にかけていた。もともとその日暮しの生活者だから、細君と細君の妹と幼い子供の暮しは立ち行かない。当時の生活保護者は一人きりでも生活できなかった。原稿用紙もないからチラシの裏に書き崩しをしているという噂を聞いた。赤貧《せきひん》それ自体である。

私はこの窮状を、辻さんの友人で「木靴」の石田正雄君から聞いたので、阿川弘之、庄野潤三の両氏に電話して、小山君を助けるための資金カンパというのを頼んだ。阿川君はちょうど自家用車を購入し、操縦が上手になっているようだという話であった。その車に乗って目的地に馳《は》せつけてくれるといい。庄野君は義俠《ぎきょう》の精神に厚く、行動力があると私は睨《にら》んでいた。阿川君と一緒に行ってくれるだろう。案の通り、すぐ二人は行動に取りかかり、新潮社とか講談社とか文藝春秋社などを廻《まわ》って資金を集め、小山君に渡して来たと知らされた。

小山君は人に手数をかけても決して礼を言わないたちである。そのことは戦争で私も太宰も甲府に疎開中、太宰を訪ねて来た小山君を連れて一緒に散歩したとき、決して礼を言わない青年として紹介された。後に辻さんと知りあいになってからの話だが、辻さんにさんざん世話をやかした小山君は、「有難う」と言ったことは一度もなかったそうだ。「あれはマキシム・ゴルキーの真似《まね》だ」と太宰が言ったことがあるが、ゴルキーが人に礼を言わないたちであったかどうかはわからない。ゴルキーは人と御飯を一緒に食べるとき、年をとってからでも、我を忘れてがつがつ食べていたそうだ。小山君も一膳飯屋《いちぜんめしや》でラーメンを食べるとき、たしかに我を忘れて勢いよく食べるところを私は見た。

小山君は運が悪かった。細君の妹さんが小山君のために職を見つけようとして気を使っていたそうだ。グリーン・パークにある米軍のアメリカンスクールで小使を募集するポスターがお湯屋に貼《は》り出され、用務員も募集していることがわかった。それで小山君をアメリカンスクールに送り出そうとしていたところ、不意に呂律《ろれつ》の廻りかたが悪くなった。言語障害を起していた。さっそく辻さんが呼び出され、吉祥寺の亀井君の紹介で、小山君を武蔵境《むさしさかい》の駅に近い病院に連れて行った。診察室に婦長が来て、先ず小山君に名前を訊《き》いた。小山君は不断でもてきぱき口はきけないが、そうでなくても呂律が怪しくなっているので口ごもった。すると、いきなり婦長が小山君の横面《よこつら》をぶんなぐった。戦争中に野戦病院にいた看護婦だろう。

後日になって小山君は、あれは失語症を直すための一種のショック療法らしいと言ったというが、なぐられたときには青ざめて目に涙をためていたという。

辻さんが病人の診察を医者に任して帰って来ると、夜になって武蔵境の病院から、本日の入院患者が病室から脱走したと電話があった。辻さんはすぐ玉川上水を聯想《れんそう》し、吉祥寺の八幡様前の交番に行くと、さっき田無《たなし》の交番からそれらしい者を保護している電話があったと知らせてくれた。家に連れて帰ったのは一時すぎであった。

小山君に失語症が出たのは三十三年十月で、婦長に威《おど》かされたのが余程こたえたらしかった。辻さんが池袋の方に知っている医者があるから、だまされたと思って診察を受けに行けと言っても行かなかった。筑摩の古田社長に説得を頼んでも動かない。思いあまった辻さんが、古田社長に言って、小山君の著作集「日日の麵麭《パン》」を出してもらった。石井君の妹さんが装幀《そうてい》をした。筑摩で出した小山君の最後の単行本である。

それから間もなく小山君の奥さんが自殺した。三十七年四月十三日である。

「自殺です、睡眠薬をのんで。あのころ分裂症かノイローゼだったんです。パートで働いてたんですが、朝、洗濯《せんたく》を途中で止《よ》しているんです」と辻さんが言った。

中央大学の野球グラウンドのすぐ近く、雑木林のなかに倒れていた。たまたま奥さんの兄さんが来ていたが、手分けしてさがし当てたときには意識が無くなっていた。睡眠薬を一瓶《びん》まるまるのんだみたいであった。雨にたたかれ、口のなかに雨水がたまっていた。雨が降ってなかったら助かったかもしれぬ。医者がそう言っていたそうだ。奥さんは働き者で、家のなかはいつも綺麗《きれい》にしているし、亭主孝行の女であった。

同居していた妹さんは幼稚園の先生をしていたが、小山君を用務員にしても働かせたいと急《せ》きたてていた。

「小山さん、それ、かなりつらかった部分、ありますね。だから、却《かえ》って失語症をこじらせたかもしれないですね」と辻さんが言った。

そのころ小山君は坂口安吾の作品に傾倒し、安吾を尊敬するあまり意固地になって、太宰忌には必ず欠席するようになっていたそうだ。それからもう一つ不思議なのは、「警視総監の笑ひ」を書いた由起しげ子さんが小山君にひどく打ちこんでいることであった。小山君のうちには電話がなかったので、新宿に何時何十分頃にいますからと、辻さんのところへ電話をよく掛けて来た。そのつど辻さんは、小山君のところへ知らせに駈《か》けつけたと言う。

小山君の作品の醍醐味《だいごみ》を、由起さんは心底から好きだったのだろう。小山君の方も由起さんの作品をよく読んでいて、「この人、大変な人なんだよ」と辻さんに言ったことがある。小山君が古本屋で買うのはたいてい均一本で、由起さんの著書もみんな均一本で揃《そろ》えていたというから面白い。

奥さんが亡《な》くなった後、小山君のために私はまた阿川君に頼んで庄野君と一緒に廻る資金カンパをしてもらった。前回は出版社や新聞社に頼る建前にしていたが、今度は阿川君や庄野君と附合のある作家の間も廻ったようであった。辻さんの話では、ふと小山君が嬉しそうに、「志賀さんが大金をくれたよ」と言ったことがあるそうだ。「松本清張もくれたよ」と言ったそうだ。小山君が亡くなってから、机の抽斗《ひきだし》を調べてみると、資金カンパで集まった金は半紙に包んでそっくり残っていたと辻さんが言った。

私は奥さんが亡くなったときと、それから小山君が亡くなったときとの二度、小山家を訪ねた。東京都営住宅の抽選に当り、そのお祝に木山捷平《きやましょうへい》が自転車で桃の苗木を届けて来たと辻さんから話に聞いていたが、その桃の木は可なり大きな幹になっていた。レンギョウも木山君が持って来たのだそうだ。

同人雑誌「木靴」の存在は、小山君の生き甲斐《がい》であり、心の拠《よ》りどころであったようだ。

戦争直後、私がまだ郷里に疎開中、小山君に関係したことで東京の中島健蔵が手紙をよこした。

「三鷹下連雀《しもれんじゃく》の太宰の家は、戦争中から空屋になっている筈だが、暫く俺《おれ》たち夫婦に貸してくれないだろうか」という意味のことを言って来た。十二社《じゅうにそう》の中島の家が空襲で焼けてしまったのだ。さっそく私は、津軽に疎開中の太宰に、中島君が宿借りをしたいと言っていると伝えた。太宰からの返事に「下連雀のあの家には、小山という文学青年が住んでいるが、中島先生が引越しておいでになれば小山の励みにもなるから大賛成である」という意味のことを言って来た。私はそれを手紙で中島に取次いだが、中島は中野方面に家が見つかったから、御放念を願いたいと言って来た。もし中島が太宰の下連雀の家に来て、太宰がそこへ帰って来たとしたら、どんなことになっていたろうか。どこかで部屋数の多い家を借りて、暫く仲よく協調して住んだかもわからない。少くとも自棄《やけ》っぱちの女に水中へ引きずり込まれるようなことはなかったろう。

荻《おぎ》窪《くぼ》(三毛猫《みけねこ》のこと)

戦争中、私は広島県福山市外加茂村の疎開先《そかいさき》で終戦を迎え、敗戦後二年何箇月目かに東京荻窪へ転入した。

そのころ福山市に豪州軍が進駐し、人民への布告は村役場から隣組を通して豪州軍司令部が出していた。人民は刀剣を所有すること罷《まか》りならぬ。盲人と雖《いえど》もステッキを持ち歩くこと罷りならぬ。右翼関係の人の書いた史書、軍関係の人の書いた著書、兵役関係の書類、奉公袋、従軍手帳、軍関係の徽章《きしょう》などは焼却すること。そういう通達があった。

福山の元暁部隊に所属していた水上飛行艇部隊の隊長は、終戦で玉音放送のあった直後、飛行艇を飛ばして空から伝単を撒《ま》いた。「戦争はこれからだ。我軍は戦争を継続する」という意味のことがガリ版で書いてあった。豪州兵はこの飛行艇部隊と入れ代りになったので、日本人を警戒しすぎていたかもわからない。毎月一回、隊伍《たいご》を組んだ兵隊がドラムを叩《たた》きながら福山市内を行進した。市民は焼け残った家のなかで、兵隊が通って行くのをひっそり待っていた。
私は風呂《ふろ》の下で徳富蘇峰《とくとみそほう》の「日本時代史」という歴史の本を焼却し、従軍手帳や軍関係の書類を燃した。近所のうちでは乃木《のぎ》大将の写真も燃した。やがて帰還兵がぽつぽつ帰って来ているうちに、疱瘡《ほうそう》と博奕《ばくち》が流行するようになって、敗戦後百日目ごろには追剝《おいはぎ》の出る噂《うわさ》を聞くようになった。各部落ごとに「防犯対策研究会」が開かれた。戦後一年あまりたった頃《ころ》、私はよく釣《つり》に出かけていた。その頃、隣村での所見により、「魚拓」という詩を書いた。

魚拓

—農家素描—

明日は五郎作宅では息子の法事
長男戦死　次男戦死　三男戦死
これを纏《まと》めて供養《くよう》する
仏壇にそなえたお飾りは
どんぶりに盛りあげたこんにゃくだま

その一つ一つがてらてらに光り
その色どりに添えたのは
霜に焦《や》けた南天の葉

五郎作は太い足をなげ出して
踵《かかと》の大あかぎれを治療中である
お上さんが木綿糸に木綿針で
その大あかぎれを縫いあわせている

枕屏風《まくらびょうぶ》には嘗《かつ》て次男三男が競争の
魚拓が二枚貼《は》りつけてある

それからまた一年あまりたって、私は妻子を連れて東京に転入した。田舎にいつまでも長くはいづらかった。

久しぶりで荻窪駅に下車したわけだ。駅前の商店は殆《ほとん》どみんな戸を明けていても、休業したようにしているのが大半で、店を明けている果物屋も明るい色の商品は置いていなかった。林檎《りんご》やレモンなど一つもない。それでも私のうしろをついて来ていた五つになる拙宅の男の子は、店屋がたくさん並んでいるので驚きの声をあげた。

「あれ見にヤ。マンデー屋が仰山あるけエ」

マンデー屋とは私の在所にたった一軒しかない雑貨屋で、前土居屋という屋号である。店屋のことを、子供はすべてマンデー屋というのだと心得ていた。

この子は二つの年に甲府市外甲運村に疎開して、一年と六日目に甲府の空襲で福山市外加茂村に再疎開したので、言葉は甲府と福山市外とで覚えていたわけだ。だから私たちが荻窪に転入後、二箇月ばかりは田舎言葉を使っていた。家内が配給の買物に連れて行くと、行列している近所の奥さんたちがわざとこの子に話しかけ、田舎言葉を使わして笑っていた。

甲府市外では「今晩は」というのは「お晩でごいす」と言っていた。福山市外の私の在所では、男は「お仕舞ですな」と言った。女は「お仕舞でござりゃんすか」と言い、恭《うやうや》しく言うときには「お仕舞でござりゃんすでござりゃんすか」と言った。マンデー屋のことは繰返して言うが、店屋という普通名詞ではないのである。

荻窪の四面《しめんと》道から大場《だいば》通り（日大通り）へ曲るところには、ここを起点に駅前の方に向けて街路樹の台湾楓《たいわんかえで》が並んでいる。その最初の振出しである木の下に、舗石で囲まれた狭い空地があって、空閑地利用の菜葉《なっぱ》か何か植えたらしい趾《あと》が目にとまった。下枝から木札がぶら下っていた。「この木の下に畑があります。踏まないで下さい」というような意味だとわかった。その辺の店屋の幼い子供が書いたのだろう。

久しぶりに清水町の私のうちに帰って来ると、庭じゅうにカボチャの葉がはびこって、庭木の枝を下した粗朶《そだ》が垣根《かきね》のきわに積まれていた。私の留守中ここにいた同居人が、カボチャをいっぱい植えていたわけだ。戦争が終りに近づいたころ、「何が何でもカボチャを植えろ」という標語があった。

私のうちには小学校を出た女の子がいた。この子のため私は日本橋の紅葉川という女学校の先生を訪ね、一年生に入学させてもらった。この子も甲府市外甲運村で小学校に行き、後は二年半ほど福山市外の村の小学校に行き、東京の言葉をさっぱり話せなくなっていた。田舎で育った子だから言葉で苦労するだろうと思っていたところ、学校へ行くようになって三日目か四日目に、この子が同級生から貰《もら》ったと言って仔猫《こねこ》を連れて帰った。食糧不足の折でありながら、鰹節《かつおぶし》を二本、猫のお目見えとして貰って来た。ところが生憎《あいにく》その日の朝、私のうちには三毛猫が迷いこんで早くも私のうちの飼猫になっていた。それを追い出して仔猫を飼うか、三毛猫を家に置いて仔猫を返すか、どっちにするかと私のうちでは家のなかが少し揉《も》めた。三毛猫は子を孕《はら》んで臨月が近づいているように見えたので、私のうちに置くことにした。翌日、女の子には、仔猫に鰹節二本を添えて学校へ持たしてやった。同級生で新しく知りあいになった隣の机の生徒から仔猫を貰ったのだそうだ。

迷い猫の三毛は俊敏であった。うちに来て四、五日目に仔猫を産み、それから一週間ばかりしてこの猫の凄《すご》い腕前がわかった。私が垣根のわきにこぼれている粗朶を片づけるため草帚《くさぼうき》を捜して来ると、三毛が傍《そば》へ寄って来て粗朶を叩くような風をした。ばさっと手で叩き、左手と右手でゆっくり交互に叩いた。妙なことをするものだと、私はその場にしゃがんで猫を見た。その瞬間、私の目の前の粗朶の上に、一匹の蝮《まむし》がいるのに気がついた。

猫という動物は、左利きも右利きも区別はない。半ばふざけたような手つきで右手で叩き、同じような手つきで左手で叩く。ゆっくりそれを繰返し、蝮の伸ばしている鎌首《かまくび》を叩く。蝮は次第に頭を低くして、粗朶の上すれすれに頭を下げて行く。すると猫は、後足で半ば立ったような恰好《かっこう》で、両手を胸元に引込める。きょろきょろして前後左右を見る。猫としてはこの場面を、仔猫たちに見せようとするのではないかと思われた。

蝮も敗けてはいなかった。猫が胸元に手を引込めて左右を見ていると、さっと鎌首を伸ばして猫の手首を襲った。猫は軽く手首を縮かめて、左右交互に蝮の頭を叩き、粗朶の上まで蝮に頭を下げさした。猫は仔猫を呼ぶかのように、あたりを見廻した。すると蝮は、鎌首をさっと伸ばして猫の手を襲ったが、猫は必要以上に手を引込めない。蝮がどのくらいまで鎌首を伸ばせるか、相手の体勢で計算できていたようだ。

猫が手を引込めると、蝮がまた鎌首を伸ばして飛びついて行く。また手を引込めると、また鎌首を伸ばして行く。猫と蝮はそれを何回も繰返したが、いずれは猫が蝮に嚙《か》まれるのだろうと思われた。もし猫がこの場にいなかったら、私は粗朶を片づけに来たところを蝮に嚙まれたかもわからない。気がついてみると、私は蝮を気にしながら、しゃがんだまま無意識に後すざりしているのであった。田舎に生れた人間なら、ちらりと見るだけでも普通の蛇《へび》と蝮との区別がつく。蝮の斑点《はんてん》は茶色の大島絣《おおしまがすり》の模様そっくりで、顎《あご》が三角型に張っている。蜜柑《みかん》の木や樫《かし》の木などに巻きついていても、人を見ると尻尾《しっぽ》の先で、磁石の針の揺れるようにちらちら足場を探っている。いきなり飛びかかるため、さっと鎌首を伸ばす体勢をとっているのだと言われている。もし私がいきなり帚で粗朶を搔《か》き集めていたら、足の先かどこかを必ず嚙まれている。

太陽がかんかん照りで、隣近所の物音も聞えなかった。私は猫を助けようと思った。防空壕《ぼうくうごう》跡のわきの柘榴《ざくろ》の木に、防空演習で使っていた消防用の鳶口《とびぐち》が立てかけてあった。それを蛇に見せないように持って来て、猫と睨《にら》み合っている蝮を覘《ねら》い、鎌首のところをぐっと鳶口の先で抑えつけた。蛇の咽首《のどくび》をうまく抑えることが出来た。その途端、猫が蛇に飛びついて、目にとまらぬ速さで鎌首から後の皮を逆剝《さかは》ぎに剝いだ。ぐるり赤剝げになった。

私は、前もって猫と約束していたかのような気持がした。蝮の首根っこを鳶口の先で抑えると、同時に猫が鎌首に飛びかかる。猫はそれを初めから知っていたかのようであった。

「電光石火、これだこれだ。どうだ、このすばしっこさ」

私は蛇の鎌首を鳶口の先で抑えつけたきりにしていたので、蛇は頭のところだけ皮を残し、後は全長の殆どが赤肌《あかはだ》に剝《む》け、逆剝げで裏返しになった皮は筒型になってしまった。その筒の先に、蛇の尻尾の先がわずかに覗《のぞ》いてちらちらした。蛇の舌先のような動きかたである。

猫は嬉《うれ》しそうにして、赤肌剝げの蝮を相手にじゃれつくような風をした。地面に仰向けに臥《ね》て、蛇のちらちらさせる尻尾の先を後足でからかうような恰好をした。蝮は首根っこを鳶口で抑えつけられているので、口惜《くや》しかろうが赤肌剝げの胴体はのたうち廻るよりほかはない。

私は力を入れて鳶口の先を抑えていたが、これで蛇も相当に参ったろうと思って、蛇から鳶口を放した。すると蛇は同時に身を立てなおし、猫も同時に起きあがった。蛇は決して弱っていたのではない。格闘がまた始まった。蛇が赤肌剝げになったまま鎌首を伸ばして行くと、猫は手で左右交互に蛇の鎌首を叩き、相手の頭を低くさせ、きょろきょろ辺りを見廻すような恰好をする。その隙《すき》に蛇がさっと鎌首を伸ばす。猫は手を引込めて、また蛇の鎌首を叩く。

その繰返しであった。蛇も執念ぶかい。私は蛇が降参したことにしてやろうと思って、鳶口の先で赤肌剝げの体を沓脱石《くつぬぎいし》の近くに跳ね飛ばした。すると猫が追いかけて、蛇の咽首に向ってぐっと嚙みついた。私は蛇を相手に自分の全身が青臭くなったような気がしたので、風呂場へ入って頭から水をかぶった。頭のふけまで蛇の臭《におい》がするような気持がした。

風呂場から出て、蛇はどうなったと家内に訊《き》くと、猫が啣《くわ》えて垣の外へ蛇を捨てに行ってしまったと言った。鳶口は縁側の框《かまち》に立て掛けにされていた。

私は猫に名前をつけないで、ただ「うちのネコ」または「ネコ」と呼ぶことにした。最初のお産に四匹の仔猫を産んで、これは一箇月ほどすると、静岡へ一週間ごとに通っている人に貰われて行った。戦災にかかった静岡の町は鼠《ねずみ》がはびこっているので、何匹でも猫を欲しがっているという。

うちの猫は多産系のようであった。鼠もよく捕るがお産するのも頻繁《ひんぱん》で、年に二度は産んだ。近所のうちで猫を欲しがる家にはみんな貰われて行った。裏の高橋さんには二匹も貰ってもらい、次はもう要《い》らないと言うので捨猫をしに行ってもらった。お隣の甲斐荘さんのうちは毛色のいい雄猫を貰ってくれ、大事に育ててチーズやハムなど食わせるので太りすぎで、軒から飛び降りるとき腰を抜かした上に脱肛《だっこう》になった。それで犬猫病院に入れ、手術などさせて手当に金をかけた。ペニシリンの注射とか麻酔の注射とか、いろんな注射もしたそうだ。

私のうちのネコは相変らず何匹も仔を産んで、そのつど仔猫の始末に手を焼いた。それればかりでなく、私のうちは清水町の東南の角地に当り、東と南が生垣だから通勤の人が猫の仔を生垣のなかに捨てて行く。それが床下に入ったら始末が悪い。呼んでも威《おど》しても出て来ることではない。

私もネコのことでは自分に負目を感じるようになっていた。人知れずそれが気になった。多産系であるためかもしれないが、いつも発情期が巡って来ると雄猫をたくさん庭に呼び集める。昭和二十四、五年ごろから次第にその傾向を見せ、三十二年、帝王切開で仔猫を孕《はら》めなくなるまで、毎年のように雄猫を必要以上と思われるほど呼び集める。

そのころ清水町や沓掛町《くつかけ》町あたりには、四軒に一軒くらいは猫を飼っていた。それがたいてい雄猫であったので、どこかの家で雌猫が発情すると、その臭をきいて雄が寄って行く。雄猫にとっては不可抗力であるようだ。ところが、うちのネコは思いきりがよくないのか、冒険するのは体裁がよくないのか、雄猫がたくさん来ているのに、大して感じないような風をする。縁先にある手水鉢《ちょうずばち》の縁に乗っかって、雄の挙動を見るでもなく、大して興味もなさそうな風をしている。雄たちの方では雌の動きをいちいち感じているような様子である。打てば響くといったように、じっと背中を丸めているのもある。

「早く相手を定めればいいのに。みっともないぞ」見ていて、私はそう思うこともあった。

うちのネコは偏狭なところがあるのではないかと思うこともあった。そのくせ、どれか一匹の雄が待ちくたびれて、庭から外に出て行こうとすると、「にやア……」と言ってそれを呼びとめる。相手は引返して来る。散々じらしていると思われても仕方がない。

或《あ》るとき、木山捷平《きやましょうへい》がそんな場面のところへやって来て、暫《しばら》くネコと雄猫たちの動

静を見ていたが、うんざりしたように、

「忌憚《きたん》なく言うと、恥を知れと言いたいよ」と言った。

むろん同感であると思いたい。犬や猫など飼主の性情をよく心得ている動物は、その飼主の気性に生き写しだという説がある。そんなのは嘘《うそ》であるとしか言われない。

私のうちのネコは昭和三十二年の六月、お産がうまく行かなくて犬猫病院で帝王切開の手術を受けた。私が山形県最上川上流の樽平の美術館を見に出かけた日に入院して、私が旅行から帰ったときは退院した後であった。医者はペニシリンなど新薬を使ったと言って、入院料を二万何千円請求したそうだ。家内がずいぶん高いと思って「うちでは、文芸家協会の健康保険に入っています」と言うと、「それは存じておりますが、猫は生活保護を受けてないことになっております」と言ったそうだ。

この手術を受けてからのネコは、毎年のように発情はしても仔を孕まなくなって、日頃の敏《はし》っこさも無くなった。急に老《ふ》けたようであった。昭和二十二年の六月に迷い猫になって来るとすぐ仔を産んだので、そのとき二歳以上になっていた筈《はず》である。それから三十二年六月の入院まで、十二歳の年になっていたわけで、猫としては極老の年齢である。それでも発情していた証拠には、毎年のように雄猫が次から次に私のうちにやって来た。ところがその翌年、いきなりネコの姿が見えなくなった。四日も五日もいなくなったので、猫は飼主の知らない間に亡《な》くなるというのは本当だろうかと思っていた。すると或る日、相当な地震があったので庭に飛び出して、ふと足元を見るとネコが敷石の上に、しょんぼりと立っていた。

「ネコがいたぞ」と私は大きな声を出した。

ネコは老いぼれてしまって、敗残の者それ自体のようになっていた。火鉢に火をついで置くと、その縁に乗って立ったまま目をつむり、鼻から提灯《ちょうちん》を出し、それが膨れてぷっと爆《は》ぜると、片方の穴からまた提灯を出し、ぷっと爆ぜる。頭の上に新聞紙を載せてやっても、何も感じない風で目をつむっている。老後の自分を見るようでなさけなかった。それでも次の年までどうにか生き残り、三十五年の春、私のうちで人から預かったコリーを飼い始めたときには、何となくコリーを避けているような気配を見せていた。

コリーという犬は、日本生れの猫には苦手な動物であるようだ。たまに来る雄猫も姿を見せなくなった。或るとき大雨の降った翌日、洋ちゃんという八百屋の若い衆が来て、私のうちのネコに似た三毛が、煙草屋《たばこや》のわきの横丁に死んでいたと言った。そう言えば、二日か三日、うちのネコは家にいなかった。それで拙宅の女の子がビニールの風呂敷を持って、煙草屋の横丁へ探しに行った。

「どうもお宅の猫のような気がします」と洋ちゃんが言った。「あの大雨のなかです。猫が倒れて横になっているんです。そうすると、倒れた猫を、七、八匹の猫が取囲んで、じっと見ているんです。ざあざあ降りの、大雨の降るなかです」

うちのネコに違いない。あんなに耄碌《もうろく》していても、まだ発情する臭気を出していたから雄猫が雨のなかをやって来たのだろう。しかも七匹も八匹もやって来て、じっと取囲んでいたのだから凄《すご》みが出る。私はそう思った。

拙宅の女の子は、ネコのかばねをビニールの風呂敷に包んで持ち帰った。うちのネコが死んだことは、八百屋の洋ちゃんがお隣の甲斐荘さんに知らせたので、小学六年生のユキ子ちゃんが「猫の墓」と書いた小型の墓標を持って来た。

ネコの墓は私のうちとお隣の境のところにつくることにした。暫くすると、ネコの墓が立てられているらしい話し声が聞えて来た。墓標を石で打ち込む音と、「主は強ければ、主、われを愛す」と歌うユキ子ちゃんの讃美歌《さんびか》が聞えて来た。

うちのネコは少くとも十四歳か十五歳まで生きた。

荻窪（七賢人の会）

昭和三十二年十二月三十一日、荻窪病院に行く――。

盲腸の手術で麻酔にかけられるとき、病院裏手の観泉寺で除夜の鐘が鳴りだした。大晦日《おおみそか》の晩、いよいよ押しつまって手術してもらいに入院したわけであった。医者は私が深酒するたちだから全身麻酔にかけることにして、看護婦が「入歯があったら外して下さい」と言った。私は上下の総入歯を外して手渡した。看護婦が私の鼻先に漏斗《じょうご》のような器具を近づけた。こちらは手術台に乗せられて、観念の目を閉じていた。

「一つ、二つ、三つ。ゆっくり数えて、この通り願います」

看護婦はそう言って、「ひとォつ……」と言った。

こちらも「ひとォつ」と言ったつもりだが、総入歯を外しているので「ひとォちュ」というような声になった。同時に観泉寺の除夜の鐘が「ごおん」と鳴った。看護婦が「ふたァつ」と言うので、その通りにすると「ふたァちュ」というような声になり、観泉寺の鐘が「ごおん」と鳴った。

看護婦が「みッつ」と言った。私はもう沢山だという意味で手を振ったように覚えるが、後は細く光る一本の銀線か何かに伝って奈落《ならく》へ消えて行くような気がした。「これだ、これだ、これに限る」と思ったきり、意識が無くなった。

翌日の朝。

私の頰《ほお》を叩《たた》く者があって、しきりに名前を呼ぶので目がさめた。やはり看護婦が叩いていた。私は病室のベッドに臥《ね》ているのに気がついた。時刻は九時だと看護婦が言った。気がついてみると私の両の手首は、細引か何かで括《くく》られた趾《あと》が綺麗《きれい》な紫色になっていた。

手術のとき私があばれたので、別の注射を遣《や》りなおし、両の手首と足首を縛りつけて手術をすませたそうだ。看護婦の口からそれがわかった。回診の若い医者は何も言わなかった。執刀した医者も回診に来て、「あなたは手術のとき、どんなことを喋《しゃべ》ったか覚えていますか」と言った。よほど失礼なことを言ったのだろう。

私は黙っていることにした。

手首の紫色は足首の紫色と同じく、三日目頃《ごろ》から少しずつ黒ずんで来て薄ぎたなくなった。腹痛も覚えるようになった。急性腹膜炎を起していることがわかった。

繃帯《ほうたい》を取替えに来た看護婦が言った。

「手術のときには、執刀する医者と助手と看護婦で、合せて三十本の指を使います。その三十本のどれか一本、黴菌《ばいきん》がついていたら余病を併発することになりますね。細心の注意が肝要です」

実に痛い病気であった。痛くてたまらないので苦しがっていると、婦長が注射器に麻薬を入れて持って来たが、中毒すると遣りきれないと思って注射は止《よ》してもらった。病気を司《つかさど》る神様としては、人間に痛さを覚えさせることは、今お前はどこそこが病気だと自覚をうながす以外に、必要以上に痛い目に遭わせるのは無用な筈《はず》である。呻《うめ》き声を出させたりするほど苦しい思いをさせることはないだろう。自分はこの病気が治ったら、どんな風に暮したらいいか本気で考えなおしてやろうと思った。荻窪病院では私が除夜の鐘を聞きながら手術を受けたので、一月一日入院の患者として昭和三十三年第一号患者という診察券をくれた。

私は腹膜炎の併発で二十日あまり入院して、縫合の糸がまだ取れないので、退院後はそろそろ歩いて自宅の裏の曾我《そが》医院に通院した。

おかげで病気はすっかり治ったが、腹膜炎で痛がっているとき思ったように、暮しかたに変化を持たせることは出来なかった。自分は以前のまま、身すぎ世すぎのこういった稼業《かぎょう》をしている存在である。作品というものは、偶然どんなに巡りあわせがよくて、あるいは出来栄えのいいものが書けたにしても、これで満点の作品ということはあり得ない。まして巡りあわせのいい偶然など一度もなく、今後ともその機会の来る見込はないと仮定する。

「そうだ、絵を描くことにする。自分の一番やりたいことは、絵を描くことだった」

曾我医院の曾我さんは絵が好きで、戦争中に軍医として中国の桂林《けいりん》というところに駐屯《ちゅうとん》していたとき、毎日のように風景をスケッチして、昇仙峡《しょうせんきょう》のような瘤山《こぶやま》の景色をたくさん描いている。私は曾我さんの紹介で日曜画家になることにして、天沼八幡《あまぬまはちまん》通りの新本画塾に入門した。曾我さんも日曜画家として以前からここの塾に通っていた。

自宅に患者があると画室へ電話で知らせるので、曾我さんは自転車で帰って行く。

塾生たちの職業はさまざまで、建築家、土木業者、レコード屋、葉茶屋、アメリカ婦人、医者、主婦、美術学校の受験生など十人あまりであった。モデルはモデル屋の周旋で呼んでいた。そのうちの一人で、初めてモデルになったという若い女性が、この塾の人たちは気分がいいからオンリーさんのモデルになりたいと言って、新本画塾の専属になった。千葉県の方の学校の事務員をして、アルバイトでモデルに来ているそうであった。おとなしい子で、休憩のときにはひっそり隅《すみ》の方で本を読み、モデル台に立つときにはチョークのしるしに従って上手に元の姿勢に返った。

このモデルは私が新本画塾に通うようになってから一年目にオンリーさんになって、それから三年半くらい、松の内だけは別だが日曜日ごとに一回も休まず来た。最後の日にはポーズに一区切ついたとき、新本画伯に「モデルは過労ですから、止した方がいいと校長先生に言われました」と言った。一言そう言ったきりでまたモデル台に立ち、その次の休憩のとき、隅の椅子《いす》に腰をかけてそっと泣いていた。不断、みんな誰《だれ》もモデルに話しかけることはしなかったが、気分のいい女だとは誰しも思っていたようだ。それが十九か二十くらいの年から、三年半も日曜日ごとにみんなの前で裸体になっていたので、画塾にお遑《いとま》するについて、何か不意に思い出すことがあって泣いたのだろう。

オンリーさんが来なくなると、またモデル屋から来るようになった。もうそのころはモデル不足になってモデル代も相場が不定で、約束していてもよこさない日があった。そんなときには、塾生のうち一番古参の大竹さんという荻窪レコード屋の若主人が、草花を買って来るか果物を買って来るかしてみんなでスケッチした。草花も西洋種のものは暖炉の熱で花柄《かへい》が曲るので気になった。

ある日、大竹さんが荻窪駅前のマーケットで、メバルや生きているカレイを画材に買って来た。カレイは洗面所で殺して来てメバルと並べて面器《めんき》に入れ、みんなそのスケッチに取りかかっていると、カレイが突然ぱっと面器から飛びだした。床に落ちて跳ねまわった。大竹さんは赤い顔をして大急ぎでカレイを摑《つか》み、画塾の台所へ行って錐《きり》でカレイを殺して持って来た。不断、大竹さんはたいていのっそりしているが、カレイが飛びだしたときには取乱したようであった。

塾生たちは年に一回、合同の泊りがけでスケッチ旅行に出た。下田へ行ったこともある。剣崎でミサゴの舞っている荒磯《あらいそ》でスケッチしたこともある。甲州の桃畑を描きに行ったこともある。信州にも行った。伊豆の蜜柑山《みかんやま》にも行った。

私は画塾に丸六年通ったが、絵を描けば描くほど自分の描く絵が拙《まず》くなると思うようになった。上手になろうとするのがいけないのだと思っても、下手になろうとするほどなら描かない方がいい。釣《つり》のことも考えたが、釣も上手になれないし、あぶなくて叶《かな》わない。だから絵も釣も諦《あきら》めることにして、町内の古い知りあいと懇親会をつくることにした。自分にとって大事なことは、人に迷惑のかからないようにしながら、楽な気持で年をとって行くことである。

幸い荻窪駅前のおでん屋おかめの主人が、甲州北巨摩《きたこま》で保養中の私に連絡をよこして来た。「飲助の懇親会をやりたいから御賛成を促す」という趣旨である。昭和三十七年の夏のことで、私は北巨摩郡高根町箕輪《みのわ》の八巻《やまき》さんという家に泊っていた。茅屋《かやや》根《ね》の大きな棟《むね》の母屋《おもや》で、家の人たちは大正時代から東京暮しをしていて留守で、専属の留守番に兵隊から帰って所帯を持った夫婦とその子供がいた。旧家だから犬の食器にまで古伊万里《こいまり》の皿《さら》を使い、築山《つきやま》には洞《ほら》のあいた梅の古木があり、樅《もみ》の大木があった。

私は母屋の座敷を借りて、大場通りの大場さんから口述された資料をもとに、七月から八月いっぱいかけて「故篠原陸軍中尉」という作品を書いた。大場さんは少尉時代に日露戦争で負傷した軍人だが、陸大を出て旅団長までに進み、或《あ》る事情で腹に据《す》えかねることがあって、陸軍省の一人の上官を撲《なぐ》りつけて少将で退役になった。古くなった軍人である。少尉時代のことだが篠原という中尉と親しくして、篠原の書いた手記「やどり木」という原稿を手元に預かっていた。篠原の世話になっていた乃木《のぎ》将軍のことや自分の恋愛のことなど書いた手記である。徳富蘆花《とくとみろか》が序文を書いてそれを上梓《じょうし》した。私は篠原中尉の無軌道ぶりを「やどり木」で調べ、篠原を偲《しの》ぶ大場さんの談話で確かめながら書いた。この作品は最悪の駄作《ださく》だと言わんばかりの評を受けた。「群像」の座談会でそんなように言われた。六月から書きはじめ、八巻さんのところで二箇月かかって仕上げた作品だが、自分が落ち目になって切ないことであった。

おかめ《ヽヽヽ》の主人は加藤と言い、通称を末さんと言った。私は末さんからの連絡で、八巻さんのところを引揚げると、すぐおかめに行って懇親会の企劃《きかく》を聞いた。会員は酒飲ばかり七人である。七賢人とは言えないので、荻窪七愚人とするか、それとも体裁をつくって七賢人という会の名前にするか。会員は末さんと私のほかに、魚屋の魚金の主人、四面道《しめんと》のお菓子屋「宝莱屋《ほうらいや》」の主人、お風呂《ふろ》の武蔵野湯《むさしのゆ》の主人中村さん。それから戦争中も戦前も毎日のようにおかめに顔を見せた吉田接骨医、早稲田《わせだ》の苦学生時代からおかめの常連で、鉄道省に入ってから戦争に取られ、終戦でまた鉄道省に入ってからも常連で定年前に千葉へ引越して行った植松の松ッちゃん。

「その二人は出席するだろうか」と訊《き》くと、「どうせ荻窪の住人と同じだから、補欠会員にしときましょうや」と末さんが言った。

宝莱屋は牛込《うしごめ》の生れで、吉田接骨医は向島《むこうじま》の生れ、植松君は信州富士見の生れで小さいときから荻窪で育った。魚金は神田の生れで、おかめは中根岸の生れである。

おかめの細君と魚金の細君は、三州吉良《きら》の港の生れで尾崎士郎と同郷である。魚金の細君は、不思議な縁で富《とみ》ノ沢麟太郎《さわりんたろう》のお袋さんを知っていた。富ノ沢が亡《な》くなった後、富ノ沢の母親が甲州の尼寺へ入って、たまたまその寺へ魚金の細君が入ったので、富ノ沢のお袋に手紙をよこす横光利一《よこみつりいち》のことを魚金の細君が聞いて知っていた。無論、そのころ魚金の細君はまだ結婚していなかった。

横光利一は富ノ沢麟太郎と親しかった。ところが病気中の富ノ沢が紀州の佐藤（春夫）さんの生家に訪ねて行って亡くなった。富ノ沢は佐藤さんを限りなく尊敬していたので、病気で絶望した身を佐藤さんの郷里に持って行く気になったらしい。それとも知らない富ノ沢のお母さんは、紀州へ息子の死を見に行って半狂乱になって帰って来た。頭も変になったらしい。それで甲州の尼寺に入って静養していたが、そこへ魚金のお上が修業に行ったという。

「おかみさんは、なんで尼寺へなんか入ったんだね」私が訊くと、「はい、私だって悩みというものがございました」と言った。横光利一が作品「花園の思想」を書き、文藝春秋の同人になった当時のことではないかと思う。

「横光さんは富ノ沢さんのお母さんに、盆暮の付届をしておいでになりました。はい、なかなか出来ないことでございます」

それは横光利一の一周忌の帰りに、私が中島健蔵と一緒に魚金に寄ったときであった。

「お上さん、それをなぜもっと早く言わなかったんだ」と訊くと、

「はい、横光さんの一周忌ですから申しあげるんですよ」と言った。

中島も富ノ沢のことは文壇ゴシップで知っていたようだ。魚金のお上は横光のこと

を讃《ほ》めちぎり、横光さんは神様のような人だと言った。この日、私は下北沢の横光利一の一周忌の集りに出かけ、帰りは中島健蔵、亀井勝一郎と一緒で、電車の乗換えの都合で吉祥寺の亀井のところに寄った。そこで酒になろうとしていたところ、亀井の大事に思っている武者小路《むしゃのこうじ》（実篤《さねあつ》）さんが見えたので、私と中島は用事にかこつけ荻窪まで帰って魚金に寄った。食飲法という法令が出ていた頃《ころ》である。飲食店で飲んだり食ったりすることが出来ない規則になっていたので、私は自分が飲むときには魚金の二階に借りた仕事部屋にいつも出かけていた。中島をそこに誘ったのは二人でこの日の集りの二次会をするためだが、たまたま魚金のお上の話した横光のことは、中島を不思議がらせたようであった。横光さんという人は、何という古風な人だろうと感じたように見えた。

　今も言うように、魚金のお上とおかめのお上は同じ三州吉良の港の生れだが、魚金のお上は気が弱く、おかめのお上は鼻っぱしが強くて気が強い。どうしておかめの末さんは、こんな気の強い女と一緒になったのかわからない。武蔵野湯の中村さんや宝莱屋主人などの噂《うわさ》では、おかめの末さんは押しかけ亭主だから、未《いま》だに女房に頭が上らないという。末さんはお上のことを「おッかあ」または「おッかあのやつ」と言っているが、拝み倒すようにして婿《むこ》になったに違いない。非常な遣手《やりて》だということは、後に戦争中の食糧不足になってからわかった。初めこのお上はお袋と二人で焼鳥屋をしていたが、末さんが熱を入れはじめて結局は入婿に納まった。二人は結婚すると焼鳥屋の筋向うにある空家におかめというおでん屋を開き、お袋は大通りから裏に入ったところで碁将棋の会所を持った。おかめ夫婦の仲人《なこうど》になったのは魚金夫婦であった。

末さんはおでん屋を開いても、副業にお屋敷出入りの魚屋をつづけていた。一日に三軒か四軒ぐらい大きなお屋敷だけ廻《まわ》る魚屋である。紀伊国屋の田辺茂一ッつぁんの屋敷や、その後へ越して来た汽船の薫さんと言われる山科家などに出入りしていた。朝早く魚河岸《うおがし》へ行って、上等な魚をほんの少し仕入れて来ればいい。夕方、灯《ひ》が入るころになるとおでん屋の主人である。献立表は末さんがへぎに書いたが、習字のへたな劣等生のような字のくせに、何とも言えぬ落着きのある字であった。

末さんはお客にお世辞を言わないが、「おッかあ」ほど無愛想ではなかった。こちらがお天気の話をすると、仕方なしのように相槌《あいづち》を打つ程度であった。私と末さんは不思議な縁で、末さんが中根岸で河合家の門長屋の下駄《げた》屋の小僧のとき、私は末さんから板草履を買った。河合家二男の河合勇は早稲田で私の同級で、予科二年のとき「ライフ」といって本文をアート紙で刷った綺麗《きれい》な同人雑誌を出していた。お父さんが凸版印刷の社長だったから、そんな贅沢《ぜいたく》が出来たのだろう。毎月号の扉《とびら》に英国の新刊の詩集ダイジェスト版から抜いた訳詩を西条八十《さいじょうやそ》が出していた。同人の一人、川口尚輝は流行のカーキ色のレイン・コートで馬車に乗って学校に来て、その馬を校庭の桜の樹《き》につなぎ、授業を受けていることがあった。もう一人の同人、菊岡新一郎は「阿国と山三」という脚本を書き、それを公園劇場で又五郎が舞台にかけた。その芝居を数人の同級生と私は総見に出かける途中、中根岸の河合勇のうちの前で板草履の緒が切れたので、河合君のうちの門長屋の下駄屋で新しいのを買った。そのころ一番安価な履物で、晴雨ともに通用するのが板草履であった。末さんが十六、七歳になって魚河岸の見習いであった頃だろう。

「末さん、僕に板草履を売ったのを覚えているか」と訊くと、「そんなこと、覚えてるわけがねえ」と言った。私の方でも覚えがないが、末さんから売ってもらったということにしたい気持があった。河合君のところには二階に広い客間があって、風の吹きようでは吉原の鼓の音が聞えると言っていた。

おかめは繁昌《はんじょう》した。開店当初から町内の常連客が出来たので、このぶんなら大丈夫だと常連の一人の吉田接骨医が言っていた。私は河岸を変えるたちだから、きれぎれのことしか知らないが、北支事変から戦争が次第に大きくなるにつれて、おかめの客は層が厚くなって来るようであった。たいていの店は酒の仕入が難しくなって来た。

おかめの「おッかあ」は酒の都合をつける元締を知っているとのことで、ちゃんとした酒をどこかから欠かさず取寄せていた。戦争が苛烈《かれつ》になってから、見ていてよく飲みに来ると思ったのは、下井草の方から弟子たちを連れて来る画家の野田九浦《のだきゅうほ》さんであった。弟子というよりも客分として来ていたのは、吉岡堅二《よしおかけんじ》画伯であった。

末さんは画家が好きだから、九浦さんたちが来ると二階に上げて、注文されるまま女中にお銚子《ちょうし》を運ばせた。その代り、お弟子さんたちは寄書きや席画を描かされていた。料理はおでんの種も品が少くなっていたが、鰻《うなぎ》の蒲焼《かばやき》だけはいつでも間に合わせていた。おでんの鍋《なべ》の脇《わき》に出した平たい笊《ざる》に、串刺《くしざ》しの鰻の白焼が置いてあった。宵《よい》の口《くち》に行くと、山盛りにして白焼を置いてあった。お客は自分で食べるよりも、欠食の女房子供に食べさせたいから「お土産を頼む」と言って蒲焼を注文する。そこで末さんが、白焼の鰻にたれをつけて火であぶる。醤油《しょうゆ》の焦《こ》げる匂《におい》がする。

戦争後、末さんはいったん閉じていた店を荻窪駅北口のところに出した。やはりおかめという名前だが、戦争中に鰻の蒲焼と言って売っていたのは、雷魚《らいぎょ》の蒲焼であったと言った。雷魚なら水郷地帯に行けば都合がつく。大きな雷魚も、細めに割《さ》けば蒲焼の中串ぐらいに見えるだろう。いつか私はお隣の上泉《かみいずみ》さんと一緒に、水郷の沼の近くの村へ鮒釣《ふなつり》に行った。戦争中も疎開《そかい》前のことで、食糧不足だから食べたい一心で釣に行った。それがさっぱり釣れなくて、こんなヤマセの吹く日に来るのは馬鹿《ばか》だと言って、駅の近くに引返すと、ふと見る土蔵のある家に「蒲焼あります」という貼紙《はりがみ》を出していた。それで上泉さんと二人で鰻を売ってもらいに行くと、蒲焼ならあるが鰻は売らないと言った。繰返して訊いても同じ返辞をした。どうも腑《ふ》に落ちないことだと思って引返して来たが、こんなのも雷魚を材料にしていたかもしれぬ。

私は末さんのところの蒲焼が、雷魚であったと思ったことは一度もなかった。お土産として買って来ても、家の者は誰《だれ》も気がつかなかった。うまく騙《だま》したもんだと呆《あき》れると、「たれの工夫が大変です」と末さんが言った。これも末さんの工夫でなくて「おッかあ」の工夫だったかも知れぬ。酒不足のとき、どことも知れず酒を仕入れ、おでんの種を何かと都合していたのは、「おッかあ」の働らきであったかと思う。

末さんの思いついた七賢人の会の会員は、繰返して言えば末さんと私と魚金さんと、宝萊屋さんと武蔵野湯の中村さんと、補欠は吉田接骨医と植松の松ッちゃんの二人。都合七人である。

幹事はおかめの末さんで、会合は月に一回のこと。会場はそのつど幹事が定めること。会費は割勘のこと。デパートで特別美術展があったら会員が総見に出かけること。(これは一度も実行されなかった)会員は選挙について政党や被選挙人の批評をしな

いこと。会員は野球について球団の批評をしないこと。（これも実行されなかった）

以上のような趣旨で運営されて、今から思っても愉快な集りであった。初めは末さんが荻窪実業会というような名前を口にしたが、実業会とか麗人会とか貴族趣味だというので止《よ》した。

会が発足して一年あまりたつと、末さんがぽっくり亡くなった。八丁通りの方の病院で胆石の診断を受け、それでも酒は飲んでいたので冷酒を一ぱい飲んで病院へ歩いて行った。途中、四面道のところで宝莱屋の店に寄って、「俺《おれ》、病院で手術して来るよ」と声をかけて病院へ行った。医者の方ではすぐ手術に取りかかったところ、肝臓に疵《きず》をつけたので忽《たちま》ち駄目《だめ》になったという。みんないろいろ噂をしても後の祭であった。

末さんのところは子供がないので、手伝いに雇っていた若い衆と女中を添わせておい、かめの店を嗣《つ》がせていた。ちょうど末さんが飲食業を止す直前だったので、末さん夫婦は八幡通りの方に住宅を構えているところであった。末さんの告別式はその家で執《と》り行なわれた。

末さんのお上は運が悪かった。末さんが亡くなると病気で入院し、留守番に頼んでいた計理に精《くわ》しい男がお上さんの実印を持出して、家屋も家財もみんな人手に渡してしまった。お上さんはそのまま病院で亡くなったので、末さんのうちは雲散霧消した。留守番の男は自動車を飛ばして走りまわっているうちに、交通事故で死んでしまったそうだ。その話を私は、四面道の鮨屋《すしや》で宝萊屋の主人と落合ったとき聞いた。

末さんがいなくなると魚金さんも宝萊屋さんも、七賢人の会の話を口に出さなくなった。縁起をかついで話を伏せていたようだ。以前、魚金さんは戦後十四、五年目ごろまでは、時たま自転車で私のうちの生垣《いけがき》の外を通りすがりに、「御勉強?」と大きな声を出して行くことがあった。こちらが「勉強」と答えると黙って通りすぎ、「いっちょ遣《や》るか」と答えると、自転車を木戸口に留めて将棋の相手になっていた。それはお上さんが健在であったころのことで、お上さんが亡くなってからは近所へ自転車で魚を届けに来なくなった。

一度、金さんと甲州の下部《しもべ》鉱泉へヤマメの釣競争に出かけて行った。私が河津川《かわづがわ》の釣から帰りに、荻窪駅から金さんの店の側を歩いていると、金さんが露路の入口で鮪《なまず》を割《さ》いていた。それを傍で手伝っていたお上が、私の携げている囮箱《おとりばこ》を見て、「あら、空っぽですか」と言った。釣った鮎《あゆ》は魔法瓶《まほうびん》に入れてリュックサックに蔵《しま》ってある。金さんは戦争前までは釣をしていたというが、お上さんは魔法瓶というものが戦争前からあることを知らないのだ。

「そんなの、話にならん。金さんと俺と、どっちがうまいか競争しようじゃないか」

そう言って私は、魚金のところに寄って釣競争に出かける約束をした。

釣る魚はヤマメのこと。場所は甲州下部川。二泊三日のこと。泊るのは信玄の隠し湯で知られている下部の源泉館。釣竿《つりざお》はお互に二間半のヤマメ竿。釣糸、釣鉤《つりばり》は、お互に好みのまま。餌《えさ》は釣具屋で売っている同じミミズのこと。

この約束で金さんと一緒に下部の源泉館に行った。一泊目は鉱泉に入って休養した。（と言うよりも二人で酒を飲んだ）二日目は宿を早く出て、小学校の裏あたりから川上に向って釣って行った。こんなような谷川を二人で釣るときは、相手の釣る邪魔にならないように、相手の後ろを大きく廻《まわ》って川上に行って釣る。相手もこちらの邪魔にならないように、こちらの後ろを大きく廻って川上に行って釣る。こういう釣り方を私は釣の先輩から、ガーデン・フェンスと教わっていたが、金さんは千鳥掛と言った。

この日は不思議によく釣れた。私がヤマメ釣をしたうちで、大きさも数から言っても一番よく釣れた日ではなかったかと思う。金さんは可もなく不可もない方であったようだ。宿に帰って魚籃《びく》を板前に渡した後、金さんに「どんなもんだ」と言うと「お見それしました」と言った。私はいい気持であった。

そのころ金さんは荻窪釣友会の会員になっていた。調子のいい釣をして来ると、釣った魚を自慢がてら私に見せに来ることがあった。与瀬の奥の猿橋《さるはし》の下でドブ釣をしていて、ヤマメが来たと言って実際に釣ったヤマメを見せてくれたこともあった。ヤマブキが咲き青葉ヤマメが過ぎたころなら、猿橋あたりの青い淵《ふち》にはまだヤマメが残っているかもしれぬ。

先年、私は宝萊屋さんが旅行先で病気して帰って来たという噂を聞いた。暫《しばら》くすると、宝萊屋さんが香港《ホンコン》旅行で盲腸炎にかかり、荻窪の衛生病院で手術して治ったという噂を聞いた。一昨々年ごろであった。その噂があってから、間もなく宝萊屋さんが亡くなったと聞いた。

私は七賢人の会の友達をまた一人亡くしたわけで、とにかく宝萊屋さんへ弔問に行った。ところが、久しぶりで武蔵野湯の中村さんに会ったので訊くと、宝萊屋さんは香港で盲腸になったのでなくて、カナダのモントリオールにオリンピック見物に行って発病したそうだ。中村さんのほか七人の団体で行ったという。

武蔵野湯さんは日本アマチュア・レスリング協会の会員だから、どこの国でもオリンピックには出かけて行く。宝萊屋さんたちは七人連れで、武蔵野湯さんに便乗のわい、わい連として見物に行ったという。

海外旅行に出る人たちは、たいてい気持を弾ませている。どうせモントリオールまで行くならば、アメリカも初めてだから廻って行こうということになって、アメリカを一と廻りしてモントリオールに入った。ここはセント・ローレンスという川のなかの大きな川中島にある商業都市で、人口百何十万の大都会である。宝莱屋さんは連れと一緒にオリンピック見物に出かけていたが、ここに来て三日目に血を吐いた。胃潰《いかい》瘍《よう》らしいと言う。では、すぐ入院させろと話がきまって、領事館の人に通訳を頼み入院させることにした。ところがこの町の病院は、おかしい制度になっていて医者がいない。外科なら外科医、内科なら内科医というように、患者の病気に応じて専門医が病院へ駈《か》けつける。

宝莱屋さんが入院したのは夜になってからで、今、外科医がいないから明日の朝まで待ってくれと病院で言った。待ってくれと言ったって、このままでは仕様がないから、内科の医者に診《み》てくれと頼み、近所の内科の医者に来てもらった。血を吐いているから胃潰瘍だろうと言った。そこへ外科医が漸《ようや》くやって来て、日本人だから癌《がん》だろうと言って、胃癌にしてしまった。

癌だから手術しても駄目《だめ》だと医者が言った。このまま安静を保って、そっと持って行くのだと言う。しかし動かすのは無理である。もう一人の医者に見せると、ああでもないこうでもないと揺さぶってみたりして、動かすたびに血を吐いた。宝莱屋さんは痛かったろう。

　連れの人たち六人は日本に帰った。武蔵野湯さんは後に残り、アメリカから呼んだ英語の上手な人に通訳さして、どうすることにしたものかと相談した。結局、武蔵野湯さんが定めることにして、手術しなければ駄目だときまった。日本から誰か呼べと日本へ電話して、四日目に宝莱屋さんの倅《せがれ》がやって来た。

向うの人たちの胃の手術は、赤ヨジュウムを使い、胃袋を切開すると切口を巾着《きんちゃく》のように結ぶのだ。「日本の医者に見せると、これは駄目だと言うだろう。そう言ったら、そっくり切取って縫合わせてもらえ」医者がそう言って、書いたものを持たしてくれた。

宝莱屋の倅は病人を看病して日本へ連れ帰った。ところが日本の医者に診せると、胃の病気ではなくて、胃のすぐ隣にある腎臓《じんぞう》の癌だと言う。「だけど、レントゲンかけたら判《わか》る筈《はず》だがなあ」と日本の医者は口惜《くや》しがった。無論、向うでもレントゲンをかけた。

宝莱屋さんは一時退院したが、一年は保《も》たなかった。夜になると、殆《ほとん》ど毎日のように武蔵野湯さんのところへ来て、十二時になるまで遊んで行く。帰りには腹いっぱいになっていても、四面道の鮨屋に寄って飲んで行く。飲まなくては眠れない人になっていた。私が鮨屋の山新で何度か宝萊屋さんを見たのは、そういうときの思いあまった宝萊屋さんであったわけだ。

中村さんの話では、モントリオールからの帰りはニューヨーク経由にした。ニューヨークでは病人を救急車に乗せて二十何時間も待たせ、ぐったりしているのを、あっちへ持って行きこっちへ持って来る。病人は弱れば弱るほど重くなるものである。成田へ迎えに来た宝萊屋の細君は、「主人は、こんなに重かったんでしょうか」と驚いていたそうだ。中村さんはオリンピックは殆ど見なかったと言っていた。

四面道の宝萊屋は、元は道が表と裏に通じ、突き出た街の一番先端の角にあった。その宝萊屋の次が材木屋、植木屋、家具屋、今川焼屋、砂糖屋という順ではなかったかと思う。今は道路改正で、宝萊屋は端から何軒目かの店になっている。

宝萊屋さんが亡くなって暫くすると、魚金さんが亡くなった。ばたばた倒れて行くといったような感じである。そのくせ私には、覚悟というようなものはまだ何も出来ていない。

今、荻窪駅には一日に三十万の乗降客があるという。中央線の他に地下鉄が通じバスがある。駅ビルは年間の売上げを百億円にすると言っているそうだ。私が井荻《いおぎ》村に越して来たころは、今ほど頻繁《ひんぱん》に電車が来ないし車輛《しゃりょう》の数も僅《わず》かだが、そのつど二人乗るか一人降りるか、誰も降りないといったようなこともあった。私のうちの裏手には千川《せんかわ》用水が迂回《うかい》して、春さきには夥《おびただ》しい数の蝦蟇《がま》が岸に上って交尾のためじっと重なり合っていた。麦秋のころになると用水のほとりの草むらでこっそり光る虫螢《むしぼたる》が見つかった。秋はクヌギの森に暫く靄《もや》を棚引《たなび》かせることがあった。靄はいつもすぐ消えた。木枯《こがらし》の吹く季節になると、砂ほこりを舞いあがらせて西の空が橙色《だいだいいろ》になった。牧歌的であった。

森泰樹さんから元井荻村の人口について聞いた。

昭和二年……一万五二六四人

昭和三年……一万七八七〇人

昭和五四年…一五万〇九九一人

滄桑《そうそう》の変という言葉を使いたい。急激な変化があったことを確かに証明してもらった。いつの間にか地面が狭くなってシノギを削るようなことになってしまった。明治大正時代のことは判らないが、江戸時代の原野のような土地に人馬が入り込むようになり始めたのは、明治の初期のころであったろう。その一例として「杉並町誌」という本に、深山にしか育たない樹木が荻窪の道端にあったことを書いてある。青梅《おうめ》街道《かいどう》の脇道《わきみち》に生えていたカマツカの木の花が、嫌《いや》な臭《におい》をさせて問題になったと言ってある。明治三年四月十何日、皇太后陛下が馬車で小金井堤の桜見物に行啓の途中、青梅街道から八王子道（女子大通り）へ入って間もなく、馬車が暴走を始め、原寺分橋というところで急停止した。馭者《ぎょしゃ》がほっとして辺りを見ると、馬がカマツカの花を避ける様子で立っていた。このカマツカの木は牛コロシとも言い、三多摩方面ではヤッツンボウの木と言うそうだ。枝の伸びが速い木で、春は嫌な臭の白い花を咲かせ、秋は赤い実を結ぶ落葉小喬木《きょうぼく》である。折から花を咲かせていたので、嫌な臭気がしたのだろう。

カマツカの花の臭は家畜が嫌《きら》い、馬も嫌うが特に牛が嫌っている。育ちの速い木でありながら木質が粘靱《ねんじん》で堅く、細い棒型に削り先を尖《とが》らして牛の鼻の穴を通す道具に使う。牛の鼻ぐり（鼻木）にも使う。強靱で弾力があるから、鎌《かま》の柄《え》、石屋の金槌《かなづち》の柄にも使う。鍛冶屋《かじや》の金槌の柄はこれに限る。また宝石を磨《みが》く工人が加工する石を紅《べん》殻《がら》で磨いた後、最後の仕上げをするときに、この木でつくったコマで研磨《けんま》する。

原寺分橋のところにあった牛コロシの木は、吉祥寺方面から来る牛車の牛を暴れさせることがあった。吉祥寺村の百姓は上井荻村の村長に願い出て、牛コロシの木を切ってもらった。それから二、三年は切株から出る脇芽を、吉祥寺村の者が摘んでいたという話が残っている。

牛コロシの木が生えていた以上、このあたりの木立は深山の面影《おもかげ》のある幽邃《ゆうすい》な森の残欠であったと思っていいだろう。

あとがき

「荻窪《おぎくぼ》あたりのこと」というつもりで「荻窪風土記」とした。小説でなくて自伝風の随筆のつもりである。こまごましたことが多いため、筆が渋滞すると辛《つら》いので聞き書きの調子のように仕向けながら書いた。

関東大震災で東京は急に変化して、太平洋戦争でまた締めあげられたように変った。とにかく、そういうことになってしまった。

昭和二年、私は井荻村に所帯を持つ前、荻窪八丁通りの平野屋酒店の二階に下宿した。平野屋の主人は襖《ふすま》の破れた穴を塞《ふさ》ぐため、色紙に平野屋自作の俳句を書いて貼《は》りつけた。季節は初夏であったが、「風あらき荻窪の秋暮れにけり」という句であった。「初夏だけれどもな」と私が言うと、「荻窪の不景気を詠《よ》んだのです」と言った。この俳句は見るたびに気になって仕方がなかったが、荻窪は本当に風の荒いところであった。木枯《こがらし》の吹く日は土ほこりが舞いあがり、遠くの空が橙色《だいだいいろ》に見えた。

あれから五十何年の月日がすぎた。書きたくても書きそびれたことが沢山ある。筆の運びが常套《じょうとう》に塡《はま》っているためだ。

「小山清の孤独」という章に書いた小山君のことは、関町の辻《つじ》さんの記憶に頼りながら書いた。この材料は「小山清の一代記」として辻さんが改めて書くかもしれないが、小山君に関する参考資料は、昭和四十一年九月、石神井川《しゃくじいがわ》の洪水《こうずい》のため、辻さんのうちの地下倉庫に保管してあったのが水浸しになり、保管できなくなって辻さんが処分した。未《いま》だに無念に思うと言っている。

小山清は戦前の文学青年に属する生き方をして、文学青年窶《やつ》れをした者の典型であったような気持がする。

今度、私は校正刷を辻さんのところに送り、聞き書きのうちに間違いがあるかどうか目を通してもらった。次のような返事が来た。

――昭和三十一年七月、小山さんが都営住宅のくじに当り、吉祥寺御殿山から移転した練馬《ねりま》区関町第四都営住宅三十七（練馬区関町五丁目三〇三番地）の住居は二年前に取毀《とりこわ》され、その跡地に都の住宅公社の鉄筋アパートが建築される予定でしたが、そこに古代遺跡が発見され、現在、建築は中止されているところです。

小山さんは昭和三十年七月の初め、写真家の大竹新助さんと筑摩書房の日本文学アルバム15『太宰治《だざいおさむ》』の取材のため津軽を二週間旅行しました。この旅行の後半、神経痛の発作が起きて大分苦しんだそうです。帰京直後、私がお見舞に伺ったときの話を思い出しました。

大正十五年五月に倉田百三編輯《くらたひゃくぞうへんしゅう》の「生活者」が創刊され、翌昭和二年四月には武者《むしゃ》小路実篤《のこうじさねあつ》編輯の「大調和」が創刊されたが、この『白樺《しらかば》』の裾野《すその》に存在する二種類の雑誌の熱烈な愛読者で後年戦災で焼け出されるまで所持していたと小山さんは話され、そのとき宮崎安右衛門の成蹊堂版『乞食桃水』を見せながら、「僕《ぼく》はね、この桃水に学ぶところが多く、一所不住の放浪生活を夢みたが、神経痛の持病があっては、ちょっと乞食生活は無理だよなあ」と苦笑されました。私はそのとき、小山さんの前むきの怠け者の美学に触れたような気がしました。以上、小山さんのことについて気がついたことを記し、新潮社のゲラ刷と一緒にお送りします。では御健康を祈ります。

「外村繁《とのむらしげる》のこと」

これも誰《だれ》か外村君に近しい人に見てもらいたかったが、聞き書きでないので見てもらわなかった。謂《い》わゆる半面図のようなものであると思っている。（昭和五十七年九月）

解説

河盛好蔵

まず著者の次の言葉の引用から始めたい。《私は昭和二年の初夏、牛込鶴巻町《うしごめつるまきちょう》の南越館という下宿屋からこの荻窪に引越して来た。その頃、文学青年たちの間では、電車で渋谷に便利なところとか、または新宿や池袋の郊外などに引越して行くことが流行のようになっていた。新宿郊外の中央沿線方面には三流作家が移り、世田谷《せたがや》方面には左翼作家が移り、大森方面には流行作家が移って行く。それが常識だと言う者がいた。関東大震災がきっかけで、東京も広くなっていると思うようになった。ことに中央線は、高円寺、阿佐ヶ谷、西荻窪など、御大典記念として小刻みに駅が出来たので、郊外に市民の散らばって行く速度が出た。新開地での暮しは気楽なように思われた。荻窪方面など昼間にドテラを着て歩いていても、近所の者が後指を差すようなことはないと言う者がいた。貧乏な文学青年を標榜《ひょうぼう》する者には好都合なところである。それに私は大震災以前に、早稲田《わせだ》の文科の学生の頃、荻窪には何度か来て大体の地形や方

角など知っていた。》
　その中央沿線の荻窪へ家を建てて早稲田から移ろうというのであるから、著者の覚悟の程が知られると云うものである。それは故郷の家兄に宛《あ》てて書いた次のような手紙からも推察される。《当今、最新の文壇的傾向として、東京の文学青年の間では、不況と左翼運動とで犇《ひしめ》き合う混乱の世界に敢《あえ》て突入するものと、美しい星空の下、空気の美味《うま》い東京郊外に家を建て静かに詩作に耽《ふけ》るものと、この二者一を選ぶ決心をつけることが流行《はや》っている。人間は食べることも大事だが、安心して眠る場を持つことも必要だ。自分は郊外に家を建て、詩作に耽りたい。明窓浄机《めいそうじょうき》の境地を念じたいのである。》
　私はいつか、《小説家や詩人が異端視されていた当時、自分の弟に小説家になることをすすめたということは異例中の異例にぞくする。井伏氏には、小説家を志したために父兄と烈《はげ》しい衝突をするということはなかったのである》と書いたことがあるが、このときも井伏さんの兄さんはすぐに建築資金を送ってくれた。《兄貴が金を送ってくれたので、そっくり銀行に預け、家を建てる土地を探しに新宿駅から中央線の電車に乗った。…阿佐ヶ谷から荻窪の方に廻《まわ》り、井荻《いおぎ》村の麦畑で耕作している男から少しの土地を借りることにした。場所は東京府豊多摩郡井荻村字下井草一八一〇である》

と著者はつづけて書いている。

幸先は甚《はなは》だよかったのであるが、まもなく大工にだまされて、井伏さんはいろいろ永い苦労を重ねる結果になる。本書の重要なテーマの一つであるが、しかしそのために作品に厚みが増し、話がぐっと面白くなることも事実であって、読者は主人公に同情しながらも、それにしてもうまくだまされたものだと、少なからぬユーモアすら感じさせられる。名手というべきであろう。

名手といえば、本書が、《関東大震災前には、品川の岸壁を出る汽船の汽笛が荻窪まで聞えていた。ボオーッ……と遠音で聞え、木精《こだま》は抜きで、ボオーッ……とまた二つ目が聞えていた。確かに、はっきり聞えていたという》という描写で始まっているのに私はすっかり感心した。大震災前までの東京市がまだ郊外まで拡がらず、荻窪がまだ草深い田舎で、東京の空がスモッグなどで少しも汚れていなかったことが、この短い描写で鮮かに浮んでくる。

巻頭の「荻窪八丁通り」はこの風土記のイントロダクションであるが、昭和初期の頃の荻窪田圃《たんぼ》や青梅《おうめ》街道《かいどう》の情景が著者の名描写でさまざまに伝えられているのは、私のようにすでに五十年以上も荻窪に住んでいる人間には、自分自身の記憶と重なりあって、この上もなく懐《なつ》かしい。例えば《私が引越して来た頃は、いまの荻窪駅の手前、映画館通りへゆく右の曲り角に古めかしい蹄鉄屋《かなぐつや》があった。前方に遠く富士が見えた。そこに入って行く道は、線路の方へ通じる野良道《のらみち》だが、地元の人はこういう細道を山道と呼んだ。森や林のことを「山」といったからだろう。この蹄鉄屋は広い土間一つきりのような藁屋根《わらやね》造りの家で、いつ見ても一匹か二匹の駄馬《だば》が家の前に繋《つな》がれていた。馬子たちは蹄鉄屋が沓《くつ》を打ち終るまで、その筋向うの長野屋という一膳飯屋《いちぜんめしや》で、弁当をつかうか焼酎《しょうちゅう》を飲むかしながら時間を消していた》という一節がある。

私が荻窪へ引越して来たのは昭和九年四月で、偶然に井伏さんのお宅の近くであったが、その頃にはこの蹄鉄屋はもうなくなっていたが、長野屋はまだ商売をしていたような記憶がある。またこの本には出ていないが、その頃、新宿と荻窪の間に市電が通っていて、これはこんどの戦争のあとまで残っていたような気がする。私はしばしばその厄介《やっかい》になった。徳川夢声『夢声戦争日記』第一巻を見ると、昭和十七年二月五日のところに、《銀座まで七銭とあって、荻窪より市電にのる人かなり有》という記載がある。しかしあの市電は新宿が終点だったように記憶している。この市電の荻窪終点が徳川さんのお宅の近くだったことだけは確かである。徳川さんが昭和十一年頃には既に荻窪の住人であったことは、本書にも見えている。

昭和二十五年六月二十八日の夜、井伏さんが、『本日休診』で第一回読売文学賞を受賞した祝賀会が開かれたとき、夢声さんが、《井伏さんを知ったのはだいぶん前の事なんです。私の知人に徳田幸作という人物がいましてネ。この男は共産党の徳田球一の弟で、貧乏絵かきなんですが、阿佐ヶ谷で、郷里の名産琉球泡盛《あわもり》の飲み屋をやっていました。むろん戦前の話です。私はここでときどき一ぱいやるんですが、あるとき幸作の申すのに、うちにはときどき文士が飲みにくるが、文士も今では食うに困っているらしい。どうしても毎月三十円は要るが、二十円しか収入がない。二十円ではどうにもならないとこぼしていたが、気の毒でネといいます。で、その文士というのは誰《だれ》だとききますと、それが井伏さん。そういったことから、いつとはなしに井伏さんと顔を合わせることになったのですが、おたがいに、その飲みっぷりが気に入ったんでしょうね、だんだん懇意になりました》と昔話を始めて、満座の人たちを抱腹絶倒させたことはいつか「文学者夢声」という雑文のなかで書いたことがあるが、この「風土記」のなかでも欠かすことのできない人物であろう。

　本書に収められた十七編の文章はいずれも傑作ばかりで、どの文章についても書きたい思い出はいろいろあるが、とりわけ私には、「文学青年窶《やつ》れ」「天沼《あまぬま》の弁天通り」「阿佐ヶ谷将棋会」、同続編、「外村繁《とのむらしげる》のこと」などの、井伏さんと共通の友人諸君の登場する文章が楽しく、懐かしく、また感銘が深かった。「天沼の弁天通り」のなかに、詩人神戸雄一《かんべゆういち》の経営する《当時としては最先端を行く商売と言われていた麻雀倶楽部《マージャンクラブ》》の話が出てくるが、《集まるのは失業者ばかりで、文筆業者または文学青年崩れの方では、詩を書く人たちが多かった。荻窪、阿佐ヶ谷、高円寺というところは、つくづく詩人の多い町であった》という一節に、しばし私は感慨にふけった。全く、あの頃は、掬《きく》すべきマイナーポエットがいろいろいた。彼らの詩は難解で読者を悩ますことなく、素直に読者の心に通じ、胸に響き、いつまでも余音が残り、日常生活のふとした機会におのずから口遊《くちずさ》まれるといった種類のものであった。詩人たち自身がアンニュイに毎日を持余していたにちがいないが、そのために彼らの呟《つぶや》きのような詩が読者のアンニュイを慰めてくれたのであろう。

この本のなかにも著者の詩が四篇収められている。いずれも私たちに馴染《なじみ》の深い詩であるが、こうしてその詩が生まれた個所にはめこまれると、一層輝きを増し、見事な挿絵《さしえ》になっている。私は更《あらた》めて詩人井伏鱒二の卓抜な詩技に感嘆した。平俗な日常語をこれだけ美しい詩語に練り直す手腕はまさに神技といってよい。詩で大切な間《ま》の取りかたも絶妙である。

伊馬鵜平《いまうへい》君の話が出てくるが、私も彼の「桐《きり》の木横丁」に感心した一人である。この時代の彼の戯曲はクールトリーヌやベルナールのコメディを思い出させる。岸田国《きしだくに》士《お》さんの彼らの作品の翻訳からも多くを学んだにちがいない。長谷川如是閑《はせがわにょぜかん》が伊馬君のものは軽演劇でなくて新喜劇であると書いたそうだが、さすがである。如是閑は笑いというものを本当に分った人にちがいない。

伊馬君が人気女優の望月雄子（仮名）と所帯を持つか持たないかの問題が起ったとき、それに絶対反対の伊馬君のお母さんから、息子にぜひ諦《あきら》めるように忠告してくれと懇願された井伏さんが、肝心のときになって、「君、大いにやりたまえ。恋は目より入り、酒は口より入る。親孝行なんか、閑《ひま》が出来てから後で、ゆっくりやればいいんだ」と《取ってつけたようなことを言った》という話も愉快だが、この「恋は目より入り、酒は口より入る」という言葉は、西条八十《さいじょうやそ》の訳したイエーツの詩の一節であることを、これを書きながら思い出した。たしか原作では、「酒は口より入り、恋は目より入る」と逆であったように覚えている。

青柳瑞穂《あおやぎみずほ》君の《骨董品《こっとうひん》を見せてもらうときには、口のききかたに気をつけなくっちゃいけない。見せて下さいなんて言っちゃ、駄目《だめ》。その道の人なら、眼福の栄にあずからして頂きたいと言う。それが作法だ》という教訓は、井伏さんと同じく私も初めて知った。

「外村繁のこと」のなかで、外村君の親爺《おやじ》さんが「別嬪《べっぴん》やなあ」という話、私も淀野《よどの》隆三《りゅうぞう》君から聞いて笑いころげた記憶がある。実はこの解説を書くために、私は久しぶりに井伏さんを訪ね、いろいろ教えを請うたのであるが、「別嬪やなあ」の話にはまた二人で大笑した。そのとき、「荻窪八丁通り」のなかの、《薪屋《まきや》の堰《せき》というドンドン》の個所の「ドンドン」というのは「水の落差」のことであるのを教わったことを記しておく。

（一九八七年三月、文芸評論家）

この作品は昭和五十七年十一月新潮社より刊行された。

荻《おぎ》窪《くぼ》風《ふ》土《ど》記《き》

新潮文庫　い-4-8

昭和六十二年四月二十五日　発行
平成二十六年十一月五日　十二刷改版
令和六年五月二十日　十五刷

著者　井《い》伏《ぶせ》鱒《ます》二《じ》

発行者　佐藤隆信

発行所　株式会社　新潮社

郵便番号　一六二―八七一一
東京都新宿区矢来町七一
電話　編集部(〇三)三二六六―五四四〇
　　　読者係(〇三)三二六六―五一一一
https://www.shinchosha.co.jp

価格はカバーに表示してあります。

乱丁・落丁本は、ご面倒ですが小社読者係宛ご送付ください。送料小社負担にてお取替えいたします。

印刷・株式会社光邦　製本・株式会社大進堂

ISBN978-4-10-103408-9 C0193